O ARTÍFICE DO TEMPO

NIEL BUSHNELL

O ARTÍFICE DO TEMPO
Às vezes os mortos não querem ser enterrados...

Tradução
DENISE DE CARVALHO ROCHA

JANGADA

Título do original: *Timesmith*

Copyright © 2014 Niel Bushnell.

Copyright da edição brasileira © 2015 Editora Pensamento-Cultrix Ltda.

Texto de acordo com as novas regras ortográficas da língua portuguesa.

1ª edição 2015.

Todos os direitos reservados. Nenhuma parte desta obra pode ser reproduzida ou usada de qualquer forma ou por qualquer meio, eletrônico ou mecânico, inclusive fotocópias, gravações ou sistema de armazenamento em banco de dados, sem permissão por escrito, exceto nos casos de trechos curtos citados em resenhas críticas ou artigos de revistas.

A Editora Jangada não se responsabiliza por eventuais mudanças ocorridas nos endereços convencionais ou eletrônicos citados neste livro.

Esta é uma obra de ficção. Todos os personagens, organizações e acontecimentos retratados neste romance são produtos da imaginação do autor e usados de modo fictício.

Editor: Adilson Silva Ramachandra
Editora de texto: Denise de Carvalho Rocha
Gerente editorial: Roseli de S. Ferraz
Produção editorial: Indiara Faria Kayo
Assistente de produção editorial: Brenda Narciso
Editoração eletrônica: Join Bureau
Revisão: Vivian Miwa Matsushita

Dados Internacionais de Catalogação na Publicação (CIP)
(Câmara Brasileira do Livro, SP, Brasil)

Bushnell, Niel
 O artífice do tempo : às vezes os mortos não querem ser enterrados – / Niel Bushnell ; tradução Denise de Carvalho Rocha. – São Paulo : Jangada, 2015.

 Título original: Timesmith.
 ISBN 978-85-5539-002-9

 1. Ficção fantástica 2. Literatura juvenil I. Título.

15-03577   CDD: 028.5

Índices para catálogo sistemático:
1. Ficção fantástica : Literatura juvenil   028.5

Jangada é um selo editorial da Pensamento-Cultrix Ltda.

Direitos de tradução para o Brasil adquiridos com exclusividade pela
EDITORA PENSAMENTO-CULTRIX LTDA., que se reserva a
propriedade literária desta tradução.
Rua Dr. Mário Vicente, 368 – 04270-000 – São Paulo, SP
Fone: (11) 2066-9000 – Fax: (11) 2066-9008
http://www.editorajangada.com.br
E-mail: atendimento@editorajangada.com.br
Foi feito o depósito legal.

Londres. 1940. Por que você vai para lá?
– Porque – explicou Jack – meu amigo precisa de ajuda. Ele é a única família que me resta.
Quem?
– Meu avô, Davey Vale.

Para Sarah e Megan
Vocês me fazem sorrir todos os dias.

Pedras, ossos, melancolia
Marcam os dias passados e futuros.
Passam ruínas, segredos e venturas,
Para sempre continua a via dos mortos.

        Provérbio do Primeiro Mundo, Anon, c. 1700

"É verdade que os Reinos Ocultos são uma maravilha para os olhos, mas os rios congelados de Niflheim são um lugar que eu não ousaria visitar novamente. Sobrevivi a muitos perigos nessas viagens, e vi o grotesco e o insidioso, mas nada que tenha testemunhado se compara às Brumas de Niflheim."

– Extraído de *Sobre a Natureza dos Reinos Ocultos*, de Magnus Hafgan

1

GRITOS

O homem enterrado na terra fria emitiu um grito estático.

Ele já tinha, muito tempo atrás, desistido de tentar se mover; seu corpo estava podre e inutilizado. Cada mensagem que seu cérebro raivoso transmitia era ignorada pela sua carcaça deteriorada e patética. No entanto, ele *sentia* tudo.

Vermes moviam-se através dele, contorcendo-se, devorando, rasgando persistentemente os seus restos mortais humanos. A umidade acumulava-se sobre a sua carne escurecida, infiltrando-se como agulhas de indiferença gélida, rachando seus ossos calcificados. E a espada; mesmo depois de todo aquele tempo, ele ainda sentia o metal zombeteiro empalando seu coração inerte. Ao longo de toda a era desde sua morte, a dor não tinha diminuído. Dor infinita e inimaginável.

Nada funcionava mais. Apenas a sua alma, sua própria essência, prevalecia em algum lugar lá no fundo. Ele sentia a passagem do tempo como o lento e enlouquecedor gotejar de uma cachoeira congelada – pim, pim, pim. Os segundos gracejavam dele havia décadas. As décadas zombavam havia uma eternidade. Ele estava enterrado no tempo.

E, no entanto, Rouland suportava tudo.

Um pensamento abrasador o fazia seguir em frente. O pensamento sobre um menino, um menino que o derrotara. Rouland era imortal, irrefreável. Nunca tinha sido derrotado antes. O rosto do garoto invadiu a sua mente e uma nova onda de ódio o consumiu.

Jack Morrow.

Ele tinha vencido Rouland. Cravado a espada em cheio no seu coração e suspendido sua existência eterna. Ele o enterrara nesse pedaço de chão e o deixara apodrecendo ali, para morrer como um mortal.

Mas Rouland não era mortal, e sua raiva o sustentara ao longo de anos tenebrosos e solitários. Ele esperou, tramou e premeditou. Sabia que seu dia chegaria. Suas seguidoras iriam encontrá-lo e restaurá-lo, e ele se vingaria de Jack Morrow.

Rouland imaginou a sua vitória e se esqueceu da dor. Ficou satisfeito. Então, quando a ideia esmoreceu, a dor voltou, mais forte do que nunca. Dentro da prisão da sua mente, o ódio se condensava em poças de agonia, e a alma de Rouland gritava...

A Capitã Alda de Vienne gritou.

Cada fibra do seu corpo estava se dilacerando.

Ela abriu os olhos, piscando para dispersar as lágrimas congeladas. Virou a cabeça e seu pescoço estalou alto. Estava quebrado, assim como todos os ossos do seu corpo. Uma pontada de dor transpassou sua coluna. Sim, ela ainda sentia dor, apesar dos longos anos desde a sua morte.

Precisava se curar. Um braço desarticulado tateou às cegas, buscando sua espada. Seus dedos tortos tocaram o metal frio e ela o agarrou com toda a força escassa que ainda lhe restava. Imediatamente a energia de cura escorreu da lâmina para o seu corpo alquebrado, reposicionando seus velhos ossos.

Ela ficara ali por séculos, alimentando-se da espada, seu corpo realinhando-se até recuperar a devida ordem. Por fim, sentou-se e estudou os arredores: os corpos de suas irmãs estavam sobre ela, retorcidos e inertes. Elas estavam nas catacumbas, nos subterrâneos de Londres, resguardadas na frieza tenebrosa do seu túmulo.

Sua mente era uma névoa de lembranças recentes. Ela se obrigou a recordar o máximo possível: tinham viajado correnteza acima, avançando no tempo, de 1940 até 2008, para travar uma batalha contra um menino. Por quê? Ela não conseguia se lembrar. Tinha sido essa a vontade do seu mestre e era o que bastava.

Seu mestre.

Rouland.

A bela imagem do mestre irrompeu no olho da sua mente e ela de repente se lembrou. Seu amado Rouland tinha sido derrotado, a mente dele estava ausente da sua, e essa perda queimava como fogo.

Alda de Vienne gritou mais uma vez.

* * *

A Necrovia.

Um corredor através do tempo.

Um corredor que ligava uma lápide à data de morte da pessoa ali enterrada.

Jack Morrow suportou suas correntes inquietas. A náusea, o paredão de remorso, o dilúvio de pesar – estava tudo ali, afagando-o, impulsionando-o para a frente. Ele se entregou à beleza terrível da Necrovia, completamente e sem resistência, sentindo-se retroceder no tempo até a fonte de tristeza.

Isso ainda era novo para ele, lembrou-se com um arrepio. Só recentemente havia descoberto sua capacidade natural para abrir uma Necrovia e penetrar suas profundezas. Já tinha voltado no tempo até 1940 – para o centro de Londres durante a noite da Blitz na Segunda Guerra Mundial. Tinha feito amigos lá – amigos para os quais agora queria voltar.

Por isso estava voltando ao passado, para a Londres de 1940. Planejava encontrar Davey Vale, seu futuro avô, na época ainda adolescente. Eles já tinham vivido uma grande aventura juntos, e em algum lugar ao longo do caminho a amizade entre eles tinha ficado mais forte, apesar das muitas provações. E ele esperava que Eloise estivesse lá também. Ela tinha feito parte do exército pessoal de Rouland – as Paladinas –, uma versão feminina e fantasmagórica de cavaleiros medievais, e desafiara seu mestre. Jack tinha aprendido a confiar na Paladina e agora a estimava. Ela tinha provado sua lealdade eterna a ele durante suas aventuras mais recentes. Jack mergulhou em suas lembranças e por um momento elas bloquearam a tristeza ao seu redor.

E então a Necrovia se estilhaçou.

Jack gritou.

Trevas. Vazio. Nada.

Davey Vale não conseguia gritar. Não havia ar nos seus pulmões. Seus dedos agarraram a mão de Eloise, sua única bússola num mundo vazio. Eles estavam nas dobras da capa de um Grimnire.

Haviam deixado para trás o campo de batalha de 2008. Tinham saído vitoriosos. Rouland fora derrotado – Jack tinha cuidado disso. O corpo do imortal tinha sido arrastado no tempo, de volta a 1805, e enterrado. As Paladinas, a cavalaria de mortas-vivas de Rouland, tinham desaparecido. E o Grimnire, uma misteriosa criatura encapuzada, um guardião do Destino, tinha envolvido Davey e Eloise em sua poderosa capa e os levado embora. Juntos, eles retrocederam até 1940, época a que pertenciam.

A capa negra de repente se abriu e Davey e Eloise caíram numa rua de paralelepípedos. Estavam de volta à Londres devastada pela guerra. Davey sorriu, feliz por estar em casa. Olhou para a forma alongada do Grimnire encapuzado, que já estava evaporando nas rachaduras entre os mundos. Seu corpo ficou transparente e desapareceu. Em seu lugar restou o céu doentio, escurecido pelas colunas de fumaça cinzenta que emolduravam uma esquadrilha de aviões alemães se retirando para o sul. O gemido de uma sirene de ataque aéreo encheu o ar e se misturou ao vento quente que agitava o cabelo escuro e desgrenhado de Davey.

– Davey! – Eloise gritou, a voz cheia de angústia.

Ele se virou para ver o que ela estava olhando e seu sorriso esmoreceu. Uma parede de fogo, fumaça e fuligem soprava na direção deles num ritmo feroz. A estrutura abalada do que fora um dia um nobre edifício tinha sucumbido às chamas e desmoronado na rua. As brasas voavam na direção deles como uma horda de criaturas vivas ardentes, impelidas por um vento caótico infernal.

Davey gritou.

2

CONSELHO DE PARES

– O que aconteceu conosco, irmã? – Geneviève perguntou, os olhos fundos fixos em sua capitã.

Todas as Paladinas já tinham se recuperado o suficiente para ficar de pé e formavam um círculo em torno da Capitã De Vienne. Geneviève era a mais nova das onze Paladinas. Não tinha mais que 16 anos na época de sua morte. Não que isso realmente importasse: a vida *após* a morte era medida em séculos. Sua antiga vida não passava de um sussurro em sua memória. Assim como fizera com as outras irmãs, Rouland a ressuscitara para que fosse uma das suas Paladinas, sua cavalaria pessoal. A armadura escura da Paladina estava empoeirada e em mau estado, as bordas do metal desgastadas, as tiras de couro cheias de marcas. A Capitã De Vienne examinou as outras irmãs: exibiam estado semelhante, algumas muito pior. Até seus mantos vermelho-sangue estavam gastos, esfarrapados e queimados.

A Capitã De Vienne havia liderado as Paladinas nos últimos cem anos. E ela não se lembrava de um dia tê-las visto com aquele aspecto.

– Fomos derrotadas – concluiu num sussurro, quase incapaz de acreditar nas próprias palavras. Ela as deixou flutuar no ar até serem apreendidas pela mente de suas irmãs. A derrota era impensável. Eram Paladinas.

– Como? – perguntou Geneviève. – Minha memória falha.

A Capitã De Vienne sondou os próprios pensamentos e os encontrou em desordem.

– Não sei – respondeu. – Minhas lembranças são... fugidias.

– Estávamos com o Mestre Rouland, na Catedral de São Paulo – recordou Geneviève, hesitante. – Mas não no presente. Foi em outro tempo. Correnteza acima.

– Isso mesmo – a Capitã De Vienne se lembrou. – Viajamos correnteza acima, para o futuro. Para 2008.

– Não estamos em 1940? – perguntou outra. Seu nome era Olívia.

– Sim, estamos de volta ao nosso presente, o tempo correto – a Capitã De Vienne confirmou. – Estamos em 1940. – Ela não conseguia dizer como sabia, era uma sensação vinda do âmago do seu ser, mas nenhuma de suas irmãs Paladinas duvidou.

Geneviève se aproximou da Capitã De Vienne.

– Mas o que estávamos fazendo em 2008? – perguntou. – Não viajamos no tempo. Não somos Viajantes.

– Não está claro para mim – respondeu a Capitã De Vienne, sucintamente. Essa falha em sua memória a enfurecia. Suas irmãs buscavam nela orientação e a Capitã não podia dar. Era uma fraqueza.

– Foi um Grimnire – revelou Olívia.

A Capitã De Vienne fez uma pausa, incapaz de pensar com clareza. Os Grimnires eram criaturas do Destino, refletiu. Colocavam em prática seus próprios planos judiciosos, independentemente de quais fossem. O que um Grimnire fazia ali? Por que as levara para 2008 e de lá para o presente, para 1940? Sua cabeça latejava.

– O que vocês sabem sobre o Grimnire? – ela vociferou, seus olhos escuros sondando uma Paladina por vez. Uma a uma, elas desviaram o olhar.

– Eu me recordo – arriscou Geneviève, sua voz ecoando pela vastidão da câmara. – A lembrança está voltando.

A Capitã De Vienne andava de um lado para o outro com uma fúria mal disfarçada.

– Nosso mestre – Geneviève prosseguiu, imperturbável – evocou um Grimnire.

– Por quê? – indagou com aspereza a Capitã De Vienne. – Por que ele faria algo assim? Os Grimnires não interferem nos assuntos dos homens por banalidades.

– Buscávamos a Rosa – disse Olívia, submissa.

A *Rosa*. De repente a mente de Alda de Vienne se desanuviou, as lembranças embaralhadas começavam a fazer sentido.

A Rosa de Annwn. A chave para que os planos de seu mestre se concretizassem, uma forma viva de energia incomensurável, que habitava um hospedeiro humano. Elas tinham seguido o perfume da Rosa até 2008. Ela fora escondida. Escondida onde? A lembrança era esquiva e furtiva.

– Há um menino – lembrou Geneviève. – Ele tem a Rosa.

A lembrança por fim se formou na mente da Capitã. Tinham ido a 2008 em busca da Rosa, escondida pela mãe do garoto. Ela dera a Rosa ao filho para curá-lo, para que pudesse sobreviver.

– O menino está com a Rosa.

Olívia se aproximou.

– Onde está o nosso mestre? Não consigo senti-lo.

Nenhuma das irmãs conseguia, suspeitou a Capitã De Vienne. Mas elas *sempre* sentiam o mestre, sabiam onde ele estava o tempo todo. Agora, porém, ele se ausentara do mundo delas e o vazio que deixara em seu coração obscuro era imenso. A Capitã De Vienne acalmou-se ao se lembrar do destino de seu mestre.

– O menino. Ele era um Viajante – ela disse, tentando recuperar a compostura. – Ele e o Mestre Rouland desapareceram correnteza abaixo.

– Ele está no passado? – Geneviève perguntou.

– Não há outra explicação – respondeu a Capitã.

– Então devemos segui-lo – rebateu Olívia, de repente muito convicta.

— Como? — a Capitã De Vienne perguntou com irritação. — Para onde deveríamos ir? Para *quando*? Tudo o que sabemos é que viajamos correnteza acima para 2008, onde o mestre lutou com um menino que possuía a Rosa. Esse menino levou Mestre Rouland de volta para o passado. Nós fomos devolvidas a 1940 sem ele. Desconhecemos o paradeiro do mestre.

Olívia ofegou.

— Então não há esperança?

— Há esperança. — A Capitã De Vienne fez um movimento para reafirmar sua autoridade. — Devemos encontrar o menino. Ele nos levará a Rouland. — Um nome despontou na mente da Capitã. — *Jack Morrow* é a chave para o nosso futuro.

— E como você sugere que o encontremos? — A voz era nova e vinha de um canto escuro da câmara. Pertencia a Dominica. Ela era pálida e tinha cabelos escuros, como todas as Paladinas, mas uma contrastante faixa branca ziguezagueava desde a sua têmpora, como um rio de prata derretida através dos cabelos. Era mais alta e mais magra também, como uma atleta. Ela se aproximou da Capitã De Vienne lentamente, com um desprezo mal contido pela líder. — Como vamos encontrar um menino que pode estar em *qualquer* época?

Os olhos da Capitã De Vienne se estreitaram. Ela não tinha mais respostas a dar.

— Isso exige reflexão.

— Não temos tempo para refletir — rebateu Dominica —, nem para discussões inúteis em buracos escuros. Nosso mestre precisa de nós. Precisamos agir agora. — Ela se virou para as irmãs, dando as costas deliberadamente à Capitã De Vienne. — O garoto Morrow não estava sozinho. A Exilada era sua aliada.

A expressão de Olívia se suavizou num sorriso de alívio.

— Sim, agora eu me lembro. Nossa irmã caída estava com ele.

— Eloise — a Capitã De Vienne disse por fim. Sua mente a traíra. Ela era a líder das Paladinas, que buscavam sua liderança, e ainda assim fora a última a se lembrar do acontecido. Estava ficando velha e fraca.

— Sim — disse Dominica. — Eloise, nossa irmã esquecida. Ela, que desafiou nosso Mestre Rouland e foi aprisionada. Ela conspira com o garoto Morrow. Vai nos levar até ele, e ele ao nosso mestre.

— Mas onde ela está? — indagou Geneviève.

Dominica fechou os olhos e respirou fundo.

— Por perto.

Ela estendeu as mãos para Geneviève e Olívia. Uma por uma as Paladinas deram as mãos até que só a Capitã De Vienne permaneceu fora da corrente. A ira fervilhava em seu íntimo. A Capitã tinha gana de estrangular Dominica por sua insolência. Mas esse não era o momento. Ela deu as mãos para as irmãs e fechou os olhos.

Juntas, suas mentes unidas como uma só, viram a irmã abandonada. Eloise estava próxima, queimando. A Capitã De Vienne soltou suas mãos.

— Irmãs — bradou. — Preparem-se para a batalha.

Enquanto as outras preparavam suas armaduras, a Capitã De Vienne chamou Dominica de lado.

— Você não irá conosco — ela disse.

A boca de Dominica se abriu para protestar. A Capitã esperava por isso. Ela ergueu a mão e Dominica ficou em silêncio.

— Tenho outra missão para você, algo de grande importância.

O nervosismo de Dominica abrandou.

— Sim, Capitã.

— Nosso mestre está numa situação delicada. Pode precisar ser revivido. Você precisa me trazer Durendal.

Dominica arquejou.

— O que você pede é impossível. Rouland escondeu a espada de todas nós.

– Você se recusa a ajudar nosso mestre? – perguntou a Capitã De Vienne com severidade. – No momento em que ele mais precisa?

– Não – respondeu Dominica, parte do seu ímpeto se extinguindo. – Mas... por onde começar?

– A Viúva saberá.

Dominica hesitou, os olhos faiscando como os de um animal capturado. – Mas ela é... A Viúva é louca...

– Cuidado com suas palavras! – advertiu Capitã De Vienne. – A Viúva deve ser reverenciada. E ela pode ser nossa única chance de reviver nosso mestre. Se não conseguirmos encontrar o garoto, se ele não nos levar a Rouland, a espada nos levará. E para ser bem-sucedido ele precisará de Durendal. Você não pode falhar. Procure a Viúva e encontre Durendal. Esta discussão termina aqui.

– Sim, Capitã – Dominica disse por fim.

– Leve duas irmãs com você. Não diga mais nada aqui. Entendido? Dominica assentiu.

– Vá, então – dispensou-a a Capitã. O mais discreto dos sorrisos dançava em seus lábios quando Dominica se virou para cumprir suas ordens.

3

FOGO

Davey queimava.

Ele não via Eloise. Ele não via mais nada. A fumaça o consumia e estilhaços fumegantes espicaçavam o seu corpo. Seus pulmões protestavam cada vez que ele inspirava mais daquele ar nocivo. Chamas lambiam sua pele e queimavam as extremidades de suas roupas. Precisava sair dali ou seria consumido.

Ele rolou para a esquerda, apagando os focos de incêndio que ameaçavam envolver seus braços e pernas, e num salto ficou de pé e voltou a fugir, meio correndo, meio rastejando, da parte mais densa do inferno.

Colunas de fumaça dançavam sobre ele como lobos em círculo, acuando-o. Para onde quer que se virasse, parecia haver cinzas e brasas. Ele não confiava mais em seus olhos, o calor do fogo era sua única bússola. Davey o mantinha atrás de si e fugia dele. Passado um instante, ele se viu subitamente livre da tempestade de fogo e divisou o horizonte de Londres pela primeira vez – a sua Londres, a Londres de 1940. Ela parecia estar toda incandescente, as chamas quase brancas em contraste com o céu noturno.

– Davey! – gritou uma voz quase sem forças.

Ele se virou e viu uma sombra saída do fogo, mancando em sua direção. Conforme saía da nuvem espessa de fumaça, Davey pôde ver com alívio que se tratava de uma jovem, aparentando 16 ou 17 anos e usando um vestido preto imundo e um cinto grosso de couro. Ele ergueu os olhos das botas com fivelas até o cabelo preto cortado curto, que emoldurava um rosto de porcelana. Davey reconheceu os belos traços de Eloise instantaneamente e seu coração se alegrou. Ela sorriu debilmente e desabou aos pés dele. Sangue escorria de seu ombro esquerdo e seu braço estava torcido num ângulo pouco natural. Davey a amparou e examinou a ferida, um corte profundo que deixava exposto o osso esbranquiçado. Os olhos de Eloise reviraram fracamente, enquanto ela lutava para ficar consciente.

Davey a olhou em descrença. Por que ela não estava se curando? Eloise já fora uma Paladina – a versão feminina morta-viva de um cavaleiro medieval, que podia sobreviver a praticamente qualquer coisa. Ele a vira escapar de situações bem piores do que aquela. A energia irradiada pela sua espada podia reparar e curar até os ferimentos mais brutais.

A espada!

Davey viu as mãos dela vazias. A espada sumira. Sem a energia que emanava da arma, Eloise não podia se curar. Davey a arrastou para um canto e se agachou ao lado dela. Olhou para trás, sabendo que ali, atrás da parede de fogo, a espada deveria estar caída em algum lugar.

Respirou fundo e correu para as chamas.

Quase no mesmo instante foi engolfado por um casulo de cinzas quentes. Ele segurou o fôlego pelo tempo que pôde até forçar a fumaça abrasadora a encher seus pulmões. Tossiu violentamente. Sentiu alfinetadas ardentes no rosto quando lascas de madeira incandescente atingiram sua pele. Mal abria os olhos. Todos os seus sentidos lhe ordenavam que corresse, que fugisse da morte terrível que escarnecia dele por todos os lados. Mas Davey não podia fugir. Eloise dependia dele.

Sua visão começou a se estreitar e escurecer nas bordas. Ele precisava sair agora. Mas então Davey avistou um tênue brilho verde em meio à fumaça sufocante. Estendeu a mão para a frente e tocou o metal quente. Seus dedos o envolveram e ele puxou a espada para si, então saiu correndo da horrível tempestade de fogo, em direção ao ar puro.

Tossindo e ofegando, caiu ao lado de Eloise. Ela não estava se movendo. Davey pôs a espada na mão dela e rezou para que não fosse tarde demais. O brilho etéreo do metal aumentou, pulsando fracamente como um coração. À medida que os segundos se passavam, suas emanações aumentavam, enquanto a energia armazenada alimentava o corpo abatido de Eloise.

Davey se deitou de costas, sua própria fatiga de repente tomando conta dele. Fechou os olhos só por um instante, ou foi o que achou, pois quando os abriu novamente viu a silhueta de pessoas à sua volta.

– Levante-se, idiota! – uma voz gritou, enquanto mãos o agarravam pelos ombros com brutalidade.

Levantando-se com dificuldade, Davey se virou para ver quem falava. Não esperava ver o rosto redondo de Castilan, o proprietário grosseirão da Taverna do Enforcado, encarando-o fixamente; ele quase riu com a surpresa. Então se lembrou de Eloise.

– Castilan! – Davey gritou. – Onde está Eloise?

– Como é que eu vou saber? – Castilan tossia enquanto levava Davey para longe do fogo.

– Ela estava bem do meu lado, no chão – Davey explicou.

Castilan balançou a cabeça.

– Só tinha você ali.

Pararam numa passagem estreita entre dois edifícios, que os abrigava do inferno mais à frente.

– Não, eu não estava sozinho! – disse Davey, aflito. – Eloise estava ferida, sendo curada pela sua espada. Ela estava comigo!

– Rapaz, você estava inconsciente quando eu o encontrei – explicou Castilan. – Não tinha mais ninguém por perto. Se ela esteve lá, foi embora há um bom tempo.

A mente de Davey dava voltas.

– Talvez ela não tenha me visto. Talvez tenha acordado e não sabia onde eu estava.

Castilan deu de ombros.

– Talvez tenha ido à Taverna do Enforcado me procurar – disse Davey.

A Taverna do Enforcado era bem conhecida entre pessoas como Davey e Eloise: pessoas do Primeiro Mundo, um universo secreto de conhecimentos proibidos e imenso poder. Tinha a aparência de um *pub* como qualquer outro, mas era um ponto de encontro entre o Segundo Mundo – dos mundanos – e o Primeiro Mundo. Suas paredes tinham visto e ouvido coisas que muitos considerariam pura magia.

– É isso mesmo – disse Davey, tentando convencer a si mesmo. – Eloise foi para a Taverna do Enforcado.

– Rapaz – Castilan suspirou, apontando para a montanha de escombros ardentes que até aquela noite era um edifício legendário –, *essa* é a Taverna do Enforcado.

4

O TORMENTO DOS GRIMNIRES

Jack Morrow estava em outro lugar.

Tinha sido um instante terrível de dor opressiva, enlouquecedora, seguido por uma onda de fogo arroxeado tranquilizadora, que o acalentara como as águas de um mar ondulante sobre as areias quentes de verão.

A Necrovia se despedaçara, deixando em seu rastro um campo de melancolia prateada.

Pela primeira vez, depois de muito tempo, Jack sentiu paz. Todas as lembranças dolorosas da morte da mãe se dissiparam e sua mente se esvaziou.

Na boca do estômago, ele ainda podia sentir a turbulência vertiginosa da viagem. Esticou os dedos e sentiu as cálidas correntes de energia que passavam por ele. Jack ainda estava viajando, ainda estava em alguma parte da Necrovia, mas numa parte onde nunca estivera antes. Algum lugar além do fim de sua jornada, retrocedendo ainda mais no tempo. Ou seria avançando? Ele realmente não sabia. Para onde estava indo? Acalmou sua mente e tentou fazer contato com a Necrovia, perguntando.

Um novo pensamento invadiu sua mente, como uma resposta ao sinal do próprio Jack.

Não tema, era o pensamento. E, então, silêncio. Depois de um intervalo de serenidade, o fogo arroxeado retornou, seguido por uma nova onda de dor. Ele estava chegando a algum lugar.

Todos ao mesmo tempo, seus sentidos reuniram forças e gritaram com estridência. Ouviu-se um barulho, como água fervendo, que se transformou em centelhas de luz ferindo seus olhos e então um gosto de metal e sangue na boca. Jack tomou fôlego, deixando o ar frio revigorá-lo, e abriu os olhos.

Estava numa sala abobadada, suas dimensões encobertas por uma série de cilindros maciços de vidro contendo um gás vermelho. Cada um deles estava conectado a uma rede de tubos e cabos que serpenteavam por toda a extensão da câmara.

Jack levantou o pé para dar um passo à frente, mas algo o impediu. Ele olhou para baixo e bateu a cabeça contra algo frio e duro. Um som baixo reverberou à sua volta, como o badalar de um sino distante. Ele examinou mais de perto e viu que estava *dentro* de um dos cilindros de vidro.

Um surto de claustrofobia se apossou dele. Tentou respirar, mas o gás vermelho rasgou seus pulmões e queimou sua garganta. Ele golpeou com os punhos a parede grossa de vidro, mas a superfície imunda mal saiu do lugar. Os olhos de Jack começaram a arder, seu coração martelava no peito, sua garganta se fechou. Caiu no fundo do cilindro, seus socos tornando-se mais fracos a cada segundo. Sua visão estava embaçada por trás do véu de lágrimas e sua mente ficou paralisada. O único pensamento que prevaleceu foi o de que tinha decepcionado a mãe. Ela sacrificara a vida por ele, dera a Jack um presente de poder incomensurável, a Rosa de Annwn que vivia dentro dele. E agora ele morreria dentro dessa câmara. O sacrifício da mãe fora em vão?

Uma nova força se agitou no fundo do seu ser. Ele não permitiria que a morte da mãe tivesse sido em vão. Com o pouco que lhe restava de força física, Jack tocou o vidro com a mão aberta. Nas profundezas de sua mente, a Rosa estremeceu. Instintivamente, ele canalizou o débil tremor para a palma da mão, implorando para que ela o ajudasse. Sentiu um fluxo de calor na mão, como uma coisa viva, e de repente o vidro se estilhaçou em milhares de fragmentos dilacerantes. O gás venenoso se dispersou e ar fresco entrou nos pulmões fragilizados de Jack. Ele sentiu os múltiplos cortes em seu corpo quando os estilhaços caíram, mas o sentimento era de alívio depois do confinamento. Tossiu violentamente e abriu os olhos.

À sua frente estavam três figuras encapuzadas com quase o dobro da sua altura. Suas vestes negras plumosas eram adornadas com elaborados desenhos sobrepostos, que confundiam os olhos. Correntes de marfim sacudiam em seus membros (cada uma das figuras tinha pelo menos quatro braços saindo do tronco estreito), e uma espécie de relógio complexo tiquetaqueava em cada pescoço. Nenhum rosto era visível sob os capuzes pesados; em vez disso, um rolo de fumaça cinzenta espiralava das aberturas, impregnando o ar com um cheiro semelhante a plástico queimado. Cada um segurava na mão ossuda uma foice adornada de joias com cabo de madeira. Eram Grimnires, e Jack já encontrara uma figura dessas antes.

Uma das criaturas ergueu a mão esquelética e fez um gesto para que Jack o seguisse. Os três Grimnires se viraram ao mesmo tempo e flutuaram pelas fileiras de cilindros. Jack seguiu-os cambaleante, a cabeça ainda rodando. À frente, uma porta se abriu, quase estreita demais para que os Grimnires passassem, mas tão alta que se perdia numa neblina luminosa que dançava sobre a cabeça de Jack. Ele a atravessou e se viu numa câmara ampla. Atrás dele, a porta inconcebivelmente alta se fechou com um estrondo.

A nova câmara era mal iluminada; nas extremidades, piscavam luzinhas azuis e vermelhas. Jack estreitou os olhos e percebeu que não havia nada de diminuto naquelas luzes distantes. Eram fornalhas gigantescas abrigando um fogo arroxeado, como a que ele vira na Necrovia. Elas estavam ligadas a uma série de tubos e sinos de vidro, que se ramificavam e espalhavam como as raízes nodosas de uma árvore, desaparecendo na névoa acima. Vários Grimnires trabalhavam em cada fornalha, alimentando o fogo com formas flácidas e esfarrapadas. Seriam corpos?! Jack ofegou. Outros Grimnires traziam mais carcaças em grandes sacos que carregavam nos ombros. Desse inferno mal se ouvia um som, a distância a que estava Jack era abençoada.

Os Grimnires prosseguiram, atravessando a vasta câmara, e Jack os seguiu. Caminhavam em silêncio na direção de um feixe de luz branca que saíra da névoa e aparecera diante deles. Esse feixe tornou-se uma linha e por fim uma porta. Solenes, transpuseram seu limiar e chegaram a outra câmara, banhada por uma luz brilhante que ofuscava os detalhes do ambiente.

Jack olhou para os Grimnires e notou que agora eles também brilhavam, em harmonia com a câmara. Suas vestes escuras e as penas de galo que as adornavam agora eram de um branco acinzentado. Até a fumaça que saía de seus capuzes mudara: agora era cor de sangue. Os Grimnires formaram um círculo em torno de Jack. Outros se juntaram aos primeiros até que Jack se visse no centro de uma multidão de Grimnires, suas incontáveis foices desaparecendo à distância.

Ao longe, uma outra porta gigantesca se abriu e dali soprou um vento gelado. O grupo começou a se dividir, abrindo uma passagem entre Jack e a porta. De repente, com um terrível tremor metálico, a porta se fechou. Em seu lugar havia um Grimnire solitário seguindo na direção de Jack. Suas vestes eram de um vermelho-escuro, assim como a fumaça densa espiralando do capuz. Conforme o Grimnire Vermelho passava, os outros faziam uma reverência e, quando ele parou em frente a Jack, o círculo se fechou em volta deles.

– Olá – cumprimentou Jack com nervosismo, desesperado para quebrar o silêncio interminável.

O Grimnire Vermelho não disse uma palavra. Em vez disso, cumprimentou com a cabeça encapuzada, respeitosamente. Hesitante, Jack fez o mesmo.

Quando Jack ergueu a cabeça outra vez ouviu uma voz que não vinha de nenhuma boca. Não, "ouviu" não era a palavra certa. Foi como se, diante do olho da mente, ele recebesse uma enxurrada de imagens que se traduziam numa sentença.

Você carrega a Rosa?

A cabeça de Jack zuniu, como se uma corrente fraca de eletricidade tivesse atravessado seu cérebro. Ele cambaleou para trás, sem compreender a sensação nova.

Você carrega a Rosa?

O zunido tornou-se um espasmo doloroso. A cabeça de Jack girou e ele caiu no chão.

Você carrega a Rosa de Annwn?

– Sim! – ele arfou, por fim, o espasmo reduzindo-se a um zunido fraco, como a estática de um rádio sendo sintonizado. O Grimnire Vermelho inclinou-se, chegando mais perto de Jack.

Para onde está indo?

– Voltando para 1940. – Dessa vez Jack não hesitou. – Estava indo à Londres de 1940 encontrar meus amigos. Eu estava numa Necrovia e então vim parar aqui.

O Grimnire convocou. Você veio.

O Grimnire Vermelho deslizou graciosamente em torno de Jack, enquanto o garoto se levantava.

Londres. 1940. Por que você vai para lá?

– Porque – explicou Jack – meu amigo precisa de ajuda. Ele é a única família que me resta.

Quem?

– Meu avô, Davey Vale.

Você carrega o livro.

Não era uma pergunta. De início Jack ficou confuso, então se lembrou do livro em seu bolso, um volume fino com capa de couro intitulado *Sobre a Natureza dos Reinos Ocultos,* de Magnus Hafgan. Rouland acreditava que suas páginas guardavam segredos grandiosos que o guiariam de volta ao Reino Oculto do Outro Mundo. Tendo visitado esse reino havia muito tempo, estava desesperado para retornar, e por isso tentava tomar de Jack tanto o livro quanto a Rosa. A última página do livreto continha mensagens secretas para Jack, transmitidas de um passado distante. Essas mensagens o levaram à sua mãe, e uma batalha terrível tinha subtraído a vida dela. E, por mais incrível que parecesse, essas mensagens estavam escritas na letra do próprio Jack. Ele tocou o livro em seu bolso e disse:

– Sim, está comigo.

O Grimnire Vermelho pareceu assentir.

O que você fará com a Rosa?

– O quê? Como assim?

O que você fará com a Rosa?

– Eu não sei!

Um zumbido perturbador se fez ouvir enquanto a resposta de Jack se propagava no ar como uma onda. O ar se encheu de estática e os cabelos da nuca de Jack se eriçaram.

Os Grimnires deliberavam.

Em alguns instantes, o Grimnire Vermelho ergueu a mão nodosa e os outros ficaram em silêncio. Ele se aproximou de Jack, a tal ponto que o garoto sentiu no rosto as lufadas de fumaça saídas do capuz da criatura. Quando ele abaixou a cabeça, Jack tentou ver dentro do capuz escuro, mas não conseguiu divisar suas feições.

Jack Morrow.

A sensação de eletricidade sacudiu sua mente, aguçando seu foco.

Você é muito jovem para possuir a Rosa. É muito jovem para escolher.

Ouviu-se mais uma vez o ruído de estática quando o grupo reagiu à última declaração.

A decisão foi tomada.

O Grimnire Vermelho tirou do manto um cetro dourado e o apontou para Jack. O cetro ganhou vida com longas correntes elétricas que o percorriam da base até a ponta.

Jack fechou os olhos, consciente de que o fim estava próximo.

Espere!

Um burburinho cresceu na câmara. O ar estava tão carregado que Jack podia sentir pequenos choques de estática entre os dedos rijos. Lentamente ele abriu os olhos. Entre ele e o Grimnire estava outra das estranhas criaturas, com três dos braços sinuosos estendidos à frente.

O Grimnire Vermelho moveu lentamente o cetro dourado para o lado, as correntes elétricas diminuindo.

Uma nova série de imagens – uma nova voz – surgiu na mente de Jack.

E quanto à profecia do Último Artífice do Tempo? Um outro Destino pode se realizar.

O Grimnire Vermelho pareceu considerar as palavras, e então foi como se os dois Grimnires se comunicassem telepaticamente, debatendo as minúcias do argumento num diálogo pontuado de irrupções em coro, que lembravam a Jack as teclas de um órgão de igreja tocadas aleatoriamente. O tempo todo os olhares de Jack oscilavam entre o Grimnire Vermelho e o seu estranho protetor. Ele se perguntou se seria esse o mesmo Grimnire que encontrara antes, na Catedral de São Paulo.

Por fim pareceu que chegavam a um consenso, e o Grimnire Vermelho recolheu o cetro dourado. Assentindo com a cabeça, ele se dirigiu a Jack outra vez.

Vá, Artífice do Tempo. Viva, graças à clemência dos Grimnires. Aprenda mais sobre a Rosa e tenha cautela com Durendal.

A multidão de Grimnires se dividiu, revelando outra porta à distância.

Jack acenou para o Grimnire com a cabeça e então se virou para falar com seu protetor.

– Obrigado – disse ele.

Enquanto Jack andava em direção à porta, o Grimnire solitário sussurrou uma nova imagem em sua mente.

Esse Destino tem seu preço, Jack Morrow. Você terá que escolher. E quando o fizer, os Grimnires estarão lá. Os Grimnires cobrarão seu tributo.

As palavras encheram Jack de pavor. Ele sentiu um arrepio enquanto a porta se abria e ele a atravessava, rumo a uma luz branca ofuscante.

5

SOBREVIVÊNCIA

Sua visão estava borrada e indistinta. Formas obscuras dançavam em frente a ela, contrastando com uma parede de luz tremeluzente cujo brilho feria seus olhos. Ela sentia a pele pinicar e formar bolhas; podia sentir o cheiro da sua carne queimando. Ela tinha certeza de que seu braço esquerdo estava quebrado em pelo menos dois lugares. Ele pendia flácido ao lado do corpo, como um trapo pesado. Respirar era um suplício, sentia as costelas quebradas raspando suas entranhas a cada inspiração. Fumaça preta enchia seus pulmões já cheios de sangue, carregando com ela uma torrente de cinzas ardentes que crepitavam em sua boca e garganta. Seus pés descalços estavam chamuscados e doloridos. Ela mal podia andar.

Mas Eloise não desistiria.

Sua mão direita doeu quando ela apertou o punho da espada doadora de vida. Seu brilho suave curava... mas lenta, muito lentamente. Ela cambaleou para longe do fogo, sozinha. Onde estava Davey?

Atrás dela, algo explodiu, e seu mundo se tornou cinzas e madeira, fogo e fumaça. Ela cambaleou para a frente, afastando-se das chamas. Sobreviver era sua única preocupação agora.

De algum modo conseguiu chegar à margem do rio Tâmisa. Ela mancou até um dos vários píeres de madeira e deixou o corpo cair quando chegou à beirada. A água estava deliciosamente fria contra sua pele queimada. Ela afundou até o leito do rio e deitou no lodo. A espada se alimentou da terra, seu brilho verde enevoado aumentando a cada minuto. A sensação era boa. Ela tinha sobrevivido. Agora só precisava de tempo. Tempo para se curar.

Uma sensação faiscou na sua mente. Alguém estava se aproximando. Vindo para encontrá-la. Mas quem? Então, de súbito, uma imagem se formou. As Paladinas, suas irmãs, a estavam caçando. E sabiam que ela estava ali.

Não muito longe, a água suja se rompeu em bolhas quando algo caiu no rio. Outro baque na água à sua direita, mais perto que da primeira vez. Mais um atrás dela. As Paladinas tinham mergulhado.

Eloise emergiu com cautela, procurando agitar o menos possível a água ao seu redor. Ela mal conseguia enxergar alguma coisa no rio enlameado. A única pista da posição de suas perseguidoras eram as tênues mudanças que elas causavam na corrente.

De repente alguém do lado esquerdo a atingiu. Elas rolaram juntas ao longo do leito do rio, levantando nuvens de pó que flutuavam na água em colunas cada vez maiores. Eloise deu um golpe amplo com a espada, atingindo alguma coisa. Uma mão arranhou seu rosto, mas logo desapareceu nas trevas novamente.

Dando impulso, Eloise começou a nadar para longe da margem. Ia para o ponto mais profundo, onde seria mais fácil despistar as Paladinas. Ela mal chegara lá quando a lâmina de uma espada reluziu no escuro e bateu com força no seu ombro direito. A dor foi intensa. Ela quase deixou cair a espada. Um rosto apareceu na sua frente, um rosto que ela conhecia bem demais: a Capitã Alda de Vienne.

O ódio se apossou de Eloise. Ela tentou deixar os sentimentos de lado, tentou ignorar o caleidoscópio de lembranças que vinham à tona, mas a ira já a consumia. Ela nunca conseguiria esquecer o que acontecera, muito tempo antes.

Ergueu a espada, mas a Capitã De Vienne, rápida demais para Eloise, segurou seu pulso. A espada da Capitã, uma lâmina mecânica projetada para substituir sua mão decepada, continuava enterrada no ombro de Eloise. De repente a Capitã torceu a lâmina e a água imunda inundou os pulmões de Eloise, arrancando-lhe um grito de agonia. Sua força se esvaía, seus ferimentos eram muito graves. Ela estava a poucos instantes de perder a consciência.

Eloise ergueu os olhos; uma figura gigantesca e obscura saiu da escuridão e caminhava na direção dela. Uma profunda vibração agitava a água conforme ela passava. A Capitã De Vienne pareceu perceber também. Ela parou de revirar a espada na carne de Eloise e girou o corpo no momento que o casco metálico do encouraçado esmagou seu rosto, quebrando seu crânio. O impacto arrastou as duas junto com o navio e elas colidiram com o casco enferrujado repetidamente. Por um momento a Capitã De Vienne ficou inerte na água, ainda prendendo Eloise com as mãos. Enquanto seu sangue branco se misturava com a água do rio, esta virou de costas. Eloise agarrou o braço da Capitã e puxou a lâmina enterrada no seu ombro. A espada se deslocou um pouco, então, com uma onda de dor quase insuportável, cedeu.

A hélice imensa do encouraçado trovejava abaixo de Eloise, turbilhonando a água. Ela mergulhou, saindo do caminho do navio e nadando mais para o fundo. Seu ombro latejava, mas não havia tempo para descanso, não havia tempo para se curar. As outras Paladinas sentiriam o cheiro do sangue e estariam em cima dela em segundos. Ela começou a nadar até a margem norte, subindo até a superfície. À sua frente surgiu a corrente delgada de uma âncora. Agarrando-se a ela, Eloise libertou-se das águas do rio, direto para o ar frio da noite, e venceu a grande distância até terra firme no fundo de madeira de um barco de pesca. Ela ouviu um barulho alto de água espirrando, quando as figuras escuras das Paladinas se lançaram com agilidade no ar e aterrissaram no convés perto dela.

– Você está com a minha espada – disse a Capitã De Vienne. – Eu a quero de volta. – As palavras tropeçavam, quase incompreensíveis, nos seus lábios ensanguentados, a mandíbula quebrada pendendo solta no rosto lacerado. Eloise conseguiu abrir um sorriso triunfante. A espada na sua mão já pertencera à Capitã, mas ela a perdera, como perdera a mão que segurava a espada, quando dois garotos libertaram Eloise do seu cativeiro eterno. Por um momento, ela se perguntou o que teria acontecido a Jack e Davey.

– Se você a quer de volta, precisará tomá-la de mim – respondeu Eloise, entredentes.

A Capitã De Vienne baixou os olhos para onde um dia estivera sua mão direita.

– Não a queremos morta. – Fez uma careta. – Diga-nos onde está o garoto Morrow e poderá viver.

Eloise riu friamente.

– Sua memória é curta. Acha que eu confiaria em você? Depois do que fez a Cayden? – Sentiu uma onda de emoção quando o nome deixou seus lábios. Ela saltou no mesmo instante, escalando o mastro, fincando as unhas na madeira, enterrando a espada ali, ganhando apoio e altura a cada vez que alçava o corpo, até chegar ao topo.

A porta da cabine do barco se escancarou e um pescador robusto correu para fora.

– O que significa isto? – exigiu saber. – Este é o meu navio!

Uma das Paladinas, Véronique, agarrou o pescoço flácido do homem e o jogou pelos ares. O grito dele desvaneceu-se rapidamente na escuridão, então se ouviu o barulho de água espirrando ao longe.

A Capitã De Vienne voltou sua atenção para Eloise, muito acima. Levantou o braço mecânico e, com um clique estrepitoso, a lâmina dobrou de comprimento.

— *Essa* espada você não pode roubar de mim, irmã! – ela gritou, golpeando o mastro com o braço. A espada atingiu a madeira, cortando-a ao meio. A Capitã De Vienne puxou a lâmina de volta e atacou novamente. Com um rangido horrendo, o mastro começou a vergar. Caiu em cima de outra embarcação ancorada ao lado do barco de pesca. Quando a madeira pesada se partiu, Eloise viu sua chance e saltou para o outro barco.

Com velocidade sobre-humana, a Paladina a seguiu pelo mastro, chegando à outra embarcação em segundos. A vantagem era insignificante, mas bastou para Eloise. A espada em sua mão a alimentava, curava seus ferimentos, enchendo-a com uma vontade feroz de sobreviver.

Véronique foi a primeira a atacar, a espada erguida sobre a cabeça. A arma desceu sobre Eloise bem quando a garota corria para a proa do barco. Eloise bloqueou o golpe, sua espada viva produzindo faíscas enquanto cortava o ar no convés, incendiando cordas e vigas.

Uma segunda Paladina, Corinne, juntou-se ao combate, bloqueando a passagem de Eloise. Enquanto lutavam, puseram fogo no cordame do barco e, mais uma vez, Eloise pulou para o barco seguinte. Corinne foi a primeira a segui-la, mas Eloise estava pronta. Quando a Paladina saltou sobre ela, Eloise se virou, rolou e empalou a irmã com a espada. Corinne caiu sobre a cabeça de Eloise e rolou pelo convés em chamas, a mão segurando a barriga. Eloise tomou a arma da mão trêmula de Corinne e se levantou. Ficou ali de pé sobre a Paladina caída, uma espada em cada mão, uma figura sombria e graciosa contra um céu ardente.

Ligeira, Eloise se virou, correu pelo convés e saltou para o píer, empurrando dois marinheiros carregando baldes para apagar o fogo. Atrás dela, Véronique gritou ao saltar do barco pendurando-se numa corda em chamas, diminuindo obstinadamente a distância entre elas até que suas espadas se chocassem num clangor furioso. Eloise lutou com as duas armas, num ataque violento e frenético que abalou e desarmou a oponente. Véronique caiu de joelhos, o queixo no peito, enquanto Eloise corria pelo píer e para longe das Paladinas restantes, que se aproximavam, ziguezagueando na multidão atraída pelo barulho.

Eloise ouviu a Capitã De Vienne gritar enquanto a perseguia. Ela virou uma esquina e espiou por sobre o ombro: Geneviève, Anouk e Margaud se aproximavam com a Capitã.

Quatro Paladinas eram mais do que ela podia vencer.

6

O VULTO À PORTA

Quando o incêndio finalmente começou a diminuir, a Taverna do Enforcado não passava de uma pilha de cinzas e escombros enegrecidos apontando para o céu, em ângulos desordenados. Nada de valor tinha sobrevivido ao bombardeio.

– Esta é a minha casa – disse Castilan, com a voz embargada. – É tudo que tenho na vida.

Davey mal o ouvia, sua mente estava em outro lugar. Ele deu alguns passos para a frente, desviando-se de um monte rodopiante de cinzas.

– Ei! – Castilan gritou. – Não é seguro, rapaz. Volte para cá!

Davey não parou. O fogo ainda consumia os prédios à sua volta, na rua estreita. Colunas de fumaça preta e nociva espiralavam para o céu, alimentadas pelo ar superaquecido, fazendo-o engasgar com as cinzas rançosas. Perto dali um homem em chamas saiu cambaleante de um prédio incendiado e caiu no chão. Davey correu para o lado dele, mas o homem já estava morto. Sua vontade era virar as costas e fugir dali, libertar-se daquele lugar terrível, mas algo o forçava a seguir em frente, procurando incansavelmente.

– Eloise! – Davey gritava repetidamente, tossindo cada vez que inspirava uma lufada de ar quente, mas não havia resposta. Ele sentia as solas dos pés queimando e sabia que sua busca era inútil. Ainda assim, continuava.

Outro prédio soltou um lamento, como um animal moribundo, e então desmoronou. Davey correu para uma cobertura, escapando por pouco da avalanche de vigas e tijolos. De repente a fumaça e a poeira diminuíram, e por um instante uma brisa fria e refrescante o revigorou. Ele esfregou na manga da camisa os olhos que ardiam e, piscando, prosseguiu.

Uma parede de tijolos tinha sobrevivido, parcialmente desmoronada, sustentando de pé uma porta vermelha, como o cenário de um programa de entrevistas de mau gosto.

Trôpego, ele andou na direção da porta, escalando montes de escombros e corpos jovens, aproximando-se daquela visão absurda, quando a maçaneta virou e a porta vermelha se abriu. Davey mal pôde acreditar no que viu. Um vulto emergiu da porta, a silhueta recortada contra o fogo que queimava atrás.

— Eloise? — Davey gritou outra vez. Seus dedos fincavam-se como garras na montanha de entulho, retirando da frente cadeiras quebradas, pedaços de garrafa, cortinas esfarrapadas e avançando na direção da figura à porta.

Ouviu-se um estouro, como se o céu tivesse desabado. Naquele momento, as nuvens de cinza se romperam e Davey pôde ver o vulto com clareza pela primeira vez: não era Eloise, mas um menino, sua camisa branca suja de lama e sangue. Parecia deslocado, desconfortável na própria pele, com olhos denunciando sua exaustão. Davey viu a massa indômita de cabelos castanho-avermelhados soprando com a brisa e reconheceu de imediato seu futuro neto.

— Jack? — Davey arquejou, atordoado e confuso.

O menino à porta procurou pelo dono da voz e viu Davey. Lágrimas se formaram em seus olhos quando ele correu em direção ao amigo. Encontraram-se no alto da montanha de entulho e se abraçaram ainda sem acreditar.

— Davey? — Jack gaguejou. — É você mesmo?

– Quem mais seria? – Davey riu.

Jack olhou para ele em transe.

– Eu estou de volta! De volta a Londres! Estamos em 1940, não é? Davey mostrou com um gesto a devastação ao redor deles.

– Bom, 2008 é que não é!

Um sorriso de orelha a orelha estampou-se no rosto de Jack, e Davey riu também.

– É bom estar de volta – disse Jack. Ele notou a aparência esfarrapada de Davey. – O que aconteceu com você? E onde está Eloise?

– E não é que aquele Grimnire nos largou no meio de um maldito ataque aéreo?!

– Nem me fale em Grimnires... – Jack murmurou. Ele percebeu a expressão confusa de Davey. – Eu explico mais tarde. Primeiro me conte o que aconteceu com vocês.

– Não há muito que contar. – Davey deu de ombros. – Aquele Grimnire nos deixou aqui, bem no meio do incêndio. Eu e Eloise nos separamos... – A voz dele enfraqueceu.

Ao longe, ouviu-se um som crescente.

– Corra! – Davey puxou a camisa de Jack e os dois garotos subiram a rua tropeçando nos escombros, afastando-se do lamento. – Aqui embaixo! – Davey gritou, puxando Jack para baixo de uma escadaria, ao lado da entrada de um porão. Empurrou a porta escangalhada e correu para dentro no momento em que o prédio inteiro sacudiu violentamente com a bomba que explodiu perto dali. Uma parede de fumaça e entulho se ergueu lá fora. As janelas menores explodiram, provocando uma chuva de madeira e vidro. O que restava da velha porta cedeu sobre Jack e Davey, jogando-os no chão. Davey rastejou mais para baixo da proteção frágil, puxando Jack com ele.

Ficaram deitados ali por vários minutos, ouvindo o coro de fogo e destruição, até que o ar pesado os forçou a voltar para a rua.

Uma tempestade de fogo começara e consumira qualquer esperança de procurar por Eloise. Com relutância e o coração pesado, Davey deu as costas para as chamas, afastando-se do que fora um dia a Taverna do Enforcado.

– Ela está lá dentro – Davey disse com tristeza. – Eloise. – Ele afundou numa pilha de entulho que até pouco tempo antes fora o dormitório de alguém.

– Temos que fazer alguma coisa – Jack falou na mesma hora.

– O quê? – Davey respondeu com raiva. – Eu tentei! Você consegue atravessar o fogo? Consegue?

Jack sentou-se ao lado dele e pôs a mão no ombro do amigo. Davey se esquivou, escondendo o rosto manchado de lágrimas. Ele se empertigou, de costas para Jack.

– Não tem sentido ficar aqui se lamentando. Todo mundo morre um dia, certo?

– Mas ela é uma Paladina. Pode ter sobrevivido.

– Sobrevivido àquilo? – Davey apontou para a parede de fogo que avançava, seu calor e sua intensidade maiores a cada segundo. As chamas lambiam as fachadas dos edifícios ao redor, tomando posse de telhados, derrubando-os como fênix retorcidas sobre as ruas incendiadas, e depois se espalhando, alimentando-se deles. Ele chutou o entulho, frustrado. – Vamos, antes que a gente morra queimado aqui.

Eles buscaram abrigo na entrada de uma confeitaria, longe o bastante do fogo para proporcionar alguma segurança. Os dois amigos improváveis deram as costas momentaneamente à carnificina da Blitz e examinaram os potes de doce.

– Ela vai escapar do fogo, tenho certeza de que vai – afirmou Jack.

Davey suspirou com pesar.

– Espero que sim.

Jack balançou a cabeça. Eloise já tinha sido morta, muito tempo atrás. Seu antigo mestre, Rouland, tinha trazido a Paladina de volta à vida para que fizesse parte do seu círculo secreto de elite. Ela era uma Finada agora, imortal, pelo tempo que a sua espada a alimentasse. O fogo podia consumi-la, podia desfigurá-la e torturá-la, mas independente de suas súplicas, ela não morreria.

– Então, o que você tem feito ultimamente? – Davey perguntou, com uma descontração forçada.

Jack fitou os potes de doce, mas seu olhar estava distante. Ele parecia diferente de alguma forma. Mais velho? Não, não era isso. Ele estava mudado, mais introspectivo, tinha mais autoridade no olhar.

– Depois que você deixou 2008, fui para casa. – Ele se virou e olhou Davey, suas feições marcadas de tristeza. – Já contei que meu pai está na cadeia?

Davey assentiu, ouvindo atentamente.

– Nosso apartamento não era grande coisa, mas com o meu pai na cadeia e eu... – Ele deu um meio sorriso. – E eu aqui, eles o tomaram. Eu não tenho mais para onde ir.

– Você fez a coisa certa – disse Davey, tentando soar paternal. – Eu vou cuidar de você aqui. Afinal de contas, sou seu avô, certo?

– Certo. – Jack exibiu um sorriso tenso. – Tentei voltar direto para cá, para encontrar você. Mas passei em outro lugar antes, Davey.

– Como assim?

Jack balançou a cabeça, fechando os olhos com força.

– Eu... Eu não sei. Eu estava numa Necrovia, voltando para cá, para 1940, quando...

– Quando o quê?

– Fui parar em outro lugar, com os Grimnires.

– Os Grimnires! – Davey exclamou

Jack assentiu fracamente.

– Não sei o que aconteceu. Havia centenas de Grimnires, milhares deles, é provável. O lugar era imenso. E havia um Grimnire vestido de vermelho. Acho que era um julgamento. Mas eles me deixaram ir embora.

— Simples assim? — Davey perguntou, pressentindo que havia mais.

— Eles me deram um aviso — completou Jack. — Sobre algo, ou alguém, chamado Durendal.

— Durendal? — Davey refletiu. — Nunca ouvi falar.

— Nem eu. Aposto que Eloise saberia o que é.

Davey sentiu o estômago revirar à menção do nome dela. Ele fechou os olhos e tentou acalmar a mente.

— Onde você está? — ele sussurrou. Era como se ele pudesse senti-la como uma imagem fugaz e oscilante, fora de foco. A mão de Jack pousou no ombro de Davey e ele abriu os olhos. — O que foi?

— Você... Está sentindo alguma coisa? — A expressão de Jack estava rígida, como uma pedra.

Davey deu de ombros casualmente.

— Não, na verdade não.

Jack deixou cair a mão e a distância entre eles pareceu crescer.

— Você está sentindo, não é mesmo?

— Eu não sou um Manipulador, Jack! — Davey respondeu com irritação.

No futuro, em 2008, Jack conhecera um Davey mais velho. O Velho David tinha se transformado num Manipulador, alguém capaz de controlar a energia com a mente, e fora consumido pelo seu ódio e amargura. Ele unira forças com Rouland, e suas ações provocaram a morte da mãe de Jack. Davey sabia de tudo isso tão bem quanto Jack; ele vira seu eu futuro com os próprios olhos e o conhecimento desse destino era um peso nos ombros dos dois.

Secretamente, Davey começara a sentir o despontar da sua capacidade mental. Ele tentava ignorar, mas ela estava lá.

— Fale a verdade! — Jack exigiu. Suas bochechas ficaram vermelhas com a raiva, seus punhos se cerraram.

– Eu comecei a sentir coisas, tá legal? Não consigo evitar! Mas eu não sou *ele*, Jack. Eu não tenho que me tornar aquela pessoa. – Sua voz se tornou um sussurro aterrorizado. – Tenho?

Ele viu a raiva de Jack esmorecer, sendo substituída por uma formalidade desconfortável.

– Não, não tem. Mas você não deveria esconder isso, Davey. Você tem um dom, deveria aprender a usá-lo direito.

A última palavra pareceu flutuar numa nuvem de raiva mal resolvida. A proximidade que sentiam momentos antes se fora, estava perdida, deixando em seu lugar um vazio que Davey achou que o consumiria.

Ele viu Jack lutando contra as suas dúvidas. Então o garoto pareceu tomar uma decisão.

– Use o dom. Tente encontrar Eloise.

– Tem certeza?

Jack assentiu com veemência.

Davey fechou os olhos e tentou encontrar as imagens fugidias novamente. No começo, não achou nada, então viu uma figura obscura se movendo rapidamente em meio às chamas. Ofegou.

A voz de Jack falhou:

– O que está vendo?

– Alguma coisa. Não sei – respondeu Davey, com sinceridade. Procurou a leste, no centro da cidade. – Ela está para lá, em algum lugar na direção da Piccadilly Circus.

– Tem certeza?

Davey olhou para Jack.

– Não, claro que eu não tenho certeza! É um pressentimento, um palpite, só isso.

– É o melhor que temos – disse Jack com um sorriso forçado.

Davey riu sem vontade e eles se dirigiram para leste, atravessando os escombros.

7

A BATALHA DE TRAFALGAR

Elas eram como um vento incontrolável, precipitando-se pelas ruas enevoadas da noite, às vezes correndo no meio do trânsito, outras vezes disparando por becos estreitos, vez ou outra até escalando as paredes dos edifícios, cravando as unhas, agarrando-se, subindo. À sua volta, os londrinos gritavam e se encolhiam nas entradas das lojas, os carros cantando pneu nas ruas, tudo num balé em câmera lenta, comparável ao de Eloise e as Paladinas.

Eloise tinha a dianteira, e podia escolher o caminho que mais lhe agradasse, com uma meta sempre em mente. Atrás dela, a Capitã De Vienne, Geneviève, Anouk e Margaud seguiam-na como uma matilha de cães de caça enlouquecidos.

Mais à frente, a rua fazia uma curva, e o toldo de um hotel elegante fez as vezes de trampolim para Eloise. Seus dedos se agarraram às ranhuras da pedra e ela se lançou para cima, até as grades de metal da sacada do primeiro andar. Ela saltou dali, suspensa no ar por um instante, passando por cima de um ônibus de dois andares – os rostos dos passageiros do último andar congelados numa mescla de choque e perplexidade –, até que suas mãos agarraram o topo de um poste de luz. Instantaneamente ela saltou dali, voltando para a fachada do hotel. Atrás dela, as Paladinas mantinham o ritmo.

A placa de neon apagada do hotel rangeu sob o peso de Eloise quando esta aterrissou sobre ela, assustando um bando de pombos, que esvoaçou para o ar gélido. Os músculos do abdômen se contraíram outra vez. Ela estava no ar novamente, avançando em direção ao segundo andar. Seus dedos doeram quando ela se segurou no beiral estreito e nas ranhuras da parede de pedra. Um pequeno erro de cálculo e ela cairia na rua bem mais abaixo. Um erro era tudo de que as Paladinas precisavam para acabar com ela para sempre.

Como uma aranha, ela escalou a parede, seu corpo zombando da gravidade. Mais atrás, Eloise ouviu um grunhido e o som de metal arranhando a pedra. Uma das Paladinas calculara mal a distância e caíra.

Mais à frente, outra sacada apareceu em meio à neblina cinzenta. Eloise estendeu o braço para alcançá-la, aterrissando com graça, mal desacelerando o passo ao tentar abrir a porta de vidro. Estava destrancada.

Ela era um borrão negro ao entrar no quarto de hotel e fechar a porta atrás de si. Lá fora, viu dois vultos escuros passando. Só levaria segundos para que percebessem onde Eloise estava.

Ela passou correndo pelo casal adormecido, indiferente à perseguição desesperada que acontecia à sua volta, até a porta que a levaria pelo labirinto de corredores. Não gostava daquele confinamento, era perigoso. Queria estar ao ar livre outra vez. Rápida mas silenciosa, ela subiu até o último andar, encontrou a escada que a levaria até o terraço e deixou para trás os corredores abafados.

O ar úmido da noite refrescou o rosto de Eloise. Ela olhou para o horizonte de Londres: escuro, oculto dos pilotos alemães. À sua frente estava a sua meta: a vastidão da Praça Trafalgar, encoberta pela névoa. Por um momento, o estrondo distante das bombas cessou e Eloise sentiu como se tivesse Londres só para si.

No meio do terraço ela encontrou um poste com cabos telefônicos estendendo-se para todas as direções, como uma teia artificial.

Seus olhos seguiram um dos cabos até a rua, onde ele encontrava uma caixa de ligação na parede de outro edifício. Ela rapidamente calculou seu comprimento. Seria o bastante. Puxou com força e o cabo se desprendeu da caixa. Ela o enrolou até que ele se transformasse numa pilha a seus pés.

O tempo estava se esgotando. Estavam vindo atrás dela. Ela puxou do cinto a espada que pegara de Corinne, amarrou no punho uma ponta do cabo e foi até o beiral do telhado. Teria que calcular o tempo com exatidão.

Seu alvo estava quase fora de vista na noite escura e úmida. Ela focou o olhar e conseguiu distinguir a Coluna de Nelson, o monumento em homenagem ao vice-almirante Horatio Nelson, orgulhosamente erigido no meio da Praça Trafalgar. Eloise mirou e atirou a espada no topo da Coluna. A espada cortou o ar com um assovio, arrastando com ela o cabo até que, mal produzindo um som, cravou-se na estátua de pedra. Eloise calculara corretamente. O cabo estava bem esticado, ligando a Coluna ao telhado.

Eloise ouviu passos atrás de si. A porta do terraço se despedaçou e as Paladinas irromperam. Rapidamente ela girou a espada e passou o cabo pelo punho da arma. Pegou-a com as duas mãos e correu em direção à beirada do telhado. Quando seus pés deixaram o chão, foi como se seu coração parasse e todos os sons cessassem. Ela se sentiu como um pássaro, voando pelo ar cheio de umidade, sem nada que a detivesse. A dor desapareceu e ela ficou, pelo mais fugaz dos momentos, feliz.

A espada deslizou pelo cabo em direção à Coluna de Nelson. Atrás dela, no topo do telhado, ela pôde ver as figuras sombrias das Paladinas. Eloise sabia o que aconteceria agora. Viu o reluzir tênue de uma espada sendo arremetida, então sentiu a tensão desaparecer do cabo e ela começou a cair. Balançou a espada para trás e agarrou o cabo, enrolando-o em volta da cintura várias vezes. Ao mesmo tempo, usou seu peso para girar para a esquerda e fazer um arco descendente com o corpo. O cabo deu um tranco para a esquerda, fazendo Eloise girar em volta do monumento, depois se enrolou na estátua, dando a volta nela uma, duas, três vezes, com Eloise ainda presa nele. Na quarta volta, ela se soltou, caiu no pavimento e saiu rolando. Voltou a perceber o barulho, assim como a dor.

Em algum lugar lá em cima a Capitã De Vienne praguejou, seus rosnados distantes abafados pela névoa. Eloise se levantou e correu em direção a um dos grandes chafarizes que havia de cada lado da estátua. Ela estava quase lá quando...

– Eloise!

A voz era estranhamente familiar. Ela olhou para além da fonte, em meio à noite enevoada, e viu dois garotos correndo em sua direção: Davey e Jack.

– Você está viva! – Davey exclamou com um sorriso. – Estávamos procurando você!

Eloise se animou com a visão dos dois amigos. Então ela se lembrou da perseguição.

– As Paladinas! Elas estão aqui.

– Não se preocupe! – Davey sorriu enquanto tirava uma moeda do bolso e jogava na fonte. A água tremulou e cintilou, então uma abertura apareceu na superfície. – Eu sempre consigo uma saída.

– É uma conexão? – Jack disse, impressionado. – A Praça Trafalgar é uma conexão?

– Uma das principais entradas para o Primeiro Mundo – Davey explicou calmamente. – Muito lotada para o meu gosto. Muitos formulários para preencher, mas não temos tempo para fazer uma entrada mais discreta.

Lá em cima, o céu se iluminou com o fogo antiaéreo quando o ronco distante dos bombardeiros alemães recomeçou. Uma lembrança relampejou na mente de Eloise, da primeira vez em que ela passara por uma câmara de junção. Era só uma garotinha e ficara aterrorizada. Sua mãe tinha explicado que se tratava de uma ligação secreta entre a Londres do Segundo Mundo e as profundezas ocultas abaixo dela, para o Primeiro Mundo. Ela tinha medo de água e gritou até que se viu do outro lado, em segurança. A sensação de estar caindo tinha acabado quase imediatamente, e ainda assim a lembrança ainda estava viva, mesmo agora, longas décadas depois.

Uma explosão ao longe lançou na atmosfera nebulosa e úmida uma luz doentia, interrompendo a lembrança de Eloise. Recortado no clarão de cores passageiro, a silhueta de um trio de criaturas sombrias e malévolas.

– Rápido! – gritou Eloise para Jack e Davey. – Para a conexão, antes que ela se feche. Eu vou atrasá-las.

– Não! – Davey gritou. – Você tem que vir conosco.

– Elas estão atrás de Jack. Vão me seguir, então não posso ir com vocês.

Jack correu até Eloise.

– Não vamos nos separar.

Eloise viu suas irmãs se aproximarem, velozes, e soube o que tinha que fazer.

– Perdoe-me.

Ela levantou Jack pela camisa e o jogou na fonte. Enquanto ele desaparecia na água, a superfície reluziu, tremulou e se fechou.

– O que foi que você fez? – Davey arquejou.

– Eu o salvei. Você tem outra moeda?

Davey revirou os bolsos até encontrar uma moedinha de prata. Ele a mostrou a Eloise para que ela visse o Primeiro Mundo gravado na moeda.

– Ótimo – ela disse. – Me siga e fique fora do caminho.

– Não vamos atravessar?

– Não. A moeda não é para nós.

Sem nem mais um segundo de hesitação, Eloise correu na direção das Paladinas, brandindo a espada. Anouk foi quem investiu contra ela e suas espadas se entrechocaram, fagulhas verdes iluminando as gigantescas estátuas de leão que guardavam a Coluna de Nelson.

Eloise saltou sobre uma das estátuas e Anouk a seguiu. Quando a Paladina saltou no ar, a espada de Eloise a alcançou, rasgando sua armadura ancestral e a carne embaixo dela. Anouk caiu no chão, gemendo baixinho. As outras duas Paladinas, Margaud e a Capitã De Vienne, aproximaram-se com cautela.

Eloise pulou da estátua de leão e deu um salto mortal na direção da fonte mais distante. Margaud ergueu a espada sobre a cabeça, gritando ao se lançar contra Eloise. A batalha foi feroz, as espadas eram só borrões, de tão velozes. Eloise recuou para dentro do chafariz, desviando-se de cada golpe. Margaud entrou na água também, como se sentisse sua oponente enfraquecendo. A Capitã De Vienne assistia e esperava, sem ver que Davey se escondia atrás da estátua de leão.

Então, uma das investidas de Margaud foi bem-sucedida. A espada se cravou na lateral do corpo de Eloise, atravessando suas costas. Por um momento ambas ficaram imóveis, como duas estátuas, então Eloise caiu sobre um dos joelhos, sem poder respirar. Margaud puxou a espada e ergueu-a sobre a cabeça de Eloise.

– Espere! – disse a Capitã De Vienne. – Ela responderá a mim.

Eloise, de cabeça baixa, viu Davey engatinhar mais para perto, sem ser notado, como um camundongo entre gigantes. Seu olhar apavorado encontrou o de Eloise. Ela piscou lentamente, os olhos baixos, fitando a água, e depois encarou Margaud. Davey fez um sinal rápido com a cabeça.

Quando a Capitã De Vienne saltou a mureta do chafariz e entrou na água, Davey avançou em silêncio. Jogou a moeda, para que caísse na água.

A Capitã De Vienne ficou diante de Eloise. Ergueu sua mão mecânica, e com um clique a lâmina se projetou para fora. Eloise foi a única a ver a moeda caindo ao lado delas. Ela transferiu o peso para a perna de trás. Seus músculos se contraíram.

– Você vai me dizer onde está o garoto Morrow, Eloise. A dor sempre revela segredos. Acho que vou começar com o seu olho – disse a Capitã De Vienne. A lâmina embutida em seu braço começou a girar como uma furadeira enquanto avançava lentamente na direção do rosto de Eloise.

Bem perto, a água espirrou imperceptivelmente. Naquele instante, Eloise saltou no ar. Antes de ela aterrissar, a água começou a resplandecer e uma fenda, a se abrir. A Capitã De Vienne ofegou quando seus pés perderam o chão. Suas mãos procuraram algo em que se segurar, mas encontraram apenas Margaud. As Paladinas atravessaram a conexão e desapareceram completamente. Eloise caiu com tudo na borda do chafariz, sua visão escurecendo por causa da dor do ferimento. A água borbulhou mais um pouco e a conexão de fechou.

A praça imediatamente caiu em silêncio. Nada se movia, a névoa densa cinza-esverdeada envolveu e silenciou até mesmo as sirenes do ataque aéreo.

Eloise ofegou, tentando recuperar o fôlego; um de seus pulmões fora perfurado. Uma mão se estendeu em sua direção e tocou a dela. Ela abriu os olhos e viu Davey.

— Elas se foram? — ele perguntou no mesmo instante.

— Por enquanto.

— Não vão encontrar Jack lá embaixo, vão?

— Ealdwyc é um lugar imenso. As conexões são distantes umas das outras. Elas podem sentir a *minha* presença, não a dele. Logo vão voltar para cá... para mim. Vou levá-las para longe.

— Você consegue andar?

Eloise se pôs de pé. A dor era indizível, mas ela podia suportar. Davey colocou o braço em volta dela, sustentando seu corpo frágil e ferido enquanto se afastavam na noite gélida.

8

SOZINHO EM EALDWYC

– Não! – Jack gritou quando a conexão da Praça Trafalgar desapareceu, suas cores tépidas se misturando num preto-azulado retinto. Ele sentiu o ar passando por ele enquanto a breve sensação de queda diminuía. Do nada, novas formas e cores se reordenaram quando Jack caiu com toda a leveza de uma pena numa cadeira alta de metal. Olhou em volta, admirado: estava numa sala ampla com muitas cadeiras iguais àquela em que estava sentado, todas vazias. Num canto da sala, um pequeno abajur se acendeu com um zumbido, rompendo o tom acastanhado do lugar com um círculo de luz amarela.

– Nome? – A voz áspera e envelhecida parecia vir de detrás do abajur.

– O quê? – Jack respondeu. – Quem está aí? – Ele tentou erguer a mão para proteger os olhos da luz intensa, mas algo impedia que se movesse.

O dono da voz suspirou.

– Nome! Qual é o seu nome?

– Jack.

– O primeiro ou o último?

– O primeiro ou o último o quê?

– Nome! Esse é o seu primeiro ou último nome?

– Primeiro. Meu nome é Jack Morrow.

O barulho de uma caneta rabiscando o papel ecoou na ampla câmara.

— Jacque? Com Q?

— Não. É Jack, com K. J, A, C, K.

O dono da voz puxou o ar com impaciência. Jack ouviu o barulho de papel sendo amassado numa bolinha e jogado no chão de pedra.

O velho oculto nas sombras limpou a garganta.

— J, A, C, K Marrow. M, A, R...

— Não, não — Jack o interrompeu. — É Morrow. M, O, R, R, O, W.

A voz murmurou e praguejou quando outro pedaço de papel foi amassado e jogado no chão.

— Morrow. Dois Os e dois Rs? Tem certeza?

— Sim. Posso ir agora? — Jack perguntou.

— Razão da visita? — o velho disse.

— Eu... Eu não sei...

— Declare a razão da sua visita a Ealdwyc — a voz esbravejou com irritação.

Jack pensou rápido e disse:

— Vim visitar amigos aqui.

— Por quanto tempo vai ficar?

— Ah... Só alguns dias. Talvez uma semana — Jack respondeu confiante.

— Alguma doença contagiosa?

— Não.

— Está carregando alguma substância proibida?

Jack estremeceu, lembrando-se do pequeno livro que trazia no bolso da calça. Era uma antiguidade valiosa, um volume raro que ele e Davey tinham roubado de 1813.

— Tabaco? Álcool? Queijo? — A voz arrancou Jack de seus pensamentos.

— Não — respondeu tenso.

Ouviu-se um golpe surdo quando o velho carimbou um papel.

— Bem-vindo a Ealdwyc. Aproveite a visita.

Fosse qual fosse a força que prendia Jack à cadeira, de repente esmoreceu. Imediatamente, ele checou se o livro ainda estava no bolso e, quando seus dedos tocaram a capa de couro, respirou aliviado. Levantou-se devagar.

A voz áspera falou novamente:

– Acelerando, acelerando. Mexa-se, agora.

Jack levantou-se da cadeira e deu alguns passos, em direção à luz.

– Lado errado.

– O quê? – Jack perguntou.

– A saída é para aquele lado. – Se o dono da voz estava apontando para algum lugar, Jack não pôde ver. Ele sondou a câmara até encontrar uma porta na parede oposta. Andou naquela direção, girou a maçaneta e abriu a porta.

Jack não estava preparado para o que o esperava além daquela porta tão modesta. Viu-se numa trilha estreita, que fora escavada com perfeição no flanco de uma montanha rochosa. À sua frente havia um precipício, uma imensa abertura que serpenteava montanha abaixo, como se não tivesse fim. O abismo tinha mais de um quilômetro de diâmetro e, em toda a sua volta, trilhas e passagens tinham sido entalhadas na rocha. Ele olhou para o outro lado do despenhadeiro. Pináculos cônicos, semelhantes a torres de catedrais, agarravam-se à borda penhasco, projetando-se para o nada, como flechas de pedra. A arquitetura era estranhamente familiar, um reflexo da cidade da época da Segunda Guerra que ele acabara de deixar, numa escala muito maior, que desafiava a gravidade.

Jack se inclinou sobre a parede talhada na pedra que percorria a borda do abismo. Correntes quentes sopravam para cima, e o cabelo imundo de Jack foi agitado pela brisa. Era bom sentir o calor contra sua pele encardida. Aromas eram trazidos pelo vento: frituras com especiarias, peixe no alho, carvão queimando, esterco. Vida.

Para onde quer que olhasse, ele via movimento. Pessoas andavam pelas trilhas sinuosas interligadas, que seguiam paralelas às paredes do abismo. Ele viu fogueiras, lâmpadas, algumas a gás, outras alimentadas pela persistência impassível da eletricidade. Dezenas de bandeiras estavam hasteadas em edifícios, em longos postes que se projetavam sobre o abismo. Todas tinham desenhos diferentes, elmos de algum tipo.

De repente um pássaro gigantesco, negro como um corvo, arremeteu das profundezas. Planou, formando um arco largo, as correntes ascendentes levando-o cada vez mais alto. No dorso do pássaro havia um homem numa sela, conduzindo-o com uma mão estendida. Outro pássaro o seguia, e depois mais outro. Os três cavaleiros perseguiam uns aos outros na escuridão acima, seus gritos desaparecendo no vento.

Jack ficou em pé e assistiu por quase quinze minutos, sem se cansar da cena sempre mutante, das grandes esculturas de metal sobre pilares de mármore, dos navios semelhantes a barcos que saíam de cada lado do abismo, das lindas velas douradas enfurnadas para aproveitar as correntes de ar ascendente, das águas que caíam do abismo em cachoeira só para subirem de novo, na forma de uma nuvem de névoa com reflexos furta-cor. Ele estivera no Primeiro Mundo antes, já fora a alguns lugares, mas nada que chegasse aos pés das maravilhas que ele via agora.

– Você é novo aqui?

Jack desviou os olhos da paisagem e viu uma garotinha em pé ao seu lado. Ela parecia ter mais ou menos a idade de Jack, talvez uns 12 anos. Seu cabelo era longo e rebelde, castanho-avermelhado com mechas mais claras, e emoldurava seu rosto como uma juba. Ela usava um vestido de cor escura, decorado com um laço branco, o tipo de coisa que Jack só tinha visto nos livros de História. O tecido aparentava ser caro, mas a barra estava gasta e suja de terra. Seu rosto imundo era altivo e misterioso, como o de uma pessoa muito importante que tivesse se reduzido a alguém da plebe. Seus olhos verdes penetrantes estavam fixos em Jack sem piscar.

– Você deve ser novo aqui. Os nativos não ficam encarando tudo com esse ar abobalhado. De onde você é?

Jack desviou os olhos da menina e os fixou na visão impossível lá embaixo.

– Londres. Meu nome é Jack.

Ela deu um sorriso largo.

– Olá, Jack. Hilda Jude. Prazer em conhecê-lo.

Jack disfarçou um sorriso. Ele nunca conhecera ninguém chamado Hilda que não tivesse cabelos brancos e poucos dentes na boca. Essa menina estranha imediatamente tornou-se fascinante.

– Qual é a graça? – a garota perguntou, com as mãos na cintura. – Você está rindo de mim?

– Não, me desculpe. É só que... Bem, de onde eu venho Hilda é nome de gente velha.

Hilda franziu a testa.

– Eu sou mais velha do que pareço.

– E você mora aqui?

– Às vezes. Moro em muitos lugares. – Seu olhar vagou pelo espetáculo à sua frente. A parede de pedra era encrustada de cristais de quartzo, que captavam e refletiam os muitos pontos de luz, formando padrões que brincavam na superfície da pedra, sempre em movimento. – E você, Jack? – Hilda continuou. – O que o traz a Ealdwyc?

Jack deu de ombros.

– Acho que não tive escolha.

Ele pensou em Eloise e Davey. Queria ter ficado e lutado ao lado dos amigos. Eles tinham salvado a vida dele, mas a que preço? Jack se perguntou, estremecendo, se eles ainda estariam vivos.

– Seus amigos? – Hilda perguntou casualmente, parecendo pouco interessada.

Jack sentiu um frio na espinha. Ele se virou para Hilda. Os olhos da garota estavam fechados e ela exibia um sorriso largo no rosto redondo.

– Você lê mentes? – Jack perguntou com irritação.

– Quem não lê? – Ela deu de ombros, como se aquilo fosse a coisa mais natural do mundo. – Não se preocupe, Jack. Ainda tenho que praticar. É quase tão impreciso quanto ler folhas de chá. Minha tia Jesse sabe fazer isso. Ela acha inteligente.

Jack ficou nervoso.

Hilda sorriu, divertida, aproximando-se dele.

– Por exemplo, posso dizer que está preocupado com os seus amigos, mas não posso dizer muito mais além do nome deles ou o que você comeu no café da manhã. Qualquer segredinho sujo e sórdido que você possa ter está bem seguro aí. – Ela deu um tapinha na testa dele, e ele sentiu sua unha afiada na pele. Jack afastou a cabeça. Essa garota idiota estava dando nos nervos, ele pensou. Sentiu o sangue subindo ao rosto. Olhou à sua volta; estavam sozinhos. Um pensamento terrível surgiu na sua mente. Ele poderia facilmente empurrar a menina. O muro na beira do precipício era baixo. Só levaria um instante. Ele poderia assistir enquanto os gritos dela iam se desvanecendo na queda até lá embaixo.

Ele sentiu as bochechas ficando vermelhas quando percebeu que seus punhos tinham se cerrado. Forçou as mãos a se abrirem enquanto respirava fundo. A imagem terrível se dissipara, deixando uma sensação forte de náusea na garganta. A raiva que o dominava esmoreceu. Jack se sentiu envergonhado e confuso. Por que ele pensara em algo assim? Então sentiu o poder que habitava dentro dele agitar-se e ele entendeu: a Rosa de Annwn estava inquieta. Jack engoliu em seco, tremendo com a torrente de medo. A mãe dera a Rosa a ele, usando a energia dela para salvar a vida do filho. Jack podia sentir o potencial da Rosa, seu desespero para vir à tona, fortalecer-se, instigando sua mente a usá-la. Jack se forçou a resistir a ela, ignorando sua influência.

Hilda tinha recuado um passo. Estava parada ali casualmente, mal olhando para ele, mas Jack podia notar que estava tensa. Ela tinha lido a mente dele outra vez? Ela sabia? Tinha percebido o que acontecera a ele? *A Rosa me aconteceu*, ele gritou em pensamento. Sentia a Rosa em cada parte do corpo, como um farol luminoso. Lá estava ela, como uma aranha negra na teia da sua mente, impaciente para ser libertada. A Rosa o tornava maior que qualquer homem. Ele poderia fazer qualquer coisa. Poderia querer que a menina se fosse, para sempre. A onda de poder era inebriante, quase opressora, e se intensificava outra vez.

Jack sacudiu a cabeça e os pensamentos perturbadores cederam.

Ele precisava de foco. Lembrou-se do aviso do Grimnire e soube o que precisava fazer: descobrir o que era Durendal.

– Preciso ir – ele disse baixinho, e começou a se afastar pela trilha serpenteante.

– Jack, espere!

Ele não parou. Não ousava parar.

– Não vá! – ela gritou atrás. – Eu posso ajudá-lo a encontrar Durendal.

Jack parou abruptamente e virou-se para Hilda.

– O que você disse?

– Durendal – ela disse com meiguice, mas parecendo ansiosa. – Sei como encontrá-la.

– Como você...

– Você estava praticamente gritando o nome dela. – Algo da atitude confiante da garota começou a voltar e a raiva de Jack cresceu outra vez. Ele não precisava que ela lhe dissesse o que fazer. Ele já derrotara Rouland em batalha. Bloqueara seus pensamentos para ele. Mas isso fora logo depois de ganhar a Rosa. Sua mente estava clara na ocasião, controlada. Agora aquela limpidez se dissolvia numa indecisão nebulosa.

Jack se aproximou de Hilda, respirando fundo para acalmar sua ira.

– O que você sabe sobre Durendal?

9

DECISÕES

Os primeiros raios da manhã beijavam o topo do edifício. Eloise estava sentada imóvel e deixava o calor da alvorada penetrar em seu rosto queimado. Cada segundo diminuía a dor. A ferida na lateral do seu corpo estava praticamente fechada, mas levaria muitas horas até que ela estivesse completamente restabelecida. A batalha na Praça Trafalgar custara caro. Agora tudo o que ela queria era tempo, paz e solidão.

– Quanto tempo você acha devemos ficar aqui? – Davey estava sentado perto dali, comendo ruidosamente um pedaço de pão.

Eloise suspirou e abriu um olho.

– Davey, por favor.

– Tá, tá, eu sei, você precisa de tempo. Mas eu detesto ficar parado – disse ele, com a boca cheia de pão meio mastigado. – Não vai levar muito tempo até as Paladinas voltarem a Londres, não é? E quando chegarem vão nos encontrar e...

Eloise ergueu uma mão.

– Estamos seguros aqui por mais alguns minutos.

Davey começou a arrancar o miolo do pão e atirá-lo no telhado, onde um bando de pombos ávidos brigava por ele. Eloise fechou os olhos outra vez, acalmando sua mente.

– O que você acha que Jack está fazendo?

Eloise suspirou, desejando estar sozinha.

– Escondendo-se, espero.

– Você não acha que as Paladinas vão encontrá-lo, acha?

– Não – Eloise disse com firmeza, abrindo mão do seu desejo de paz e silêncio. – Elas já devem ter deixado Ealdwyc. A essa hora, devem estar de volta a Londres. Sou eu que elas conseguem sentir. É a mim que elas perseguem. Não viram Jack entrar na câmara de junção para Ealdwyc. Não sabem que ele está lá.

Davey assentiu com hesitação.

– Ele é um casca-dura, de qualquer forma. Sabe se cuidar.

Ela viu a preocupação no rosto sujo de Davey. Estava feliz por ter a companhia dele, afinal.

– Como ele o encontrou? – Eloise perguntou.

– Os Grimnires. Eles o largaram aqui, como fizeram com você e comigo.

Eloise olhou para Davey.

– O que queriam com ele?

Davey deu de ombros, espanando o casaco com a mão.

– Deram um aviso, eu acho. Não fez muito sentido.

– Que aviso?

– Ele não sabia. E nem eu. Avisaram sobre alguma coisa chamada Durendal.

A palavra chocou Eloise. Era um nome havia muito esquecido que ela enterrara nas profundezas da sua mente. Ouvi-lo novamente, depois de todos aqueles anos, era extremamente perturbador. Sua boca se abriu, mas ela não foi capaz de repetir o nome.

– É... É uma arma poderosa.

– Durendal? Uma arma?

– Não repita esse nome na minha frente.

Davey tomou fôlego, estranhando.

– Que tipo de arma?

— É uma espada — Eloise disse devagar. — A espada de Rouland. Mas é mais que uma espada, é a soma de todos os feitos odiosos que ela realizou. Até Rouland a temia.

— Mas agora Rouland se foi.

— Você não compreende, Davey. As espadas das Paladinas são o que nos sustenta. Quando estamos feridas, elas nos curam.

— Eu sei disso! — Davey disse com indignação.

— Quando são usadas em batalha — Eloise continuou —, drenam a vida das suas vítimas. Mas Rouland queria mais. Ele forjou uma nova espada, uma mistura terrível de metal e conhecimento secreto. Essa espada... — Eloise vacilou. Aquele nome outra vez.

— Durendal — Davey completou.

— Ela fazia mais do que se alimentar de suas vítimas, ela as consumia completamente. Dizem que ele achou uma forma de capturar as almas das vítimas na espada e mantê-las lá por toda a eternidade. Com o tempo a energia da arma cresceu e Rouland a alimentou até que teve medo de ser subjugado por ela. Ele a escondeu, só ousando usá-la quando necessário.

— Se ela está escondida não temos com que nos preocupar.

Eloise lutou para ficar de pé.

— Mas a espada alimentava Rouland também. Ele e a espada estão conectados. Ela pode encontrá-lo e salvá-lo. As Paladinas sabem disso. Vão procurar a arma. E se os Grimnires preveniram Jack sobre ela, devem achar que as Paladinas podem encontrá-la. Nosso próximo passo está claro para mim agora.

— Está? — Davey perguntou.

— Sim — ela respondeu, abraçando a si mesma para afastar o medo. — Precisamos encontrá-la.

— Você sabe onde está?

Eloise se sentou meditativa por vários minutos. Ela sentia que havia respostas bem enterradas dentro dela, fora de alcance. Quando fora aprisionada por Rouland um século atrás, ele violara suas lembranças, arrancara-as dela para proteger seus segredos. Com o tempo, pequenas recordações vinham à tona, fragmentadas e inúteis. Mas havia coisas que ela nunca esqueceria. Feitos terríveis e sombrios tiravam sua paz, lembranças da sua vida antes que tudo mudasse. Antes de Cayden.

Ela percebeu que Davey a encarava.

– Eu não sei a localização da espada, só rumores – disse por fim. – Está escondida entre os reinos.

Davey riu.

– Bem, ninguém vai encontrá-la, então!

Eloise assentiu pensativa. Ela se lembrava de alguma coisa, um rosto sábio do seu passado remoto. Ela poderia continuar viva? A esperança cresceu dentro dela.

– Leve-me até a conexão mais próxima para Ealdwyc.

Davey suspirou.

– É um lugar bem grande.

– Para a parte velha da cidade: Folunain.

– Por quê? – Davey perguntou, jogando o resto do pão do telhado. – O que tem em Folunain?

– Alguém que pode nos ajudar, se ainda estiver viva. Alguém que pode até saber onde a espada está escondida.

10

O PRISMA DE COMPTON

A trilha larga descia íngreme, afastando-se da Grande Fossa de Ealdwyc. Jack seguia o caminho sinuoso, o qual lembrava uma viela do Mediterrâneo que levava a uma praia escondida. À sua frente ia Hilda, seus passos decididos guiando-o à frente. Acima de suas cabeças havia lanternas, que brilhavam e obscureciam enquanto eles passavam. O fluxo e o refluxo das luzes alaranjadas faziam com que o caminho parecesse respirar, alargando-se conforme eles se aproximavam e então se estreitando atrás deles.

– Aonde está me levando? – Jack perguntou quando a passagem se estreitou e ziguezagueou numa nova direção.

Hilda sorriu como quem sabe o que faz.

– Não está muito longe agora.

Eles chegaram a uma passagem larga onde duas trilhas se encontravam. No meio havia uma oliveira cercada de cadeiras.

– Como as plantas crescem aqui? – Jack perguntou. – Sem sol, quero dizer.

– Pergunte ao jardineiro – Hilda respondeu. Ela seguiu pela trilha da esquerda, deixando Jack para trás, enquanto contemplava a oliveira. Ele continuou parado por um instante e então se virou para seguir Hilda. Ela estava quase fora de vista. Jack correu pela trilha para alcançá-la.

– Aonde estamos indo? – perguntou outra vez, com mais firmeza.

– Você não sabe? – Hilda perguntou com desinteresse enquanto abria uma porta instável e a atravessava.

O rosto de Jack ficou vermelho com a raiva contida enquanto ele se apressava para cruzar a porta e acompanhar Hilda. Ela parecia estar fazendo o melhor que podia para irritá-lo.

– Bem, se eu soubesse não estaria perguntando, não é mesmo?

Hilda desceu com Jack dois lances de escada até uma sala escura guarnecida de painéis de carvalho. O ar cheirava a metal polido.

– Isso é um prisma mórfico, é claro – ela disse como se falasse com uma criança pequena.

– E isso é...?

Antes que Hilda pudesse responder, uma outra voz surgiu das sombras atrás deles.

– Oi! O que pensam que estão fazendo aqui? – disse num sotaque escocês carregado.

Jack notou que havia um homem sentado atrás de uma mesinha, iluminada pela luz fraca de velas. Ele bateu as mãos na mesa, espalhando a poeira que agora dançava ao redor das chamas, e se levantou ruidosamente, bufando e praguejando. Então o homem estendeu a mão e acionou uma alavanca fixa na parede de pedra e a sala escura foi inundada por uma tênue luz azul.

Jack enxergava melhor agora: o cabelo do estranho, ou o que restara dele, saía em tufos esparsos da sua cabeça lustrosa. Quando ele se movia, a juba farta esvoaçava como uma alga marinha cinzenta na corrente suave.

– Não é para crianças. Podem sair – o homem disse, seus olhinhos sondando Hilda e Jack.

– Gostaríamos de usar o prisma – explicou Hilda, cheia de charme e sorrisos.

– Bom, você não pode. Dá o fora.

– Não levará muito tempo, meu senhor – tranquilizou-o Hilda. Jack imaginou que o homem nunca tinha sido chamado de "meu senhor" antes. Ele se atrapalhou, pouco à vontade com o novo título.

– Bom, isso é... Você não pode, sinto muito – disse, enrubescendo.

— Meu pai — Hilda começou — é um homem muito rico e poderoso. Você conhece o Lorde Jude de Gogmagog?

O homem pensou por um instante e disse:

— Não. Nunca ouvi falar! Agora é serio, vá, menina!

— Eu tenho dinheiro. Tudo o que queremos é usar a sua máquina por alguns minutos. — Hilda pegou uma bolsinha enquanto falava e começou a contar as moedas de ouro enquanto as punha na mão áspera do homem.

Ele sorriu.

— Já deve ser minha hora do almoço, de qualquer forma. — Ele guardou as moedas no bolso da calça e bateu um dedo no nariz grotesco. — Não quero saber o nome de vocês e nem que perguntem o meu. Entenderam?

Jack assentiu, tentando não olhar para plaquinha na mesa do homem. Lia-se: *Vannevar Lawrence Compton, Engenheiro de Campo Mórfico.*

— Vamos, rápido, rápido! — disse Compton.

Ele acenou na direção de um aparato complexo que só não pareceria incompatível com um observatório astronômico. A aparelhagem era enorme, formada por uma série de tubos interconectados que iam até o teto. No topo havia um cristal facetado que girava lentamente, lançando reflexos dinâmicos nas paredes. Sob o enorme mecanismo havia um assento reclinável.

— Quem vai ser? — Compton perguntou.

— Ele — Hilda disse, apontando para Jack.

Compton deu uma batidinha na cadeira de couro.

— Sente-se — disse com firmeza.

— Para quê? — Jack perguntou.

Hilda o puxou para perto e sussurrou:

— Você quer saber o que é Durendal, não quer?

— Sim, mas...

— E é assim que vai descobrir. O prisma vai ajudá-lo.

— Como? — Jack perguntou com raiva.

– O prisma mórfico – Compton disse com um ar de orgulho profissional – é um aparelho inteligente e à prova de erros. Entenda, você não *precisa* saber alguma coisa, não exatamente, pelo menos. Desde que alguém, *qualquer um*, vivo ou morto saiba, e então você vai poder encontrar a resposta. Não é perfeito, nem funciona com qualquer um, mas, quando funciona, funciona que é uma coisa!

– Ele entra em contato com a ressonância coletiva de todos os Primeiros Mundistas – Hilda acrescentou. – Pense nele como um repositório dos pensamentos de todo o mundo.

– Agora rápido! – Compton gritou. – Antes que eu mude de ideia.

Jack subiu no assento com relutância e se reclinou.

– Fique parado, enquanto eu preparo você. – Num movimento ágil, Compton levantou a manga da jaqueta de Jack.

– Ai! – Jack olhou para o seu braço. Uma agulha fora injetada na sua veia e o sangue começou a pingar num tubo, caindo num frasco sujo.

– Fique parado! Preciso sintonizar o prisma com você.

Jack encostou a cabeça no assento outra vez e tentou relaxar.

Compton pegou com um conta-gotas uma pequena amostra do sangue de Jack do frasco e a pingou num pedaço de papel áspero. Quando o papel absorveu o sangue, revelou uma série de formas coloridas.

– Ah! – exclamou Compton, estudando as formas mutantes no papel. – Zero vírgula dois cinco dois de frequência variável. Bem alto. Já precisou de óculos?

– Não – Jack respondeu.

– Tem apagões?

– Não.

Compton voltou a examinar o papel. Na sua superfície havia agora um labirinto de formas que mudavam de cor a cada instante.

– Temperança bem alta, mas deve ficar tudo bem. – Compton anotou enquanto passava duas tiras de couro pelo peito de Jack, prendendo-o à cadeira.

– Por aqui, senhorita – disse Compton, puxando Hilda para trás de uma divisória de metal do tamanho de uma porta. Jack ouviu o som de interruptores sendo ligados e um ronco penetrante ampliou-se de algum lugar embaixo da cadeira. A máquina imensa ganhava vida.

– Isso é seguro? – Jack perguntou.

Um par de olhos surgiu num pequeno visor na placa grossa de metal.

– Totalmente – garantiu Compton.

Houve um lampejo repentino de luz branca quando a eletricidade percorreu o prisma. Luz cascateou para fora dele em feixes penetrantes, refletindo-se em espelhos em ângulo que os convergiam, numa claridade ofuscante, como um laser. O feixe atingiu Jack bem no meio da testa e o cômodo à sua volta derreteu no ar.

Jack atravessou a cadeira, ou pelo menos foi o que ele sentiu. Seu corpo flutuava para longe. Nada mais restava. Então, vinda do nada, uma voz ecoou.

– Você está bem, rapaz? – A voz era estridente e distorcida.

– Quem está aí?

– Eu disse nada de nomes. Você deve estar se sentindo meio esquisito agora; é normal. – A voz ficou mais baixa e se normalizou até que Jack a reconhecesse como a voz de Compton. – Isso vai passar num instante.

– Estou bem – Jack disse com o queixo rígido. O mundo ainda girava à sua volta, mas a sensação se atenuava a cada segundo. As paredes do cômodo retornaram, assim como a cadeira, e a náusea na boca do estômago acalmou.

– E... E o que acontece agora?

– Relaxe e deixe a sua pergunta se formar no olho da mente – instruiu Compton.

– A resposta virá – Hilda disse esperançosa.

Jack tentou afastar outros pensamentos que o distraíam. *O que é que eu preciso saber?*, ele se perguntou.

– *Durendal*. – A voz estrondosa era monótona e profunda, e suas vibrações faziam a cadeira tremer.

– O quê? Quem é?

– Tudo bem, rapaz. São só os megafones – Compton disse. Ele apontou uma fileira de aberturas cônicas penduradas na parede. – Para amplif... amplific... Eles deixam o som mais alto. Entendeu?

– Elas deixam que som mais alto? – Jack perguntou, confuso.

– Os seus pensamentos! – respondeu Compton, como se fosse óbvio.

Jack fechou os olhos outra vez e tentou relaxar. Formulou uma nova pergunta em pensamento. *O que é Durendal?*, perguntou.

Os megafones amplificadores liberaram estática que assobiou e estalou. Então a voz retornou:

– *Durendal é a espada viva... A espada de Rouland.*

Jack estremeceu. Mesmo agora parecia que Rouland o assombrava. Tentou formar uma nova pergunta: *Onde eu posso encontrá-la?*

A máquina estremeceu enquanto o prisma se agitava acima dele, e os alto-falantes gigantescos soaram novamente:

– *O livro mostrará o caminho.*

Os pelos da nuca de Jack se eriçaram. Ele soube no mesmo instante o que aquilo queria dizer.

– Sim! – Um grito atravessou a estática. – Onde está o livro? – Havia uma urgência mal disfarçada na pergunta. Medo também, cercado de impaciência e raiva, e ele percebeu que essa voz não saía da máquina, vinha de dentro da sua mente. – Onde está o livro? Diga-me agora!

A pergunta o sufocou. Jack abriu os olhos.

– Me deixe sair dessa cadeira!

– O quê? Já? Mas você não se aprofundou o suficiente ainda – reclamou Compton com rispidez.

– Me deixe sair agora! – Jack gritou, desesperado para se libertar daquela angústia nauseante.

– Não precisa arrancar a camisa. – Compton soltou as tiras que prendiam Jack no lugar, libertando-o da cadeira, ofegante. Por fim a sensação passou. Jack se endireitou. À sua frente estava Hilda. Ela o encarava, com os grandes olhos cheios de medo.

– O que aconteceu com você? – ela perguntou.

– Você não sabe? Achei que você soubesse de tudo!

Compton examinou a aparelhagem complexa.

– Isso vai bastar por enquanto. Você avariou o alinhamento ocular. Não acho que você seja feito para esta máquina. É melhor ir embora.

Jack olhou para Hilda mais uma vez e as dúvidas se renovaram na sua mente.

Então ele ouviu uma batida surda e a porta da Câmara Mórfica se escancarou. Quatro homens usando o que pareciam uniformes militares: fardas azul-escuras com botões prateados polidos e um emblema de leão alado no peito.

– Protetores! – Compton praguejou baixinho e fugiu para trás da mesa.

Um dos homens tirou o capacete e se aproximou de Jack.

– Senhor Morrow – disse polidamente –, nos acompanhe.

11

A CRONÓGRAFA DE FOLUNAIN

As ruas de Folunain eram antigas e estreitas, e lembravam mais os túneis primitivos de mineiros do que o resto do esplendor de Ealdwyc. As paredes eram rústicas e pintadas de branco. Nenhuma estátua ou entalhe decorava o lugar. Tudo ali era funcional: a primeira parte, experimental, do que viria a se tornar uma grande e magnífica cidade.

Eloise e Davey andavam em silêncio pelo emaranhado de ruas. Para observadores menos experimentados, essa passagem se pareceria com qualquer outra, mas Eloise conhecia o trajeto bem demais. Sentia-se inquieta, sobrecarregada pela culpa e pelo medo ao retornar a esse lugar. Era como se cada passo a levasse um pouco mais de volta ao passado. Desde que escapara da sua prisão, vinha escondendo seu tumulto interior de seus novos companheiros, enterrando os arrependimentos bem lá no fundo, impondo uma barreira à amizade dos dois. Mas agora o passado corria para recebê-la e ela não via como evitar o seu abraço.

Viraram a esquina e entraram em outra rua. Parte do teto do túnel tinha cedido, formando uma pirâmide de pedra que bloqueava parcialmente a passagem.

Davey suspirou.

– Está chegando? Estamos andando há horas.

– E você reclamou a maior parte do tempo. – Eloise sorriu. Sua força estava retornando, as feridas estavam quase cicatrizadas. Quanto mais ela se embrenhava pelas ruas de Folunain, mais sentia a radiação medicinal da terra se espalhando pelo seu corpo através da espada. Logo só restariam as cicatrizes da memória.

Ela escalou a montanha de pedras com agilidade, ignorando a dor intensa que ainda transpassava a lateral do seu corpo. Enquanto Davey a seguia, ele disse:

– Não seria ruim achar um lugar para descansar e talvez beber alguma coisa.

– Você estava ansioso para deixar Londres! Agora quer descansar? Quer que as Paladinas nos encontrem? Quanto mais longe estivermos, mais difícil será para elas me rastrearem. Logo poderemos descansar.

Davey grunhiu.

Mais à frente, os paredões regulares da rua foram substituídos por um caminho mais largo e sinuoso, com muitas portas e túneis transversais. Onde a rua se alargava, tendas e ambulantes vendiam comida, enchendo a passagem com uma sobreposição de cheiros e burburinhos.

Eloise até então tomara cuidado para que não cruzassem com ninguém na sua caminhada por Folunain, esperando, ouvindo, até que fosse seguro continuar, passando despercebidos. Agora andar furtivamente parecia impossível. Ela escondeu a espada cautelosamente, soltando seu punho pela primeira vez. A energia que sustentava Eloise foi suspensa e a sua cabeça ficou aérea. Ela quase gritou.

Davey percebeu o desconforto dela.

– Você está bem, docinho?

– Não me chame assim! – Eloise disse entredentes, no mesmo instante se arrependendo de ser tão dura.

Davey sorriu, aparentemente nem um pouco ofendido.

– Você está muito melhor, pelo visto. – Ele ofereceu o braço a ela. Ela se permitiu devolver o sorriso e se apoiou nele. Era bom ter alguém que cuidasse dela, havia muito tempo que ninguém fazia isso. Ainda assim, o impulso de afastá-lo, de não precisar de ninguém, permanecia. Tremendo, ela percebeu que já não tinha forças para ficar de pé sem ajuda, não sem segurar a espada, e aceitou a gentileza dele. Os dois andaram em direção à feira como um casal jovem dando uma volta de manhã cedo, misturando-se com os vendedores, respirando os aromas de pão fresco e carnes cozidas, passando pelas tendas discretamente até chegarem a uma porta tosca, numa parede de pedra caiada. Eloise olhou em volta, certificando-se de que não estavam sendo observados, e girou a maçaneta. Um sininho de latão tiniu sobre sua cabeça, e ela e Davey entraram.

A oficina era cheia de relógios de aparência majestosa, todos tiquetaqueando baixinho. Uma longa mesa expunha mais, alguns do tamanho de um prato, outros menores que uma unha. Todos ostentavam a mesma sofisticação em suas superfícies lustrosas de metal.

Os dedos de Eloise alcançaram a espada sob a capa e ela se afastou de Davey. Sua cabeça ainda oscilava, mas ela precisava de foco – não podia se permitir depender dos outros. Não podia cometer esse erro duas vezes.

Sentada numa cadeira de balanço havia uma velha senhora, enrolada num xale. Seus cabelos longos e grisalhos estavam soltos sobre os ombros, emoldurando seu rosto que, mesmo enrugado, ainda era de uma beleza notável. Seu queixo frouxo e os olhos fechados lhe davam a aparência de alguém que desfrutava de um sono tranquilo, mas então ela franziu o narizinho e espirrou com a poeira que enchia o ar.

Davey a ignorou, e casualmente pegou um dos relógios da mesa, virando-o nas mãos e examinando a obra de arte.

– Tem mais de sessenta anos. Feito pelo meu avô, Valhine Carhoop, relojeiro do *Ealdorman* de Lacy – explicou a mulher sem abrir os olhos. – Um cronoscópio adorável, biometricamente ajustado para três reinos.

– Não viemos comprar nada – disse Eloise, o coração acelerando.

A anciã arregalou os olhos, surpresa. Encarou os visitantes com um misto de choque e descrença.

– Elly? É você? – perguntou num sussurro.

Eloise sorriu, lutando contra o impulso de correr para a mulher.
– Oi, Fran.

A mulher se levantou devagar, o rosto contorcido pela enxurrada de emoções.

– Minha linda Elly! Viva e respirando como eu. Pensei que estivesse morta.

– Estive morta por muito, muito tempo. – A lembrança do tempo em que esteve aprisionada passou por sua mente como uma onda de choque.

– Ah, não se apegue a detalhes. Você sabe perfeitamente bem o que eu quero dizer. Eu não a vejo há... Há quanto tempo? – A mulher esfregou o queixo. – Mais ou menos uns cem anos?

– Eu estava... – Eloise lutou para conter as emoções. O rosto dela ainda era uma máscara. – Fui aprisionada.

A velha senhora assentiu pensativa.

– Ouvi boatos, mas ninguém sabia em que acreditar. Tudo ficou de cabeça para baixo depois que você desapareceu. Caiu aos pedaços. Nunca pensei que a veria de novo. É você mesmo? Não mudou nem um pouco. Impressionante...

– E quanto aos outros?

– Mortos há muito tempo; mas isso é só para resumir, pelo menos. Não é hora de detalhes.

– Mortos há muito tempo? – Davey se intrometeu. – Você parece bem conservada. Quantos anos tem? O que a mantém de pé?

– Esse é o Davey – disse Eloise, como quem se desculpa. – Davey, conheça Francesca Carhoop, a melhor Cronógrafa no Primeiro Mundo.

– Encantado, tenho certeza. – Francesca sorriu. – Sabia que não é educado perguntar a uma dama sua idade?

– Sim! – Davey disse com um sorrisinho travesso.

– Eu tenho... – Francesca pensou por um momento. – Bem, devo ter mais de 110 agora.

Eloise abriu um sorriso caloroso.

– Você é mais velha do que isso. Não acredito que tenha esquecido.

– Tem razão em não acreditar em mim. Eu optei por não me lembrar. Na verdade, deixa de ter importância depois do primeiro século. E quanto a você, jovenzinho?

– E quanto a mim? – Davey repetiu na defensiva.

– Quantos anos tem?

Davey deu de ombros.

– Tenho idade suficiente. Acho que devo ter 15 a essa altura. Um a mais, um a menos.

– Você não sabe? – Francesca franziu a testa.

– Eu tenho cara de 15, não tenho? – A voz de Davey já não era confiante.

– Então vamos concordar que ambos temos a idade que devíamos ter. – Francesca sacudiu com uma risada enquanto ia até a janela e descia a persiana empoeirada.

– Fran – disse Eloise, ansiosa para discutir questões mais urgentes –, precisamos de ajuda.

Francesca passou na porta dois ferrolhos pesados e fechou a grossa cortina de veludo, deixando a oficina já sombria quase mergulhada na escuridão. Depois de um segundo, todos os relógios começaram a reluzir suavemente, a luz incandescente refletindo metal e marfim.

– Nunca é uma visita social, não é mesmo? Nunca é só um chá com biscoitos. Sempre são favores, casos de vida ou morte, o fim do mundo.

– Sinto muito – lamentou Eloise com amargura. – Da próxima vez, trago os biscoitos.

Francesca riu.

– Como eu poderia algum dia lhe recusar ajuda? – A mulher caiu pesadamente na cadeira de balanço. – Procurei você, sabia? Tentei encontrá-la – ela disse tristemente. – Depois de tudo que aconteceu, depois que Cayden...

Eloise assentiu em silêncio, preferindo que Francesca não tivesse pronunciado o nome dele.

– Então – Francesca prosseguiu com um suspiro –, o que você quer de mim dessa vez?

– Informações – Eloise respondeu. – O que você sabe sobre Rouland?

A voz de Francesca tornou-se um sussurro.

– Há muito falatório nas ruas. Sabe que ele matou os Conselheiros?

– Não.

– O conselho inteiro, todos mortos. É o que ouvi dizer, pelo menos. Quem sabe se é verdade? As Casas Reais estão em pé de guerra, todas brigando entre si, sem liderança. Há pânico nas ruas, as pessoas vivem correndo daqui e dali, cheias de maus presságios. E Rouland desapareceu para quem sabe onde.

Os olhos de Eloise se estreitaram.

– Rouland foi derrotado. Seu corpo está imobilizado, escondido.

Um sorriso otimista se estampou no rosto de Francesca.

– Mas há quem planeje seu retorno – Eloise continuou. – Procuram pela espada dele.

– Durendal – Francesca murmurou baixinho.

– Sim. Então você sabe dela?

– Um pouco. Demais, talvez.

Eloise deu um sorriso torto.

– Todos pagamos um preço pela vida que levávamos.

Davey olhou de uma para a outra, com a testa franzida.

– Por que eu tenho a impressão de que vocês duas não estão me contando a história toda?

– Há coisas que você não precisa saber – Eloise retorquiu. Ela teve a mesma sensação, aquele medo corrosivo de que suas emoções assumissem o controle, de que desabasse sob o peso do seu passado. Percebeu que os outros dois olhavam para ela.

Francesca estendeu uma mão conciliatória.

– Não tenho mais nada a esconder, Elly. – Ela olhou para Davey e disse: – Há muito tempo, trabalhei para Rouland. Eu era muito jovem e minha família estava a serviço dele.

Davey franziu a testa.

– Que tipo de serviço?

Francesca fez um gesto amplo indicando a oficina.

– Meu pai fazia relógios para ele. Eu não tive tanta sorte. – A velha senhora riu de si mesma. – Eu era empregada, uma das criadas da casa. Foi assim que conheci Elly.

Davey deu de ombros.

– Não parece tão ruim.

– Nunca foi bom.

– Como uma criada pode nos ajudar a encontrar uma espada escondida? – perguntou Davey, enquanto mexia num relógio despreocupadamente. Francesca o tirou das mãos de Davey. Lustrou-o com um pano e o devolveu ao seu devido lugar.

– Uma criada descobre coisas, escuta segredos e a ela são confiadas informações de grande importância.

Davey escarneceu:

– Rouland não contaria nada a uma criada!

– Não, Rouland não contaria. Mas havia alguém sob os cuidados dele, uma protegida, conhecida como a Viúva...

– Quem é ela, então? – Davey interrompeu.

A frustração de Eloise transbordava.

– Quando Rouland me aprisionou, ele violou minhas lembranças. Muita coisa dessa época eu não me lembro. – Ela se recordava da violência, da matança em nome dele, das missões sinistras cumpridas sem questionamento. Tudo isso estava lá toda vez que ela fechava os olhos, esperando por ela na escuridão. Mas os detalhes tinham se desvanecido.

– Eu não conhecia a verdadeira identidade dela – Francesca acrescentou. – E sabia que não devia fazer muitas perguntas. Ela era uma velha desfigurada cuja mente era... Bem, ela se abria comigo. E me contou coisas que só ela sabia.

– Sobre a espada? – Eloise perguntou com urgência.

Francesca assentiu.

– Ela falou de Durendal, sim. Sabia onde Rouland a escondia quando não a usava.

– Onde?

– Num Reino Oculto de brumas e gelo chamado Niflheim.

– Então vamos até lá e a pegamos – disse Davey –, antes que alguém mais faça isso.

Francesca fitou o garoto.

– Você não me ouviu? Está escondida num Reino Oculto. Ninguém pode encontrá-la.

– Aposto que eu consigo – Davey disse com arrogância.

– Você sabe o que quer dizer "oculto"? – Francesca respondeu irritada.

Eloise lançou um olhar gelado a Davey e ele lhe deu as costas e se afastou. Ela se virou para sua velha amiga:

– Você pode me ajudar, Fran?

Francesca começou a andar de um lado para o outro na oficina, tocando suas criações com os dedos longos. O tique-taque constante dos inumeráveis mecanismos pareceu crescer, aumentando a tensão. Então, todos no mesmo instante, os relógios bateram as nove horas. As prateleiras tremeram quando o som combinado se elevou como um coro de baleias mecânicas. Quando o som esmoreceu, os olhos de Francesca se arregalaram.

– Apenas Hafgan e Rouland conseguiram chegar aos Reinos Ocultos. Outros tentaram e falharam. Mas ainda há alguém que pode ajudá-los. Ele chegou mais perto que a maioria. Seu nome é Jonah Hardacre.

O rosto de Davey se contraiu com a lembrança repentina.

– Hardacre? O Capitão Hardacre do *Órion*?

– Você o conhece?

– Se eu o conheço? Eu conheço todo mundo! – Davey soltou uma risada. – Pensando bem, acho que ainda devo dinheiro a ele. Já não morreu?

Francesca sorriu friamente.

– Hardacre tentou seguir os passos de Hafgan até os Reinos Ocultos. Tentou e falhou, diversas vezes. Seus enganos, os fragmentos de conhecimento esquecido, viraram sua mente do avesso. Dizem que ele é maluco, mas, depois de Rouland, Hardacre é talvez o mais notável especialista nos Reinos Ocultos. Se há alguém que saiba como chegar a Niflheim e encontrar Durendal, é ele.

– Onde podemos encontrá-lo? – Eloise perguntou.

– Ah! – Francesca suspirou. – Essa é a parte difícil. Ele mora na Torre de Halbane. É uma prisão para doentes mentais.

– Um hospício? – Davey disse.

– Sim.

– Então você precisa nos levar até lá imediatamente – implorou Eloise.

– E para quê? – perguntou Francesca, suas sobrancelhas grisalhas se encontrando e franzindo a pele fina da testa.

– Temos que libertá-lo para que ele possa nos levar a Niflheim.

12

O ÚLTIMO CONSELHEIRO

– O que vocês querem? – Jack perguntou nervoso.

Os três homens andavam em torno dele e de Hilda, fechando aos poucos o cerco.

– Vocês vêm conosco – insistiu o mais próximo da porta, a irritação na voz aumentando. Seus uniformes eram limpos e lustrosos, como os de militares num desfile, mas Jack não sabia dizer se eram policiais ou soldados. De que Compton os chamara? *Protetores*?

– Vamos lá, meu jovem – disse outro homem. – Faça o que o sargento diz. – Ele deu um cutucão no ombro de Jack, empurrando-o em direção à porta. Jack voltou para onde estava, a raiva crescendo dentro dele outra vez. Então viu Hilda se colocando entre ele e o homem, os olhos dela de alguma forma o acalmando.

– Sargento – Hilda se dirigiu ao homem mais próximo da porta –, diga-nos quais são suas ordens e ficaremos felizes em acompanhá-lo.

O sargento inflou o peito. Hilda pareceu tê-lo pego de surpresa. Ele coçou o queixo, tocou a ponta do bigode bem aparado e disse:

– Não preciso dizer a você quais são as minhas ordens, senhorita. Agora, você fará como foi ordenado e...

– A que Casa você serve? – Hilda exigiu saber.

O sargento tossiu, desconfortável.

– Casa de Sinclair. Agora, devo insistir, senhorita. Não torne a situação mais difícil.

Hilda assentiu e se virou para Jack.

– Nós vamos com eles.

– Por quê? – Jack perguntou pesaroso.

– Vai ficar tudo bem – ela respondeu, já andando até a porta com o sargento. Relutante, Jack a seguiu. Os outros dois homens foram atrás quando deixaram a câmara do prisma mórfico.

Na rua havia mais Protetores esperando junto a um veículo de aparência estranha, com uma carroceria recurvada, baixa e larga, feita de placas de metal polido. Na parte dianteira, uma cabine se projetava como uma bolha de janelas de vidro rebitado, que lembravam a Jack um capacete antiquado de mergulhador. Seis apêndices estendiam-se dos lados do veículo, suas articulações dobradas como as pernas de uma aranha adormecida. Na traseira havia algum tipo de motor, Jack supôs, uma esfera brilhante, aparentemente de vidro, com um braço rotativo que girava à sua volta.

Uma grande escotilha estava aberta na lateral do veículo, revelando seu interior. Hesitante, Jack seguiu Hilda e o sargento para dentro. Assentos forrados de couro se alinhavam no interior cilíndrico, projetados para se moldar perfeitamente ao corpo. Quando Jack se sentou, sentiu-se seguro e contido ao mesmo tempo.

– Essa é mesmo uma boa ideia? – perguntou a Hilda, lembrando-se de que mal a conhecia.

– Eles não vão nos fazer nenhum mal – ela disse com naturalidade, e olhou para o outro lado.

Jack fez cara feia.

– Você não respondeu à minha pergunta.

Ele se arrependia de tê-la seguido; seu estômago revirou. Instintivamente, estendeu a mão para o pingente da mãe, pendurado no pescoço. Ele o tirou de debaixo da camisa, revirando-o nos dedos distraidamente. Lembrou-se de quando o tirou do seu corpo sem vida, como uma última lembrança dela. Bastava tocá-lo para se acalmar, como se o pingente o aproximasse dela outra vez. Jack percebeu que Hilda o observava e voltou a colocar o pingente debaixo da camisa.

Quando o último Protetor se sentou, a escotilha se fechou com um baque forte. Ouviu-se um barulho, como de algo girando com rapidez, e o veículo oscilou para o lado. Jack agarrou os braços do assento e espiou pelo para-brisa das portinholas de vidro da cabine: o mundo do lado de fora estava ficando menor.

– Estamos voando? – perguntou rapidamente.

Hilda puxou o ar com desaprovação.

– Jack, pare de agir feito um bebezão. Claro que estamos voando.

Jack notou a risadinha do sargento enquanto tirava o capacete.

– Aonde vocês estão me levando? – Jack exigiu saber.

Naquele instante a cabine caiu na penumbra. Jack olhou pelo para-brisa: estavam em uma espécie de túnel, avançando cada vez mais rápido. O veículo sacolejava, as lâmpadas fracas piscando a cada vibração.

O sargento sorriu outra vez, com mais simpatia, dessa vez.

– Já estamos quase lá, meu rapaz – disse, recolocando o capacete.

Um sino retiniu na cabine e um clarão ofuscante rompeu através das pequenas aberturas. Quando esmoreceu, a carruagem começou a desacelerar e, Jack sentiu, a descer. Com um último solavanco, o veículo chegou ao chão. Jack ouviu o barulho de gás vazando do lado de fora, então dois Protetores se levantaram e abriram a escotilha.

Jack desceu num pátio bonito, com um pequeno chafariz jorrando bem no centro. Ele não podia acreditar no que via. A luz ali era tão brilhante que ofuscava a vista, e vinha de lâmpadas no teto, que preenchiam o lugar com seu calor.

Atravessaram o pátio, passando por uma vegetação exótica, em direção aos degraus baixos que levavam a uma entrada impressionante.

– Onde estamos? – Jack perguntou com mais calma.

Hilda deu de ombros.

– Só posso presumir que essa seja uma das casas da família Sinclair.

Passando pela porta, eles se viram num saguão circular, as paredes lisas cobertas de belas pinturas a óleo retratando pessoas de aparência austera. Os olhos escuros dos retratados pareciam fitar Jack, fazendo-o se sentir pequeno e insignificante. Cada quadro estava pendurado sobre um nicho na parede. A maior parte deles estava vazia, mas em dois havia um crânio e fragmentos de osso. Jack desviou os olhos e viu uma porta aberta que levava a uma ampla sala de estar.

– Entrem, por favor. – A voz grave pertencia a um homem sentado de costas para eles. Ao lado dele havia uma pequena lareira acesa, recém-abastecida, que crepitava e cuspia fagulhas. À medida que se aproximavam, Jack começou a notar detalhes no rosto encovado do homem: magro, enrugado e manchado pela idade, com um halo de cabelos cor de palha em volta da cabeça. Então começou a distinguir uma cicatriz, que começava no queixo, áspera e profunda, e se estendia até o canto da boca. A pele ali se rasgara, revelando dentes e o maxilar superior. Pontos escuros seguravam a pele no lugar, num padrão em ziguezague que desaparecia sob um tapa-olho do lado esquerdo.

– Disforme, eu sei. – A voz do homem estalou, como as achas da lareira.

Jack percebeu que encarava o rosto dilacerado.

– Não tenha medo, não vou lhe fazer nenhum mal. – O homem tentou sorrir, mas o esforço que isso exigia era óbvio. – Meu nome é Jodrell Sinclair. Sou o Conselheiro eleito da Nobre Casa dos Sinclair, e também o último Conselheiro com vida. – Debilmente, fez um gesto para que se sentassem em duas poltronas perto dele.

Jack olhou as mãos descarnadas do homem – como um esqueleto recoberto de papel molhado.

– O último? – Hilda perguntou, sentando-se.

Jodrell fitou o fogo, pensativo.

– Os Conselheiros estão todos mortos. A câmara do conselho tingiu-se de vermelho com o sangue deles.

Hilda inclinou-se na direção dele.

– Como?

– Rouland – Jodrell disse lentamente. – Ele convocou todos nós para uma reunião na câmara, e como cães obedientes nós fomos. Trancou as portas e nos assassinou. Pensou que eu estivesse morto, desfigurado e sangrando sob os corpos dos meus amigos. – Sinclair ergueu a mão esquelética, os dedos estalando quando os abria e fechava. – A espada se alimentou de nós. Parte de mim nunca vai se curar. – Ele deixou a mão cair na cadeira e seu olhar voltou a se fixar no fogo. – Mas tive força suficiente para escapar sem ser visto. Sou um homem morto caminhando sobre a Terra.

Depois de um instante ele pareceu recuperar parte das suas forças e seu olho bom se deteve em Jack.

– Então, você é Jack Morrow – Jodrell disse por fim, seus longos instantes de silêncio pontuados pelo crepitar da lenha queimando.

Jack estremeceu quando sentiu nos músculos o impulso de fugir.

– Está se perguntando como sei o seu nome, certo? Você o revelou de livre e espontânea vontade na Alfândega, quando chegou a Ealdwyc.

Jack se lembrou de sua chegada pela conexão da Praça Trafalgar. Ele dissera seu nome à primeira pessoa que encontrara. Como pudera ser tão burro?

– Deve ser mais cuidadoso no futuro – aconselhou Jodrell, expressando em voz alta os pensamentos de Jack. – Minhas fontes são muitas e de longo alcance. Você tem sorte que o escritório da Alfândega seja leal à minha Casa. Sua situação agora poderia ser bem pior. Essa cidade está fervilhando com os boatos e o falatório. É verdade que você conseguiu contê-lo? Derrotou Rouland?

Jack se remexeu desconfortavelmente na poltrona. Sentia também os olhos de Hilda sobre nele.

– Ah, vamos lá! – incentivou o homem. – Sei de grandes feitos relacionados a você. Não pode ter segredos comigo.

– O que você quer?

– Se os boatos são verdadeiros, se Rouland foi aniquilado, então há um vácuo de poder que deve ser preenchido. A alternativa é a anarquia. Rouland massacrou os Conselheiros, a elite governante. Agora, com Rouland derrotado, o Primeiro Mundo está passando por um momento crítico. Se não segurarmos as rédeas, tudo pode estar perdido.

– Então você quer assumir o comando? – perguntou Jack.

O Conselheiro fez uma careta ao respirar fundo.

– Não, não. Eu não tenho mais força para liderar. Mas não quero ver a decadência do Primeiro Mundo. Eu me recuso a ver as Nobres Casas desmoronarem, sua história perdida por disputas mesquinhas. Quero simplesmente uma transição tranquila de um líder para o próximo, o mais rápido possível. É claro que, em troca da minha lealdade, da minha proteção, eu teria alguma influência sobre o novo líder. O poder por trás do trono, se é que me entende.

Jack assentiu, incerto.

– Acho que entendo.

Jodrell fez mais uma careta.

– Não, acho que não entende. A notícia da derrocada de Rouland está se espalhando. Mesmo agora, as Casas tramam para assumir o lugar dele. Cada uma nomeará seu campeão, não entrarão em acordo e haverá guerra. Só uma pessoa pode fazer com que as Casas se unam sob seu comando. Só há uma pessoa entre a ordem e o caos. Deve ser aquele que derrotou Rouland. Deve ser você, Jack Morrow.

Jack de repente sentiu frio, sua pele formigando. A magnitude da proposta de Jodrell recaiu sobre ele em ondas, cada uma mais pesada que a anterior.

– Mas eu não sou um líder. Não tenho idade suficiente – Jack murmurou, seus pensamentos colidindo entre si. Havia uma parte obscura de sua mente que se maravilhava com a ideia. Estar no controle de um lugar tão fantástico... Ser um rei entre os homens. O pensamento assumiu o controle sobre ele, crescendo insidiosamente. As coisas que ele poderia fazer com um poder como aquele! E ainda assim... ainda assim, ele não era um rei, não queria liderar. A responsabilidade o aterrorizava. A imagem de Eloise e Davey surgiu em sua mente, e os pensamentos de poder se recolheram às sombras.

— Sua idade pouco importa — Jodrell logo disse. — O que você não sabe, eu ensinarei. Você fará o papel de uma autoridade unificadora; posso ajudá-lo com os maçantes deveres burocráticos.

O olhar de Hilda estava fixo em Jack e ele se lembrou de sua missão. *A espada.*

— Não, sinto muito — Jack disse por fim. Sua voz tremia com a dúvida. — Eu não sou um líder. Tenho outros deveres.

— Outros deveres? — perguntou Jodrell, indignado. — Estamos falando da sobrevivência de toda uma sociedade, a preservação de uma história e de um modo de vida milenar e precioso. Que "outros deveres" podem ser mais importantes?

— Rouland — Jack pronunciou o nome como se sentisse um gosto ruim na boca. — Rouland pode se reerguer.

Jodrell se recostou na cadeira, pensativo.

— Se Rouland está retornando então devemos nos preparar. Isso torna todo o nosso trabalho mais urgente. Precisamos concluir a transição para um novo líder antes que seja tarde.

Hilda se levantou no mesmo instante, as bochechas vermelhas.

— Jack não será sua marionete, Senhor Sinclair. — Ela se virou com rapidez para Jack. — Venha, vamos embora.

O Conselheiro se levantou com dificuldade da sua poltrona.

— Fique quieta, menina! Você não decide nada.

Jack tocou o pingente da mãe outra vez e se levantou.

— Ela não tem que decidir nada. Eu já tomei minha decisão. Adeus. — Ele andou rápido até a porta majestosa.

– Receio que esse não tenha sido um pedido, Senhor Morrow! – gritou Jodrell, a voz entrecortada porém firme. – Há muita coisa em jogo.

Jack e Hilda atravessaram a porta e saíram no saguão cheio de Protetores barrando a passagem. Jack sentiu Hilda segurar seu braço, e de repente tudo ficou branco. Pelo mais breve dos instantes, uma vertigem nauseante se apoderou dele. A sensação desapareceu rapidamente, assim como o branco. Quando voltou a enxergar, viu que estavam sozinhos no saguão. Os Protetores e o Conselheiro tinham desaparecido.

– Você está bem? – Hilda perguntou.

– Eu... Eu não sei. O que aconteceu?

O murmúrio profundo que era a voz de Jodrell ecoou por trás da porta.

– Vamos! – Hilda urgiu.

Com Jack em seus calcanhares, correram para a porta que levava ao pátio. Estava, felizmente, vazio. Os Protetores e o veículo em que tinham chegado não estavam à vista. Jack mal podia crer na sorte deles.

O pátio terminava num muro baixo. Jack saltou sobre ele e olhou em volta: o terreno plano dera lugar a uma mixórdia de pedras e seixos que despencavam abruptamente na escuridão.

– Não podemos descer por aí – disse Jack. – Não sem uma corda.

Hilda apontou para a esquerda.

– Olhe! Degraus talhados na pedra!

Jack olhou para onde Hilda apontava e viu um caminho tortuoso, antigo e abandonado, que descia o despenhadeiro.

– É melhor do que ficar aqui, suponho. Mas o que aconteceu agora há pouco?

Hilda não respondeu. Ela já estava descendo pela trilha irregular. Jack correu para alcançá-la, descendo os degraus desnivelados, ziguezagueando rumo à escuridão que envolvia o penhasco.

13

A PRIMA ESPERTA E O LOUCO

– Não sei, não, Fran. Você está me pedindo muito – gemeu o chefe da guarda, um pouco nervoso. – Você sabe quanto aborrecimento ia me causar se alguma coisa acontecesse lá dentro. Dizem que ele é violento. Mandou aquele pobre comandante do porto para o hospital!

Davey e Eloise observavam enquanto Francesca conduzia o guarda nervoso pelos corredores estreitos da Torre de Halbane. À frente havia uma única porta trancada; atrás dela se escondia um louco.

– Como está a sua mãe? – Francesca perguntou enquanto acenava em direção à porta trancada. O guarda, um homem franzino com seus 30 e poucos anos, esfregou o queixo fino com hesitação.

– Mamãe? Está bem. Por quê? – Ele enfiou a chave antiga na fechadura.

– Ela estava me perguntando de você. Você não come muito bem, pelo visto.

O guarda corou.

– Isso não tem nada a ver com ela. Eu sou dono de mim agora. Ela está sempre usando a família para me controlar. – A chave girou na mão dele e a fechadura se abriu.

– A família é grande, Pablo – Francesca sorriu. – E a rede de primos tem raízes em toda parte.

O guarda franziu a testa.

— E eu não sei? — Ele tirou a chave da fechadura e deu um passo para trás.

— Faça um favor a si mesmo, Pablo: vá visitar sua mãe este final de semana. E mande lembranças minhas à tia Belle. — Francesca deu as costas ao primo perplexo e empurrou a porta pesada para abri-la. Ela atravessou a soleira, acenando para que Davey e Eloise a seguissem. O guarda ficou perambulando próximo à porta nervosamente.

— Está tudo bem — disse Davey satisfeito. — O capitão é um velho amigo meu. — E fechou a porta atrás de si.

O cômodo era frio e escuro. Uma brisa fraca soprava de uma abertura gradeada na parede, onde um homem alto estava parado, olhando a vista limitada. Uma juba de cabelos grisalhos e sem corte emolduravam seu rosto bronzeado, lavrado pelo tempo. Apesar do confinamento, ele permanecia ereto, as mãos para trás, como um nobre poderoso supervisionando sua propriedade. O Capitão Jonah Hardacre mal notou a chegada dos três estranhos ao seu reino diminuto. Só quando Davey tossiu ele finalmente virou o rosto para eles. Seus frios olhos azuis mediram os visitantes, um de cada vez.

— Uma Paladina, uma Cronógrafa e... — Ele olhou para Davey. — Um magricela?

Davey travou o maxilar.

— Você não se lembra de mim, Capitão?

— Deveria?

— Ele é um amigo — disse Eloise, tentando ajudá-lo a lembrar.

— Um amigo? — Hardacre riu. — Esse é de fato um presente generoso, jovenzinho! Um presente que, sinto dizer, não posso retribuir. Pois estou encarcerado, como pode ver, e a amizade requer certas... — Ele fez uma pausa, escolhendo as palavras. — Certas liberdades. Algo que eu não tenho mais.

O sorriso de Davey se desfez.

– Você tem que se lembrar de mim! Davey Vale! Eu estive a bordo do *Órion* com você, durante algumas semanas, até que... Bem, tenho certeza de que você lembra.

– Eu me lembraria de um magricela – Hardacre sussurrou. Davey remexeu os bolsos procurando um cigarro, seu ego momentaneamente ferido.

Francesca se dirigiu ao prisioneiro com afabilidade.

– Jonah, você se lembra de mim? Sou Francesca Carhoop.

O homem fez um movimento brusco, mostrando desprezo.

– Claro que me lembro de você. Por acaso acha que perdi juízo?

– Talvez – Francesca respondeu. – Dizem que tentou mapear os Reinos Ocultos e que isso o levou à loucura.

A expressão de Hardacre abriu-se num sorriso largo e uma gargalhada rouca e crescente sacudiu o espaço apertado.

– Você pode estar certa. De fato eu *estive* nesses lugares e vi coisas que cozinharia os miolos da maioria dos homens. Mas eu sei quem sou, e não sou louco. Segui os passos de Hafgan, conheço o caminho para os Reinos Ocultos. Mas algumas pessoas temem o conhecimento. Temem o que eu poderia descobrir lá.

– Não pode negar que atacou o comandante. Você deixa um rastro de dívidas e desentendimentos aonde quer que vá – Francesca disse com paciência. – Não está aqui por causa de uma grande conspiração. Está aqui porque está cheio de ira.

Hardacre desviou o rosto, a mandíbula apertada.

– O comandante era um pedante intrometido. Eu detesto aquela papelada...

– Então não aja como se fosse a vítima da situação! – O tom de Francesca ficou de repente autoritário. – Você é indisciplinado e impaciente. O que eu preciso saber é se realmente esteve nos Reinos Ocultos e se pode voltar lá.

— Eu posso ser muitas coisas, mulher, mas não sou um mentiroso quando se trata das minhas viagens! — Hardacre se reclinou contra a parede de pedra fria, um estreito raio de luz riscando seu rosto vincado e envelhecido. Seu corpo magro estava ferido, e, apesar disso, um sentimento de ódio ainda ardia em seus olhos calculistas. — Você sabe disso! Por que outra razão estaria aqui? Diga, o que quer?

— A sua ajuda — Eloise disse. — Queremos viajar até os Reinos Ocultos, até Niflheim. Só precisamos de uma embarcação para viajar entre os reinos e um capitão que possa nos levar até lá.

— Niflheim? Estou lisonjeado. Nem mesmo eu já estive lá. O homem que vocês procuram é Rouland. Ele afirma que já esteve lá muitas vezes. Você, Paladina, sabe disso.

— Eu não obedeço a Rouland — disse Eloise. — Mas você tem razão, eu já fui uma Paladina. Abandonei o título há muitos anos e paguei o preço pela minha traição. Além disso, Rouland foi derrotado.

Os olhos de Hardacre se arregalaram.

— Isso é novo para mim. Se não estivesse preso, faria um brinde à morte dele. Mas se Rouland de fato se foi, então o caminho para Niflheim está perdido para sempre.

— E se você tivesse para guiá-lo as anotações de alguém que já esteve lá? — Eloise perguntou.

— Rouland escreveu um guia?

— Não. Seus segredos morreram com ele.

— Então o caminho está perdido. Ninguém mais viajou para lá e voltou. Ninguém exceto o próprio Hafgan.

Davey sorriu.

— Sabe, eu posso ser só um magricela, e não sou um grande fã de livros, para falar a verdade, mas já vi o livro de Hafgan e sei exatamente onde ele está agora.

Os olhos de Hardacre fixaram-se em Davey.

– Não brinque comigo, garoto! Você acha que já não procurei esse livro eu mesmo?

– Então é melhor começar a me tratar com mais respeito! – Apesar de ser menor e ter menos idade, Davey se manteve firme, estufando o peito em desafio a Hardacre.

– Respeito é algo que se conquista – disse Hardacre, e o tom de superioridade desaparecera. – Você mudou bastante desde aqueles dias a bordo do *Órion*, Davey. Mudou para melhor.

Davey assentiu com a cabeça.

– Eu ainda sou brilhante: roubei o livrinho e posso levar você até ele.

O homem mais velho ofegou, e então sorriu.

– *Sobre a Natureza dos Reinos Ocultos*, de Magnus Hafgan – ele sussurrou. – Você sabe onde encontrar esse livro?

– Ele fala a verdade – disse Eloise. – Eu já vi os segredos do livro.

– Onde? – Hardacre insistiu, cruzando a cela em direção a Eloise. – Onde está o livro?

– Aqui, em Ealdwyc.

Hardacre se virou para Davey outra vez, o rosto cheio de dúvida.

– Como você o encontrou?

Eloise franziu a testa.

– Essa é uma história para outra hora. Nosso tempo aqui é curto. Junte-se a nós e o levaremos até o livro. Em troca você nos levará aos Reinos Ocultos.

Hardacre passou a mão pelo queixo barbado, observando o trio.

– Vocês podem me libertar? Como?

– Meu primo é muito obtuso – Francesca disse com um sorriso. – Olhe para fora.

Hardacre se segurou nas barras da janelinha para se apoiar. Lá fora, a magnífica vastidão de Ealdwyc, e no centro o Grande Fosso. Pontinhos imóveis no ar, pássaros imensos planando nas correntes quentes que subiam das profundezas ardentes.

– Os pássaros – Hardacre disse. – Eles não se movem.

Ele olhou outra vez para ter certeza: as criaturas estavam distantes, mas sua inércia era inegável. Como figuras de alguma pintura fantástica, ele pairavam imóveis contra as rochas, as asas congeladas no tempo. Hardacre se virou para Francesca. Ela tinha nas mãos um dos seus relógios.

– Você fez isso? – Hardacre perguntou, rindo maravilhado.

Francesca sorriu orgulhosamente.

– Estamos numa Fratura, numa bolha do tempo. Mas ela não vai durar muito. Então, Capitão: você nos levará a Niflheim em troca da sua liberdade?

Hardacre riu.

– Se o que vocês dizem sobre o livro de Hafgan é verdade...

– É verdade – disse Eloise friamente.

– Então nós temos um trato.

Eloise desembainhou a espada, até aquele momento oculta sob as roupas, e golpeou a porta trancada. Ela cedeu ao primeiro golpe, abrindo com um estalo. Eloise passou pela porta, seguida por Francesca, Davey e Hardacre.

Pablo, o chefe da guarda, estava de pé no corredor, congelado. Da perspectiva dele, acabara de sair da cela. O cronoscópio de Francesca fizera com ele o mesmo que fizera com o tempo.

– Já terminou? – Pablo perguntou quando viu Francesca passar apressada. Então ele viu Hardacre. – Ei! Espere!

Francesca agarrou o primo pelo colarinho.

– Desculpe, Pablo. Vou fazer com que pareça que você resistiu.

– Resisti? – Pablo repetiu nervosamente.

O braço de Francesca girou com velocidade, atingindo-o com força do lado da cabeça. Pablo ofegou enquanto suas pernas cediam. Eloise pegou o homem inconsciente e o deitou no chão com gentileza.

– Nunca vou saber como essa história acabou – Francesca observou com humor.

Davey riu consigo mesmo enquanto deixavam a torre. Quando o guarda compreendesse o que sua prima esperta tinha feito, ela, Davey, Eloise e o louco já teriam desaparecido no vasto labirinto de ruas da cidade.

14

VIOLAÇÃO

A escuridão gelada envolveu Jack, secando o suor da sua testa. As luzes da mansão do Conselheiro eram visíveis lá em cima, cintilando como uma constelação artificial. Tinha levado uma hora para que chegassem tão longe, uma hora de descida dolorosa pelas pedras desgastadas pelo tempo. A luz de uma nave iluminara as trevas alguns momentos antes, enquanto deslizava em direção ao pátio, para aportar. Desde então eles estavam descansando, atentos a qualquer movimento, certos de que os Protetores viriam atrás deles, mas não tinham visto ninguém.

Apesar do alívio de ter escapado, algo na fuga incomodava Jack. O que realmente acontecera lá atrás? Por que o Conselheiro e os Protetores tinham desaparecido? Como eles tinham escapado tão facilmente? Ele sentia como se a resposta lhe fugisse, escapando de entre seus dedos. O que ele não estava captando?

Notou que Hilda olhava para ele. Então, de repente, ouviu uma voz distante lá de cima. Holofotes apareceram nos limites da propriedade do Conselheiro e a brisa trouxe o eco tênue de vozes. Os Protetores estavam finalmente vindo atrás deles.

– Hora de ir – disse Hilda com pressa.

Jack se levantou com muito esforço, obrigando suas pernas cansadas a funcionar. Os degraus continuavam a descer diante deles, mergulhando mais e mais na escuridão.

– Aonde você acha que eles levam? – perguntou.

– É uma passagem antiga – Hilda refletiu. – Está vendo os canos acompanhando os degraus?

Jack olhou mais de perto. Não tinha notado os canos subindo e descendo das pedras, seguindo a borda dos degraus, mergulhando na encosta íngreme.

– São canos de água – Hilda continuou. – Pode ter um lago lá embaixo, ou uma estação de bombeamento.

– Vai nos levar a Ealdwyc? – Jack perguntou esperançoso.

Hilda pensou por um momento.

– Não sei. Acho que estamos bem longe de Ealdwyc.

Jack não disse nada. Olhou a mansão distante, no topo da escadaria. Enquanto olhava, notou uma série de luzes entrarem em formação, flutuando pela borda e descendo com velocidade na direção deles.

– Ai, não!

– O que foi? – Hilda perguntou.

Eles observaram juntos a silhueta de uma nave em formato de aranha descer do pátio, seus holofotes apontados para as rochas.

– Precisamos ir! – gritou Hilda enquanto disparava numa corrida desajeitada, descendo dois degraus por vez. O murmúrio baixo de motores distantes aumentou de volume sobre suas cabeças. Jack acelerou atrás dela, diminuindo a distância entre eles, até ficar bem atrás dela.

Os degraus ficaram mais baixos e mais largos, até que chegaram a um platô que contornava as margens de um grande lago. Jack ouviu uma vibração nos ouvidos, um pulsar ritmado que se tornava cada vez mais forte. Ele olhou para trás; os feixes de luz seguiam seus passos.

Ele pegou a mão de Hilda e correu pela trilha a toda velocidade, acompanhando o seu traçado tortuoso. Ouviu o motor do veículo rugir, levantando nuvens de poeira ao passar por eles. À frente, a trilha entrava numa fissura profunda na parede de pedra. Jack se lançou para as suas sombras e as luzes do holofote passaram bruxuleantes pela entrada. O veículo pairava perto dali, lançando poeira e seixos pela boca da caverna. Os holofotes cruzaram a entrada mais uma vez, varrendo-a à direita e à esquerda. Então o veículo subiu lentamente, suas luzes se afastando do esconderijo dos dois. O ronco dos propulsores se tornou mais baixo, a vibração palpitante dos motores diminuiu e Jack pôde voltar a respirar.

– Já foram – disse por fim, surpreso e aliviado.

Hilda espanou a terra e a sujeira do vestido.

– Até que enfim!

– Para que lado agora? – Jack se perguntou em voz alta. – Não podemos continuar indo por esse lado, não com essa coisa nos procurando.

– O que foi que o prisma mórfico disse? – Hilda perguntou. – Alguma coisa sobre um livro? Ele não disse que o livro mostraria o caminho?

Ela estava certa, Jack se lembrou. Seus dedos tocaram o livro roubado no bolso da calça. Ele o tirou dali e fitou a capa de couro.

Subitamente notou Hilda ao seu lado.

– O que é isso? É esse o livro?

– Não! – Jack respondeu na defensiva, escondendo o livro dela.

– Posso olhar? – ela pediu, estendendo a mão para ele.

Jack gaguejou.

– É particular.

– Por favor – Hilda insistiu com um sorrisinho. – Me deixe ver.

– Eu disse não! – Jack se afastou dela, dando-lhe as costas. Ele abriu o livro, inclinando-o na direção da luz tênue. – É inútil, de qualquer forma! Não dá para ver nada aqui.

Hilda se ajoelhou, peneirando a terra e as pedrinhas com os dedos, buscando as fontes do brilho tênue que emanava do chão em pequenos e cintilantes pontos azuis. Ela escolheu duas pedrinhas e as limpou no vestido até que a terra desgrudou, revelando dois cristais semelhantes a pedras preciosas. Gentilmente, esfregou as pedras uma contra a outra até que um brilho suave brotou dentro de cada uma delas. Elas emitiam um som que lembrava a Jack o zumbido de uma velha geladeira que havia na cozinha de sua casa por mais anos do que convinha, provavelmente, o pulsar desafiador de um sobrevivente elétrico. Ele sorriu ao recordar suas paredes amassadas, cobertas de desenhos em que ninguém mais prestava atenção.

– Que haja luz! – exclamou Hilda com um sorriso satisfeito e entregou uma das esferas brilhantes para Jack. A luz azul se intensificou na sua mão, iluminando as pedras à sua volta. A palma da sua mão formigava.

– O que são essas coisas?

– O nome correto é Cristalumen, mas todos as chamam de pedras-lúmen.

Quando seus olhos se acostumaram à nova luz, a caverna se revelou um túnel profundo, de formato retangular. As marcas de ferramentas nas paredes denunciavam que tinham sido escavadas pelas mãos do homem, e canos serpenteavam ao longo da trilha. Aqui e ali vapor escapava das junções dos canos, aquecendo o ar que já era quente.

Jack voltou a atenção para o livro outra vez. Ele abriu na última página, agora visível sob a luz suave. Sabia o que iria encontrar: uma folha cheia de letras dispostas numa tabela de forma organizada. Ele já conseguira informações por meio desses códigos antes, e tinha esperança de que eles lhe mostrassem o caminho outra vez. Fazia pouco tempo que ele tinha percebido que a página estava escrita na sua própria caligrafia, com o acréscimo das anotações indecifráveis de Hafgan, e continha mensagens codificadas do seu futuro eu. Seus olhos examinaram o texto outra vez, percebendo, sob a leve iluminação das pedras-lúmen, que algumas das letras cintilavam. No começo era quase imperceptível, mas quanto mais ele fitava o papel com os olhos semicerrados, mais evidente se tornava o tênue brilho. Perto do topo da página a letra D escrita em tinta preta aos poucos estava ficando dourada. Em seguida um U, e então um R. Rapidamente ele foi encontrando mais e mais letras até que formassem a palavra DURENDAL. Satisfeito, ele continuou: a letra seguinte da sequência era N.

Os sentidos de Jack o alertaram: ele se virou e viu Hilda espiando por sobre o seu ombro.

— Talvez eu possa ajudar — ela propôs como quem se desculpa.

Jack voltou a se virar, debruçando-se sobre o livro para que só ele conseguisse ver. Acompanhou o código pela folha até que três novas palavras se formaram. Fechou o livro e o devolveu ao bolso da calça.

— Você conhece um lugar chamado Porto de Newton? — perguntou.

— Porto de Newton? Claro que conheço! — disse Hilda orgulhosamente. — Por quê?

Jack hesitou, então disse:

— Vou para lá encontrar Durendal.

— Por que você acha que vai encontrar Durendal lá?

— Simplesmente sei, ok?

— Bem, acho que o mais educado seria me contar, não é? — disse Hilda com indignação. — Afinal, se vamos para o Porto de Newton, então...

— Eu não pedi que viesse comigo! — Jack interrompeu. — E agora que parei para pensar, me pergunto, *por que* você está comigo?

— Você me interessa — Hilda disse sem hesitar, um sorriso se abrindo no seu rosto redondo.

Jack parou. Sentiu um rompante de raiva e confusão. De repente agarrou o braço de Hilda e cravou os olhos nos dela. Algo enterrado bem fundo nele se agitava, algo relacionado a Hilda.

— Jack, você está me machucando! — ela gritou.

Jack ouviu o tremor na voz dela, viu o medo surgir instantaneamente nos seus olhos, e ainda assim ele não se afastou — a Rosa não se afastou. Emoções transbordavam dentro dele: desconfiança, raiva, medo. De repente ele estava consumido pela força inebriante desses sentimentos.

— Jack, por favor! Você está fazendo a minha cabeça doer. — Lágrimas de dor rolavam pelas bochechas de Hilda.

– O que você está escondendo de mim? – Jack exigiu saber, deixando a Rosa se expandir dentro dele, deixando-a se libertar, deixando-a consumi-lo, enquanto invadia a mente de Hilda.

Jack viu o que estava fazendo: ele estava matando Hilda, sabia disso. Mesmo assim, não conseguia soltá-la. Estava invadindo a mente dela, seus segredos. Não era difícil, tudo o que tinha que fazer era deixar a Rosa assumir o controle. A mente de Hilda estava abrindo passagem e ele ia cada vez mais fundo.

As lágrimas de Hilda se encheram de sangue e desenharam linhas vermelhas na sua pele suja. Gotas escuras caíam em profusão das narinas, acumulavam-se sobre os lábios e escorriam pelo queixo.

– Jack, pare! Você está me matando!

Ele podia sentir o cheiro do sangue, sentir o gosto, podia ouvir o coração acelerado de Hilda – como uma tempestade de trovões confinada em seu peito – e não conseguia parar. Agora ele iria dilacerar a mente dela e ler tudo que havia ali dentro como um livro. Como Rouland fazia.

Como Rouland. O pensamento o deixou petrificado.

Subitamente veio à sua mente uma imagem sorridente do rosto cruel de Rouland. Ele estava entre pessoas estranhas, ameaçando-as, brincando com elas. Será que Hilda conhecia essas pessoas? Será que eram da sua família?

Ao longe, ele ouviu o grito de Hilda.

De repente, como se saísse de um transe, Jack a libertou. Ela caiu no chão, soluçando incontrolavelmente. Jack recuou para longe dela. Uma terrível constatação o oprimia: ele tinha se transformado num monstro. Desabou no chão, seus próprios soluços fazendo coro com os de Hilda.

– Me... desculpe. – Suas desculpas nada valiam. Ele chegou mais perto de Hilda e ela se retraiu com medo.

– Não toque em mim! – gritou.

Ele recuou e se sentou com as costas contra a parede da caverna, olhando-a pelo canto do olho, esperando até que seus soluços esmorecessem.

— Eu não consigo controlar — ele disse por fim. — É forte demais.

— Nem se incomode em inventar desculpas — ela choramingou, se virando para outro lado com repugnância. Seus ombros balançavam no mesmo ritmo das lágrimas silenciosas.

— Eu tenho essa coisa dentro da minha cabeça — Jack disse lentamente, as palavras soando, uma após a outra, como gentis confissões. — É uma espécie de poder, chamado Rosa de Annwn. Foi um presente da minha mãe. Eu pensei que ela consertaria as coisas, mas... Não está funcionando assim. Acho que ela quer assumir o controle, e não sou forte o suficiente para impedi-la.

A vozinha de Hilda se avolumou, pontuada pela respiração pesada que vinha com as lágrimas.

— Você precisa ser mais forte. Não pode deixar que ela assuma o controle. Você tem que ser o mestre, e não o contrário, ou você pode muito bem se matar agora.

As palavras de Hilda confortaram Jack, acalmaram-no. Era como ser repreendido pela mãe: ele estava com medo, mas havia segurança no âmago da raiva dela, como amor. Ele sentiu falta da mãe mais do que nunca. Ela carregara a Rosa antes dele e Jack se perguntou como conseguira. Ela sempre parecia calma, no controle das suas emoções. Se ela estivesse ali, poderia ajudá-lo. Mas estava morta. Dera a Rosa a ele e o deixara sozinho. A mão de Jack tocou o pingente embaixo da camisa — tudo o que restara da mãe. Até seus amigos o tinham deixado. Sua família se fora.

Família.

De repente, ele se lembrou do que vira na mente aterrorizada de Hilda.

— Hilda. Sua família. Seus pais. Eles estão mortos? — no mesmo instante ele se arrependeu de perguntar.

Os ombros da menina enrijeceram. Depois de um momento, ela endireitou as costas e secou as lágrimas. Então lançou um olhar desafiador para Jack.

– Jack, você precisa de ajuda.

– Eu... Preciso? – Jack estava confuso. Aquela afirmação o pegou completamente desprevenido.

– Sim, obviamente. Não está vendo?

Jack procurou uma resposta.

– Bem, eu... – Então a imagem dele subjugando Hilda surgiu na sua mente, e ele ficou vermelho de vergonha. – Não consigo controlar. Você ficaria mais segura sem mim.

– Provavelmente. Mas acho que você ficaria mais seguro *comigo*. Eu posso ajudar, se você deixar.

– Como?

Ela se ajoelhou perto dele e sua voz se tornou um sussurro.

– Feche os olhos e relaxe. Vou entrar na sua mente. Não resista, não vou machucá-lo.

Jack obedeceu e, depois de um instante tranquilo de silêncio, ele sentiu a presença suave de mais alguém nos seus pensamentos. Ele passara a reconhecer essa sensação estranha e, com a Rosa, podia facilmente bloqueá-la. Lutou contra o impulso de expulsar Hilda dali. Em vez disso, abriu passagem para ela entrar.

O tempo pareceu se arrastar. O brilho das pedras-lúmen lentamente diminuiu até que Jack e Hilda estivessem na escuridão, suas mentes se tornando uma só. Era uma sensação esquisita. Suas sinapses pareciam mais fortes agora, e a Rosa parecia menos uma ameaça, mais um instrumento que podia ser controlado e utilizado da maneira apropriada.

Sentiu uma onda de calma passando por ele. De repente, o seu terrível potencial não parecia tão ruim. Ele estava no controle outra vez.

– Hilda – ele sussurrou –, obrigado.

A voz dela soou na escuridão:

– Com o tempo você pode aprender a acalmar sua própria mente, mas por enquanto posso ajudá-lo.

Jack saboreou aquela tranquilidade, desejando que ela nunca acabasse, mas ele logo sentiu Hilda deslizando para fora da sua mente.

– O truque – ela disse com a voz fraca – é manter essa ideia de paz na sua cabeça, mesmo quando está sozinho. Entendeu?

– Acho que sim.

– Preciso descansar. – Ele ouviu o ruído familiar de duas pedras sendo friccionadas e a caverna se encheu com a débil luz das pedras-lúmen outra vez. Hilda parecia mais velha, o brilho inquisidor nos seus olhos enfraquecera.

Os pensamentos de Jack vagaram para Davey e Eloise. Ele esperava que tivessem escapado das Paladinas. Queria que os dois estivessem ali, ao lado dele no escuro. Davey estava predestinado a se tornar avô de Jack e essa consciência era um peso na sua mente, povoando-a de dúvidas grandes demais para ele ignorar. Quando Jack pensava em Davey era com um misto de amizade, culpa e medo. Ele tinha tantas perguntas não respondidas... Mesmo para Jack o futuro era obscuro e incerto.

– Você pensa muito no seu avô, não é? – Hilda disse suavemente.

Jack corou, tentando pensar em outra coisa. Será que ele devia contar que era um Viajante, que vinha do futuro?

– Você vem de correnteza acima, não vem, Jack?

Ele enrijeceu, então soltou o fôlego. Parecia inútil esconder isso dela quando mal podia manter seus pensamentos só para si.

– É, sou do futuro.

– Um Viajante. – Hilda balançou a cabeça, pensativa. – Entendo. E você encontrou o seu avô aqui, em 1940. Quantos anos ele tem?

Jack riu consigo mesmo. A ideia ainda era absurda para ele.

– Davey tem 13 ou 14 anos, acho.

– E ele sabe?

– Que é meu avô? Sim.

Hilda refletiu. Parecia mais feliz agora que o foco da conversa não era ela. Então, justo quando Jack se preparava para mais perguntas, ela se levantou e continuou a andar pelo túnel escuro.

— É só isso? Você já vai? — Jack gaguejou.

— Você prefere ficar sentado aí falando da sua família pelo resto da tarde? Tenho certeza de que é bem interessante, mas acho que devíamos continuar antes que os Protetores de Jodrell nos alcancem, não acha? — Ela parou, esperando por ele.

Jack suspirou pesadamente, percebendo que ainda não sabia lidar com essa menina tão estranha. Silencioso, quase submisso, ele foi atrás dela.

15

ESTRANHOS SOBRE UM TREM

– Conheço um caminho mais rápido para o Porto de Newton – Davey falou em voz alta para quem quisesse ouvir. – Não precisamos percorrer todo este caminho aqui.

Eloise sorriu pacientemente.

– Acha que seria sensato que um louco fugitivo e uma ex-Paladina andassem pelas ruas de Ealdwyc? Sabe que não, Davey.

– Sim, mas conheço algumas rotas e tudo mais, atalhos...

– Assim é mais seguro – Francesca disse com firmeza, acabando com a discussão.

Eloise se levantou e se juntou a Davey, encostado no corrimão que acompanhava a trilha.

– Se vamos mesmo aos Reinos Ocultos, primeiro temos que chegar ao navio do Capitão Hardacre. – A voz dela era suave, atenciosa, e ainda assim Davey sentiu suas frustrações fervilhando.

– Não sou nenhuma criança, Eloise! Sei o que estamos fazendo! Só estou dizendo que você podia me ouvir de vez em quando. Sei o que estou falando!

Eloise tocou as costas da mão dele. Ainda ficava chocado com quanto ela era fria, Davey tirou a mão. Viu um lampejo de mágoa no rosto dela, e quis dizer alguma coisa para se desculpar. Mas não conseguiu pensar nas palavras certas e a frustração só aumentou.

Eloise se afastou dele.

Davey xingou a si mesmo enquanto fitava a trilha que se estendia até o fundo do precipício. Lá em cima estava a cidade, com suas luzes cintilantes no ar quente que subia. Embaixo, o abismo escancarado, que levava para as profundezas da terra.

– Essas tubulações – disse Francesca, apontando o emaranhado de canos que contornava a beira do penhasco – levam ar quente para cima, para cada recanto da cidade.

Davey olhou para Francesca. Ela achava que ele se importava?, se perguntou.

Ela continuou:

– Quando o ar chega ao topo ele é mantido em esponjas orgânicas. Elas controlam a temperatura e a umidade, mantendo Ealdwyc agradavelmente fresca.

Davey deu um meio sorriso provocador.

– Não faço o tipo engenheiro. Sou mais o homem das ideias, um líder. Entende?

Francesca desviou os olhos dos canos e o fitou, franzindo a testa.

– Ah, sei muito bem – comentou com ar de desaprovação. – Há homens demais como você. Passam por essas maravilhas todos os dias e não têm ideia de como funcionam. Pior ainda, não *querem* saber.

– Não precisam saber! – Davey rebateu. – Não é o trabalho deles.

Francesca suspirou.

– Não vai levar muito tempo para que tudo isso desapareça, sabe? Se pessoas como você continuarem a não demonstrar o menor interesse, vai tudo desmoronar e ser esquecido.

– O que deu em você? Por que de repente tudo é culpa minha?

Antes que Francesca pudesse responder, Eloise se aproximou.

– Precisamos nos apressar – disse, lacônica. – Posso sentir as Paladinas se aproximando.

– Imagino que seja culpa minha também – disse Davey com um movimento amplo do braço.

Eloise o encarou, impassível, e então se voltou para Francesca.

– Elas logo estarão aqui.

– Estão seguindo seu rastro? – perguntou Francesca.

– Sim.

Francesca checou o relógio e sorriu.

– Hora de partir, então. Nossa carona vai chegar num instante.

Hardacre estava mais distante dos outros, aparentemente perdido em pensamentos. Ele sacudiu a cabeça para afastar os devaneios e disse com aspereza:

– A morta está certa. Não podemos ficar aqui nem mais um minuto.

– A morta tem nome! – retrucou Davey com raiva.

Hardacre riu dele.

– Tenho certeza que sim, meu jovem, tenho certeza que sim. – O capitão se virou para Eloise, estreitando os olhos com desdém. – Mas o lugar dos mortos é embaixo da terra, e não andando sobre ela.

Francesca grunhiu alto.

– Seja gentil, Jonah. Estamos todos do mesmo lado.

– Os mortos não estão do lado de ninguém. – O sorriso de Hardacre se transformou numa carranca. – Contanto que você me leve ao livro de Hafgan, vou cumprir a minha parte do acordo. – Ele por fim desviou os olhos frios de Eloise. Esbarrou nela de propósito ao passar e desceu a escada rangente até um nível inferior.

– Refresque minha memória – Davey disse a Eloise. – Por que soltamos esse sujeito? Ele é um sujeito bem divertido, não acham?

Eloise pareceu hesitar por um instante, o semblante sério e as sobrancelhas franzidas, então seguiu o capitão pela escada. Davey a seguiu com os olhos até que ela saísse de vista. Sentia um medo nas entranhas que lhe tirava o fôlego. Com os anos aprendera a ouvir sua intuição e isso tinha salvado sua vida em mais de uma ocasião. Agora seus dedos também formigavam enquanto encarava a escuridão diante dele.

– Você vem, rapaz? Não podemos perder mais tempo – disse Francesca a ele enquanto descia pela escada.

Davey olhou para trás, imaginando as Paladinas em algum lugar ali por perto. Por um instante não soube o que lhe dava mais medo: as Paladinas atrás dele ou a escuridão desconhecida à frente. Suas pernas estavam irrequietas, incitando-o a abandonar os outros e seguir seu próprio caminho, sozinho. Ele se dava muito bem sozinho. Sabia como sobreviver. Então seus pensamentos se voltaram para Eloise e Jack. Davey sabia que *eles* não o abandonariam. Engoliu o medo, segurando a respiração, até que o sentimento se tornasse insignificante. Deu um passo em direção à escada. Segurou no corrimão e deixou que os pés descessem os degraus, para se juntar aos outros.

– Não seja molenga, Davey! Se demorar mais um segundo tudo vai por água abaixo – avisou Francesca. – Achei que eu fosse a tartaruga aqui, mas vejo que me enganei.

Davey deu de ombros, abrindo um sorriso largo para disfarçar o medo.

– Quem você está chamando de tartaruga?

Ele passou pela velha senhora e se enfiou atrás de Eloise. Desceram ainda mais, passando por um túnel rudemente talhado na pedra, que acabava em degraus altos. Então o chão se tornava plano outra vez e terminava numa câmara ampla, onde a trilha despencava num abismo negro e profundo.

– E agora? – ele perguntou, de pé na borda do precipício. – Não dá pra atravessar isto aqui, dá?

– Não precisamos – Francesca respondeu sem fôlego, alcançando-os. – Essa é a ferrovia principal.

Davey perscrutou o negrume diante dele e viu o contorno indistinto de uma estrada de ferro suspensa no ar.

Francesca consultou o relógio outra vez e soltou uma risadinha.

– Bem na hora!

Ao longe, um ronco baixo foi se avolumando. Algo muito grande se aproximava, diminuindo a velocidade conforme a barulheira ficava mais alta. Vapor enchia a câmara, rapidamente se condensando em gotículas de água quente que aderiam à rocha. Quando a fumaça se dispersou, um imenso vagão de metal parou à frente deles, os freios soltando um último lamento exaurido. Os vagões pairavam acima e abaixo da ferrovia, dois planos empalados pelos trilhos. Todos de um azul metálico lustroso e decorados com os mesmos padrões intricados das construções de pedra da cidade. Um tubo veio de cima e baixou até o teto do trem, fixando-se no lugar com um estalo grave.

– O cano de abastecimento de água – Francesca explicou. – Rápido, não temos muito tempo. Venham atrás de mim.

Sem hesitar, ela saltou da beira do abismo e caiu sobre o teto do trem.

Davey riu, surpreso.

– Ela é bem ligeira para a idade, isso dá pra ver!

– Não se deve subestimá-la. – Eloise sorriu como quem sabia do que estava falando.

Francesca olhou para os outros, acenando para que se juntassem a ela. Naquele momento o cano de água se desconectou e começou a subir, se recolhendo. O trem gemeu outra vez e a vibração dos poderosos mecanismos percorreu a fila de vagões, expelindo um vapor quente. Quando o trem começou a se mover, Davey pulou no teto do trem e caiu de pé junto a Francesca. Hardacre e Eloise saltaram em seguida, lutando para manter o equilíbrio sobre o vagão reluzente enquanto ele ganhava velocidade. Abaixo deles, Davey viu o imenso vazio da Grande Fossa, vapores quentes passando rápido por eles, aquecendo a superfície metálica.

– Esse é o plano? – Davey perguntou a Eloise, sua voz sobrepondo-se ao barulho. – Saltar sobre um trem em movimento?

– É um bom plano – ela respondeu. – Podemos nos distanciar das Paladinas bem rápido.

– E o trem está indo para o Porto de Newton – Francesca acrescentou enquanto se arrastava com cuidado na direção dos últimos vagões. – Mais rápido que a sua rota, Davey.

Os outros a seguiram até o vão entre os dois vagões. Eles se espremeram ali, segurando-se enquanto o trem acelerava até a velocidade máxima. O calor desconfortável diminuiu quando, um instante depois, mergulharam na escuridão fria de um túnel. O ar foi sugado para fora e a pressão caiu. Houve uma dolorosa erupção de luz ofuscante e eles já não estavam mais no túnel. Ar fresco invadiu os pulmões de Davey e ele percebeu, à medida que a mente clareava, que não estava mais se segurando. Olhou para a frente e viu Jonah Hardacre segurando-o com firmeza contra o peito. O homem mais velho simplesmente acenou com a cabeça e, quando Davey segurou-se outra vez, soltou-o.

– Preparem-se! – Hardacre gritou por sobre o rugido dos motores. – Outro túnel à frente.

Davey assentiu e respirou fundo. Aquele túnel era mais longo que o primeiro, mas ele aguentou firme. Quando saíram, viram-se numa fenda estreita, uma abertura na pedra que se estendia por vários quilômetros de ambos os lados dos trilhos. O teto de pedra parecia opressivamente baixo ali, como se a qualquer instante pudesse cair e esmagá-los.

Casinhas salpicavam a fenda, como cracas no casco de um navio. Os aglomerados de casas eram entalhados na pedra, tal como as pegadas de um gigante, uma mais no alto que a outra. Estradas e trilhas serpenteavam no meio das casas num ziguezague íngreme, desaparecendo nas partes mais altas da caverna. Lanternas imensas, mais extensas que o trem, pendiam do teto como criaturas abissais luminescentes. A terra abaixo delas era banhada de tons ocres, como num perpétuo pôr do sol de verão. Aqui e ali havia estruturas longas e retorcidas, que iam do chão ao teto, como vidro soprado. Mesmo ali, as pessoas tinham talhado e esculpido, cavado nichos na pedra. Quando os edifícios começaram a ficar mais altos e impressionantes, o trem começou a diminuir a velocidade.

– Estamos chegando à estação – Francesca gritou. – De volta para o teto do trem!

Ela não esperou que ninguém a contestasse e, quando o trem parou na estação com um assovio, estavam todos acocorados no teto.

As portas se abriram ruidosamente e um enxame de passageiros lotou a plataforma. Do seu esconderijo mais acima, Davey observou o mar tumultuoso de gente. Viu o reencontro de amigos que se cumprimentavam, trabalhadores com pressa aqui e ali, um carregador levando as malas pesadas de uma senhora. Então, algo brilhou num canto escuro da plataforma.

Eloise também percebeu.

– As Paladinas! Mas como?

– Elas vieram no trem! – Francesca adivinhou.

– Estavam mais próximas do que eu tinha imaginado. Devem ter subido a bordo quando pulamos no teto – Eloise sussurrou com urgência. – Preciso sair daqui. Elas vão me encontrar!

Davey instintivamente pegou a mão de Eloise. Lembrou-se da reação de Jack quando contou que podia sentir certas coisas. Lembrou-se do horror no rosto dele, do medo de que algum dia isso pudesse corromper Davey. Mas ele não via outra saída agora. Se as Paladinas os encontrassem escondidos ali, sem dúvida morreriam. Mesmo assim, esse poder o aterrorizava, como se fosse abrir a jaula de uma fera sanguinária. Acalmou sua mente. Em pensamento, entoou: *Vão embora! Não tem nada aqui!*, desejando, pedindo, esperando que as Paladinas não sentissem Eloise em seu esconderijo.

Vão embora! Não tem nada aqui!

Vão embora! Não tem nada aqui!

Vão embora! Não tem nada aqui!

O resto do mundo virou um borrão acinzentado de esquecimento enquanto Davey fitava as Paladinas, amplificando seu pensamento, imaginando-as seguindo em outra direção.

Vão embora! Vão embora! Vão embora!

As Paladinas hesitaram, como se distraíssem, e então se aproximaram do trem.

– O que você está fazendo? – Eloise sussurrou.

Davey percebeu que apertava a mão dela. Olhou de volta para as Paladinas.

Não tem nada aqui! Não tem nada aqui! Vão embora!

As Paladinas andaram até o trem, examinando-o com ar de frustração. Caminharam ao longo da plataforma até parar quase na altura do esconderijo deles. Davey prendeu o fôlego.

Vão embora! Não tem nada aqui!

Outra Paladina saiu de dentro do trem.

– E então?

– Ela estava aqui – a primeira Paladina disse para a companheira. – Ela estava aqui, eu tenho certeza. Agora... Agora ela se foi.

– Vou checar os vagões de baixo – a outra Paladina respondeu. – Se ela estiver aqui, vamos encontrá-la.

A Paladina assentiu, e então as duas entraram no trem novamente.

Em algum lugar no fim da plataforma um apito soou. Um outro respondeu e o trem gigantesco foi saindo da estação. Davey fechou os olhos e se permitiu respirar outra vez.

– Como? – Eloise disse. – Você as bloqueou. Como fez isso?

– Eu não sei – ele disse por fim. Não era totalmente mentira. Ele agira sem pensar. De repente uma imagem familiar surgiu na sua cabeça como uma rajada de gelo nos seus pensamentos. Era a imagem de uma figura poderosa, cheia de malícia e ódio. Era o seu eu futuro – o Velho Davey –, naquela noite terrível de 2008. Ele se tornara um Manipulador, alguém capaz de controlar as pessoas com a mente. Ele se tornara amargo e degenerado, corrompido e controlado por Rouland. O ódio dentro dele levaria à morte sua própria filha: a mãe de Jack.

Essa visão do futuro o corroía desde que tomara conhecimento dela; ele rezava para que não se concretizasse, para que o futuro tomasse outro rumo. Mas não podia continuar negando aquilo a si mesmo. Sentia algo se agitando dentro dele, uma habilidade natural vindo à tona, instigando-o a experimentá-la. Hoje ela salvara suas vidas. Amanhã? Ele não sabia. Encontrou os olhos de Eloise e soube que ela devia estar pensando o mesmo. Desviou o olhar, subitamente envergonhado.

Ela pegou a mão dele outra vez.

– Davey, você não precisa se tornar aquele homem.

Ele sorriu brevemente, mas mesmo aquele conforto pareceu inútil. Ele afastou a mão da dela.

Hardacre estava de cara fechada.

– Aqui não é seguro. Aquelas Paladinas estão a bordo e vão nos encontrar.

– Temo que já seja tarde demais – disse Eloise, os olhos fixos na traseira do trem. Algo se movia sobre os vagões, vindo na sua direção. O trem soltou um ronco baixo e uma nuvem de vapor quente, que obscureceu a visão dos vagões.

Viram uma chuva de faíscas quando uma espada atingiu o teto do trem, em golpes amplos. Por fim, uma figura sombria emergiu da névoa e saltou no ar. A Paladina estendeu os braços, tentando alcançá-los. A espada de Eloise fez um arco na direção da atacante, perfurando a perna da Paladina, que mesmo assim persistiu, levantando e girando a espada, em retaliação. Eloise caiu sobre o lado esquerdo, desviando da espada apenas por alguns centímetros. Ela aparou o golpe, e dessa vez sua lâmina quebrou o braço da Paladina, que quase teve a mão decepada, sua espada deslizando para longe com estrépito. Por um instante o choque se estampou no rosto pálido da Paladina, quando Eloise cravou a espada no seu coração, fortalecendo-a. Eloise levantou a bota e pisou na barriga da Paladina, puxando a espada de volta. A Paladina caiu para trás, mergulhando nas trevas.

– Irmã! – A voz pegou Eloise de surpresa. Era de uma Paladina, mas vinha *de trás* dela. Davey e os outros se viraram ao mesmo tempo e viram outra Paladina avançando na direção deles.

A Paladina mostrou os dentes num sorriso largo, o corpo retesado, pronto para a batalha.

– Você vem comigo, irmã.

16

A PONTE

— Como você sabe que estamos indo na direção certa? — perguntou Jack, de mau humor. — Pelo que sei, podemos estar avançando na direção *contrária* ao do Porto de Newton.

O sorriso de Hilda traiu sua irritação.

— Confie em mim. Estamos no caminho certo.

— Você parece saber muita coisa sobre esse lugar.

— Eu já falei — Hilda respondeu sucintamente. — Eu morava aqui.

— Com a sua família?

Hilda congelou por um instante, então sorriu em resposta.

— Com a minha tia-avó Eva.

— Mas e a sua mãe e o...

— Está com fome? — Hilda perguntou, interrompendo Jack. — Eu estou. Devíamos procurar alguma coisa para comer. Logo vai escurecer. As luzes já começaram a diminuir, olhe. — Ela apontou para as lanternas ovais que pendiam preguiçosamente sobre a cabeça deles, balançando nas correntes quando agitadas pela brisa.

Eles tinham deixado para trás as cavernas rudimentares e continuavam descendo. Depois de uma hora, os túneis começaram a ficar mais largos e altos, até que as várias trilhas convergiram para uma garganta escavada na pedra. Casas se erguiam diante deles, abraçando a encosta do despenhadeiro. Levando a cada uma delas, havia degraus e trilhas feitas com plataformas de madeira erguidas sobre troncos de árvores caídas. Luzes tremeluziam nas janelas das casas de madeira e a luz de fileiras de lanternas banhava as pontes instáveis com a luminosidade fria do crepúsculo. Mais abaixo, no caminho estreito entre as paredes da fenda, Jack e Hilda caminhavam, admirando o mundo de atividade febril sobre suas cabeças. Aos olhos de Jack, era como um porto desorganizado, com quebra-mares e barracões, a areia havia muito engolida. A passagem escura estava cheia de lixo atirado de cima. Comida estragada e porcarias inúteis acumuladas em pilhas fedorentas sustentavam uma colônia de crustáceos de tamanho impressionante, que correram para as sombras quando Jack e Hilda se aproximaram.

— Podíamos subir até lá — Hilda sugeriu sem nenhum entusiasmo. — Conseguir comida, uma cama para passar a noite.

O estômago vazio de Jack roncou sofridamente. Ele olhou para cima, para as luzes bruxuleantes.

— Você sabe que lugar é esse?

— Obviamente. É um postinho de trocas chamado Guthrum, acho.

— Vai haver Protetores por lá? — perguntou Jack, cauteloso.

Hilda negou com a cabeça.

— É um lugar bem pequeno. Não acho que vão se incomodar em procurar ali. Não é longe do Porto de Newton, mas meio fora de caminho. Acho que estaremos a salvo lá.

Jack fitou as casas lá em cima outra vez.

— É melhor irmos andando.

— Não vamos ficar muito tempo — Hilda respondeu, já escalando uma escada de mão de aparência frágil. — Venha.

— Não.

— O quê? — Hilda se interrompeu no meio da escada.

— Não vou subir. Não ainda — Jack disse com firmeza.

— Posso saber por quê?

— Porque você está me escondendo alguma coisa.

Hilda fechou a cara.

– Há muita coisa que eu não contei. Não o conheço há tanto tempo assim.

– Não é isso o que eu quero dizer – Jack respondeu com raiva –, e você sabe.

Hilda suspirou e voltou para o chão, batendo os pés com irritação a cada passo.

– Muito bem – ela disse, olhando para Jack. – Vamos logo com isso.

Jack hesitou no começo, então disse de uma vez:

– Você está escondendo alguma coisa sobre a sua família.

– Não estou!

– Hilda! Eu sei que você está. Já entrei na sua cabeça!

Os olhos de Hilda se arregalaram de medo; sua boca, entreaberta. Então sua expressão se transformou. Imediatamente ela pareceu mais jovem, como uma criança perdida. Encostou-se na parede de pedra e foi escorregando até os joelhos encostarem no queixo.

– Estão mortos – ela disse baixinho. – Minha mãe, meu pai, meu irmão; estão mortos. Está feliz agora?

– Mas... – A voz de Jack esmoreceu. Ele tinha certeza de que não era só isso, era mais complicado. – É... É recente?

– Anos atrás – Hilda disse rispidamente, a voz trêmula. – Mas não vejo como pode ser da sua conta.

Jack abriu a boca para falar, mas se sentiu um idiota e as perguntas lhe fugiram. Ele podia olhar dentro da mente dela, percebeu. Bastou pensar nisso para sentir a Rosa responder, suplicando que ele a libertasse na mente frágil da menina. Jack fechou os olhos e respirou fundo.

Eu estou no controle, disse a si mesmo repetidamente, até sentir o impulso sinistro diminuir. Depois de um instante abriu os olhos. Hilda tinha se levantado e estava espanando o vestido, de costas para Jack.

– Você tem razão. Desculpe – disse Jack. – É melhor a gente ir.

– Finalmente! – ela disse sem olhar para ele. Então se voltou para a escada e recomeçou a subir.

Jack deu uma olhada nos detritos apinhados de caranguejos e estremeceu. Esperou que Hilda chegasse à primeira plataforma, então começou a subir com agilidade atrás dela.

As trilhas de Guthrum pareciam desertas. Luzes ainda bruxuleavam nas janelinhas, mas a atividade febril que Jack observara lá de baixo tinha cessado.

Eles avançaram com prudência por uma ponte de madeira maciça entre as casas. As tábuas rígidas oscilavam sob seus pés, como o convés de um navio num dia de mar calmo.

– Onde está todo mundo? – Jack perguntou, os cabelos da sua nuca já eriçados.

Hilda parecia igualmente cautelosa.

– Tem alguma coisa errada.

Jack apertou o passo, e, do lado dele, Hilda também começou a andar mais rápido.

Em algum lugar longe dali, um sino soou três vezes, como um lamento baixo, quase inaudível. No mesmo instante, Jack viu algo se mover à frente deles. Estendeu a mão e segurou o braço de Hilda.

– Tem alguém na ponte.

Lentamente uma figura arredondada surgiu das sombras. Seu corpo era alto e largo e dele saíam membros grossos semelhantes à casca de árvore. Fileiras de placas sobrepostas desciam pelas costas largas – cada qual uma camada de madeira nodosa. Jack achou que pudesse ser uma árvore ou uma escultura de madeira, até que a viu andando desajeitada pela ponte, na direção deles. A criatura ergueu a cabeça compacta. Seu rosto era alongado, com uma boca e um focinho de lobo, mas bem maiores, cobertos de musgo, hera e raminhos. Seis sinistros olhos verdes brilhavam com malevolência sob a testa de folhas, todos eles oscilando de um lado para o outro, tentando apreender todo o cenário. Abruptamente os olhos interromperam todo o movimento e se fixaram em Jack e Hilda.

Por um instante a criatura ficou imóvel, então ergueu a cabeça oblonga, revelando uma coroa de chifres retorcidos como os de um veado, e começou a urrar. O barulho, como o de uma árvore caindo, causou um arrepio em Jack.

– O que é isso?! – sussurrou, puxando Hilda mais para perto.

– Um Gremmen – ela respondeu baixinho, com um arquejo. – Eles viviam aqui bem antes de tudo isso ser construído. Antes de virmos para cá. São selvagens agora. Vai tentar nos devorar!

O Gremmen urrou de novo enquanto golpeava o chão de tábuas com seus cascos e desatava a trotar pela ponte, investindo com seus braços poderosos como os de um gorila.

– O que vamos fazer? – Jack perguntou a Hilda, a voz traindo o pânico. – Não temos arma nenhuma. – Ele se sentia indefeso, quase nu, enquanto o Gremmen se aproximava.

– Vamos voltar – respondeu Hilda cheia de pavor. – Não temos escolha.

Jack e Hilda começaram a recuar, mas o Gremmen já tinha quase vencido a distância entre eles, avançando com a rapidez de um animal faminto.

– Jack! – Hilda gritou. – Você precisa usar a Rosa.

Jack arriscou uma olhada por sobre o ombro. O Gremmen estava em seus calcanhares. Ele não queria liberar a Rosa outra vez, não até que tivesse tempo para aprender a controlá-la direito. Mas ele não tinha tempo, nem alternativa. Fechou os olhos e se preparou para liberar o poder indômito dentro dele.

Virou-se para enfrentar o Gremmen, o braço estendido à sua frente. Deixou o poder da Rosa espiralar por ele como uma mola frouxa. A palma da sua mão iluminou-se quando a energia irrompeu sem controle através dos seus dedos.

O Gremmen guinchou, atordoado. Caiu de lado, perdendo o equilíbrio, e foi derrapando pelo chão até parar. A criatura se apoiou nas mãos para ficar de pé, os olhos piscando devagar. Seiva verde pingava do lado da sua cabeça, encharcando as tábuas de madeira.

Jack viu a criatura ferida de cócoras à sua frente. A Rosa exultava, sentindo a confusão do Gremmen. Parte de Jack sabia que a escaramuça terminara, que o animal logo recuaria e voltaria às sombras para lamber suas feridas. Mas a Rosa era inebriante. Ele se sentia um deus, consumido pelo poder. Riu consigo mesmo enquanto deixava a energia dentro dele fluir para os dedos outra vez. Aproximou-se do Gremmen e tocou a sua cabeça nodosa. As pontas dos dedos formigaram. Poderia tirar a vida daquela criatura num segundo, percebeu. Seus olhos se estreitaram e um sorriso torto surgiu nos seus lábios. O braço de Jack enrijeceu e...

– Não! – Hilda disse debilmente.

Foi como se a voz dela quebrasse um feitiço lançado sobre ele, fazendo Jack se afastar da criatura machucada. Atrás dele, ouviu Hilda chorar. Ele se virou, nervoso, para olhar para ela. Lágrimas molhavam suas bochechas e as mãos trêmulas estavam estendidas na frente do corpo defensivamente, enquanto ela recuava para longe dele.

– A Rosa – ela sussurrou. – É horrível. Ela queria que você matasse. E você quase matou!

Jack estremeceu involuntariamente. Um sentimento de culpa o inundou quando viu em que poderia ter se tornado. Ansiava pela paz e pela calma que tinha sentido quando Hilda tranquilizara sua mente. Agora seus pensamentos estavam um caos, uma ruína de desprezo por si mesmo.

Não sou forte o suficiente, não sozinho.
Sem ninguém.
No frio.
A Rosa é demais para mim.
Forte demais.
Eu não sou forte o suficiente. Não sem Hilda...
Sozinho.

Então ele viu Hilda se aproximar e pegar a mão dele.

— Você é forte, Jack — ela respondeu em voz alta. — Você tem que ser.

Os pensamentos sombrios diminuíram ao som da voz dela. Ele precisava daquela garota estranha, constatou. Sem ela, sentia que a Rosa o consumiria completamente. Ele se curvaria às vontades dela.

Hilda apertou a mão dele.

— Precisamos continuar.

Jack assentiu e, ao se virar para sair dali, viu mais sombras vindo na direção deles através da ponte. Seu coração acelerou quando olhou para trás e viu mais delas bloqueando a outra saída.

— Mais Gremmens? — Jack se perguntou em voz alta.

— Homens! — Hilda respondeu.

Jack apertou os olhos no escuro. Hilda estava certa: as figuras eram homens, marchando pela ponte na direção dos dois. Seu alívio momentâneo rapidamente se dissipou quando viu que todos usavam o inconfundível uniforme dos Protetores. Um deles empunhou a arma e mirou em Jack. Ele levantou as mãos instintivamente.

— Por favor, Jack! — uma voz gritou atrás dele. — Não vê que estamos tentando ajudar você?

Jack assistiu com descrença enquanto o Conselheiro Jodrell Sinclair avançava com dificuldade, a luz reluzindo em seus dentes expostos.

17

HERANÇA DE SANGUE

– Largue a espada! – a Paladina rosnou – e seus amigos talvez sobrevivam. – Ela estendeu a mão e agarrou a garganta de Davey, erguendo-o do chão como uma boneca de pano.

Eloise olhou para Francesca e o Capitão Hardacre, de pé entre ela e a Paladina, e acenou com a cabeça para que não saíssem do lugar.

O nome da Paladina era Aurore, Eloise se lembrou com um arrepio. Ela era feroz, violenta e indisciplinada. Quando era uma Paladina, Eloise a repreendera em muitas ocasiões por sua teimosia.

– Quais são seus termos? – Eloise perguntou, certa de que não podia confiar na palavra de Aurore.

A Paladina deu um sorriso gelado.

– Sua rendição, irmã. Solte sua espada e jure que virá comigo. Faça isso e eu pouparei essas pessoas.

– E se eu me negar?

O sorriso felino de Aurore se alargou.

– Então matarei todos eles.

O rosto de Davey ficou vermelho quando os dedos de Aurore apertaram sua garganta. Eloise calculou suas alternativas. Ela tinha que libertar Davey, agora.

– Ambas sabemos – disse Eloise com um leve sorriso – que você não tem nenhuma intenção de deixar essas pessoas vivas. Sempre lhe faltou disciplina, Aurore; você nunca compreendeu os benefícios da tática e da conciliação.

– Conciliação? – a Paladina zombou. – Como ousa me passar um sermão? Você? A Exilada. Aquela que desafiou nosso mestre. Você não merece existir.

– Isso que disse, Aurore, vale para nós duas.

Eloise arremeteu contra a Paladina, liberando Davey das garras da sua oponente. Por um instante Davey viu tudo vermelho e então caiu de joelhos no teto do trem, arquejante. Mas então Aurore investiu novamente e Eloise se concentrou na Paladina. O teto do trem tornou-se um borrão de espadas quando ela empurrou Aurore para longe do companheiro caído. Faíscas voaram no momento em que as lâminas rasgaram o teto, dilacerando o metal. O vagão reverberava os gritos dos passageiros assustados e o trem começou a reduzir a velocidade. Eloise desferia golpe após golpe, todos bloqueados agilmente por Aurore. De repente a Paladina se lançou sobre Eloise, conseguindo de algum modo romper suas defesas. A bota de Aurore esmagou os dedos de Eloise, a espada em sua garganta.

– Você sabe há quanto tempo quero provar seu sangue? – Aurore ria. – Todas as vezes em que você me humilhou! Achando que era tão especial, sempre a favorita de Rouland!

Ela ergueu a espada, pronta para cravá-la em Eloise. Ouviu-se uma sequência de estocadas curtas e dolorosamente altas. Sangue branco jorrou de três orifícios no peito de Aurore. Ela olhou para baixo, em descrença, e então de volta para Eloise.

– Como... Como...? – As palavras tropeçavam nos seus lábios enquanto ela caía de joelhos. Francesca apareceu em meio a uma nuvem de fumaça, provocava pelo pequeno revólver em sua mão trêmula. A arma era moderna e sofisticada, como os relógios que adornavam sua oficina.

– Nunca subestime uma senhora. – Francesca sorriu. Ela soltou a arma, que desapareceu dentro da sua manga com um clique sutil.

Eloise puxou a espada da mão de Aurore e passou-a pela garganta da Paladina.

– Você ainda é indisciplinada, Aurore. Nunca vai aprender? – Ergueu o pé e empurrou Aurore, fazendo-a cair do teto do trem, que diminuía de velocidade, e despencar no abismo lá embaixo. Eloise se permitiu um instante de alívio e satisfação. Então viu Davey e imediatamente correu para o lado dele. O rosto do garoto estava mortalmente pálido, seus olhos oscilavam e saíam de foco. Suas roupas estavam ensopadas de sangue, frio e viscoso. Ela não tinha sido rápida o suficiente, percebeu com pesar. O amigo fora gravemente ferido pela espada de Aurore.

– Ele está morrendo! – disse Hardacre, inclinando-se sobre ele. – Precisamos ser rápidos se quisermos salvá-lo.

– A estação Magog está bem à frente. Temos que levá-lo até lá – disse Francesca aflita.

O trem parou com um solavanco ao chegar à sua última parada. Sem hesitar, Eloise saltou para a plataforma, livrando-se da espada de Aurore e desembainhando a sua própria. À sua volta passageiros chocados saíam do vagão às pressas. Eloise os ignorou; não havia tempo para se preocupar em ser discreta.

– Passe-o para mim – ela gritou para Francesca e Hardacre.

Desceram o corpo flácido de Davey pelo lado do trem, até os braços de Eloise, prontos para recebê-lo. Francesca o entregou a ela, que descansou a cabeça de Davey no seu pescoço. Ainda sentia seu calor, mas era quase imperceptível.

Hardacre saltou para o lado dela e ajudou Francesca a descer. Os passageiros confusos assistiam à cena, alarmados ao ver uma Paladina ali. Alguns recuavam surpresos, enquanto outros – os mais jovens – eram atraídos pela curiosidade. O burburinho cresceu até parecer que toda a plataforma gritava e se acotovelava para ver o que causava tanta comoção. Apitos soavam à distância: Protetores atraídos pela confusão.

– Isso não é nada bom... – grunhiu Hardacre.

Eloise tirou a espada e a brandiu no alto, gritando:

– Para trás!

Isso só serviu para atiçar a multidão, e a massa humana se aglomerou ainda mais em torno deles. De repente o ar zumbiu com a vibração de um tiro. A plataforma ficou em silêncio, a não ser por uma criança chorando à distância. A multidão se afastou de Francesca, o braço estendido segurando a arma fumegante. Eles abriram passagem para Eloise e ela correu pela plataforma, com Davey nos braços. Hardacre e Francesca a seguiram e desapareceram pelos sinistros caminhos de Magog.

– Ele está sangrando muito! – disse Francesca, com o peito chiando depois da fuga. – Davey está morrendo. Precisa de um médico.

– É muito perigoso. Se procurarmos um médico, vão nos pegar – concluiu Eloise.

– Então ele vai morrer – Francesca disse com raiva. – É isso o que você quer?

Eloise olhou para o corpo inerte de Davey. Hesitou, sem saber o que fazer.

– Por aqui – indicou Hardacre, apontando uma passagem escura.

Eloise seguiu o capitão. Um rastro de sangue gotejava do corpo de Davey, ensopando o braço dela e o chão de pedra com uma regularidade assustadora.

Eles pararam em frente a uma abertura onde havia uma grande estrutura de metal. Eloise reconheceu a forma enferrujada: aquilo já fora, um dia, um maquinário formidável, responsável pela purificação e bombeamento da água pela rede de cavernas. Mas seus dias de decadência se acumulavam, e qualquer peça utilizável já tinha sido roubada, restando apenas seu esqueleto frágil.

– Ponha o garoto no chão – ordenou Hardacre.

Eloise hesitou.

— Aqui?

— Faça isso, mulher!

Eloise deitou Davey no chão. Sua respiração era fraca.

— Me dê sua espada — mandou Hardacre, tirando a camisa imunda de presidiário e revelando um torso coberto de marcas semelhantes a tatuagens. As linhas sinuosas se espalhavam pelos braços e pelo pescoço também, mas se tornavam mais grossas conforme convergiam para o peito. Ele correu a palma da mão pelo gume da espada de Eloise e um sangue verde-escuro começou a pingar do corte recente. As marcas no corpo de Hardacre pareciam pulsar. Ele colocou a mão sangrenta sobre a ferida de Davey.

— O que você está fazendo? — quis saber Eloise.

Hardacre não respondeu. Suor pingava da sua testa e sua pele empalideceu. As tatuagens latejavam ritmicamente, pulsando na direção da mão cortada — na direção de Davey. Marcas verdes muito tênues começaram a aparecer no pescoço de Davey, rompendo sob a sua pele. As linhas começaram a se espalhar, formando desenhos mais complexos. Uma finíssima linha volteada surgiu atrás da orelha e desceu até a clavícula, fundindo-se com os desenhos que brotavam do peito.

— Seiva de Gremmen — Francesca sussurrou para Eloise. — Tem o poder de curar.

Eloise recuou, chocada.

— Seiva de Gremmen? Isso vicia!

Francesca assentiu, séria.

— Seu amigo terá que tomar pelo resto da vida ou...

— Ou vai enlouquecer — disse Hardacre fracamente, ao desabar ao lado de Davey. Eloise encarava com assombro o rubor esverdeado e quente que se espalhava pelas bochechas de Davey. A respiração do garoto se tornou mais forte e, depois de um instante, seus olhos estremeceram e se abriram. Por um instante, suas pupilavam brilharam num tom verde-esmeralda, depois voltaram ao castanho-escuro natural. Ele olhou preguiçosamente de Hardacre para Eloise.

– Ele vai sobreviver – Hardacre disse friamente. – Deixem que descanse.

– O que aconteceu? – Davey perguntou, esfregando o pescoço. A nova tatuagem tinha desbotado na sua pele até ficar quase invisível. – O que fez comigo?

– Salvei sua vida – Hardacre respondeu, dando de ombros. – É melhor que esse livro valha todo esse aborrecimento. – Seus olhos frios se estreitaram quando ele encarou Eloise.

– Eu vou cumprir minha parte do acordo – Eloise respondeu.

– E eu, a minha. Estamos próximos do Porto de Newton agora.

Davey se apoiou num cotovelo. Sua respiração era curta e dolorosa enquanto ele flexionava os dedos, olhando a mão se mexer na frente dele. Levantou hesitante, testando os músculos das pernas.

Eloise o observava, aliviada com a recuperação.

– No futuro – ela sorriu –, deixe a parte de morrer para mim.

– Não é nada divertido, não é? – Davey respondeu.

– Como se sente? – perguntou Hardacre, analisando-o.

Davey hesitou.

– Diferente, acho.

– Dei a você um pouco do meu sangue.

– Você fez o quê?

– Era a única forma de salvá-lo a tempo. Eu tomo seiva de Gremmen há muitos anos. Está no meu sangue. Tem seiva no *seu* sangue agora.

Hardacre pegou a camisa do chão e a vestiu, cobrindo as tatuagens.

– São dois sistemas conflitantes: o sangue e a seiva. Isso vai mudar você. Vai viver uma vida longa, isso é certo, bem mais que a maioria dos seres humanos.

– Primeiros mundistas sempre vivem mais – comentou Davey, fazendo troça. – Veja a Carhoop aqui, ela já devia estar morta há um bom tempo!

— Cavalheiro como sempre! — Francesca fez cara feia. — Acho que preferia você quando estava morrendo.

— Primeiros mundistas de fato vivem mais do que segundos mundistas — concordou Hardacre, ignorando Francesca. — Mas você tem seiva de Gremmen no corpo agora, Davey. Vai envelhecer mais lentamente.

— Não parece tão ruim — disse Davey, desdenhando.

— É um estresse para o corpo humano, especialmente os mais jovens como o seu. Uma fissura o acompanhará, de tempos em tempos, na primavera, como uma dor crescente. Pode dilacerar a sua mente. Chama-se *Furor Vernum*, a Fúria da Primavera. Já fui acometido duas vezes até hoje e precisei de toda a minha força de vontade para não cair em desespero. Pode levá-lo à loucura.

Davey balançou a cabeça, pensativo, tocando as marcas recentes no pescoço.

— É melhor que estar morto, certo?

Hardacre franziu a testa, evitando o olhar de Davey.

— Passará algum tempo antes que aconteça. Mas você terá que ser forte. Posso ensiná-lo a lidar com ela a tempo. E vai ter que beber seiva de Gremmen para não enlouquecer.

— Caramba! Onde eu vou encontrar seiva de Gremmen?

— Num Gremmen — Hardacre respondeu simplesmente. Então pegou a espada de Eloise do chão e devolveu a ela. — Se partirmos agora, podemos chegar ao Porto de Newton em menos de uma hora.

— Espere aí! — Davey exclamou. — E quanto ao...

— Sem mais perguntas! — ordenou Hardacre, interrompendo-o. — Não agora. Hora de continuarmos. Podemos conversar a bordo do *Órion*. De pé, rapaz.

Davey obedeceu de má vontade. Não tinha forças para discutir com Hardacre.

— Acha que já está bem para continuar? — Eloise perguntou gentilmente.

Davey passou o braço pelo dela. Parecia frágil, envelhecido e fraco.
– Forte como um touro! – conseguiu dizer com uma risada forçada.

Eloise devolveu o sorriso, mas no íntimo, estremeceu. O velho David tinha aquelas marcas no pescoço, lembrou-se. O que a Fúria da Primavera poderia fazer com a mente de Davey? Era como se o futuro se precipitasse sobre eles, definido e inevitável.

18

O NAVIO ESQUECIDO

O elevador parou abruptamente, as paredes metálicas gemendo e estalando. Davey abriu a porta e percebeu que ele tinha parado a alguns centímetros do chão.

— Damas e cavalheiros, cuidado onde pisam — avisou, fazendo um gesto amplo com o braço. O elevador os levara para bem abaixo das docas apinhadas de gente, onde ficavam os ancoradouros menores. Havia menos movimento ali, e só se ouviam os ruídos dos navios passando por reparos mais acima. Filetes de água e combustível escorriam entre os corredores e mergulhavam na escuridão, levando com eles qualquer sentimento de otimismo e alegria. Esse era um lugar havia muito esquecido, onde os navios de reinos aportavam para morrer.

— Lá está ele! — Hardacre sorriu, apontando mais à frente na passagem. — O *Órion*!

O navio era velho, seu casco gasto e enferrujado parecia uma colcha de retalhos em tons oxidados de marrom, âmbar e amarelo. Resquícios da sua pintura original ainda resistiam — partes isoladas do casco de um vermelho-escuro que deveria ter sido impressionante em sua época áurea. Mas o tempo o havia carcomido, até deixar o metal descascado à mostra em alguns pontos. Remendos mais novos e sem a graça original ladeavam as chapas mais antigas de um jeito estranho, criando uma mistura heterogênea que recontava a história das muitas aventuras do *Órion* tão bem quanto qualquer livro.

Era pequeno para um navio de reinos, Davey percebeu, com apenas três deques de altura. Tinha a mesma proa abaulada da maioria dos navios de reinos, mas a cabine de comando se posicionava acima, imponente, numa bolha de vigas de metal e vidro. Três barbatanas equidistantes, inclinadas na direção da popa, projetavam-se do casco, conferindo ao navio a imponência que deixava em segundo plano a funcionalidade do seu corpo rebitado. Os anéis do motor do *Órion* sobrepunham-se em longos arcos hipnóticos. Uma série de velas, como guelras dos dois lados do navio, dançavam ao sabor da brisa suave bafejada pelo motor e refletiam um caleidoscópio de luz e cores na plataforma ao seu lado. Jatos de fumaça eram cuspidos das saídas de ventilação do casco em intervalos ritmados – vapores de escape dos motores em marcha lenta –, mas era como se o navio estivesse vivo, respirando longa e languidamente. Mesmo à distância, o navio atracado, preso por cabos grossos, parecia lindo aos olhos de Davey. Ele olhou para Hardacre e percebeu que o capitão sentia a mesma coisa.

– Tem alguém a bordo? – Eloise perguntou, acenando com a cabeça em direção aos motores ligados.

Hardacre fez que não com a cabeça.

– É automático. Os motores têm que ficar em movimento o tempo todo para que ele não afunde.

– Podem ficar ligados por décadas! – Davey acrescentou com entusiasmo. – Enquanto houver combustível no tanque, os motores vão continuar roncando... – Sua voz sumiu quando ele notou algo que lhe deu um arrepio. – A rampa de acesso foi baixada!

– Mas como pode ter baixado? – Hardacre se perguntou. – A menos que...

– A menos que *haja* alguém a bordo – Francesca completou.

– Alguma coisa está errada – Eloise disse com os dentes cerrados. – É uma armadilha.

Francesca pegou a mão de Eloise.

– O que está sentindo, Elly?

– Minhas irmãs – ela respondeu, puxando lentamente a espada da bainha. – Estão aqui.

– As Paladinas? – perguntou Hardacre bruscamente.

Eloise assentiu.

– Elas conseguem sentir minha presença. Fomos descobertos.

Ouviram passos na rampa de metal do *Órion* e as Paladinas irromperam de dentro do navio.

Sua Capitã pisou na plataforma das docas, seguida por três irmãs. Pararam sob a meia-luz das velas, sombrias e sinistras.

– Onde está o menino? – a Capitã gritou. – Onde está Jack Morrow?

Eloise se virou, erguendo a espada. Davey olhou para trás e viu o caminho de volta bloqueado por outras duas Paladinas.

– Você me dirá agora! – urrou a Capitã das Paladinas.

– Isso não vai acabar bem – Davey disse a si mesmo.

Hardacre pousou a mão firme no ombro de Davey.

– Elas estão em maior número, mas nós ainda não estamos mortos! Se ao menos conseguíssemos subir a bordo do *Órion*...

Francesca balançou a cabeça, concordando.

– Temos que passar por elas.

– Vão perceber nossa intenção – advertiu Eloise.

O rosto de Davey se abriu num sorriso maquiavélico.

– Então vamos dar a elas uma pequena distração.

– Que tipo de distração? – Francesca perguntou, sacando a arma do seu esconderijo.

– Ainda não sei, vou pensar em alguma coisa – respondeu Davey, apontando para a frente. Duas Paladinas tinham começado a avançar cautelosamente na direção deles.

Eloise suspirou com pesar enquanto se preparava para a batalha.

– Vai ter que dar certo.

Francesca atirou duas vezes, obrigando as Paladinas que se aproximavam a se lançar no chão. Quase de imediato elas se puseram novamente de pé e correram na direção deles. Instintivamente, o grupo se dividiu. Eloise recuou para o labirinto de plataformas, atraindo as Paladinas para lá. Francesca e Hardacre correram na direção oposta e se esconderam entre os navios cargueiros. Davey assistiu enquanto as Paladinas começavam a perseguição, e então fugiu dali também, sozinho em meio ao lixo e à sucata.

Davey se sentia exultante, livre e desimpedido. Essa tinha sido a única existência que conhecera até então – levar a vida à sua maneira. Estar cercado por pessoas, por amigos, era desconfortável, como um grande fardo em seus ombros. Agora era só ele, livre para viver ou morrer. O garoto localizou uma escotilha aberta e escorregou para baixo dos deques irregulares, em meio à confusão de canos e pistões. Acima dele, através das frestas entre as chapas, ele viu três Paladinas. Elas diminuíram o ritmo da corrida até parar, como se tentassem ouvir a respiração dele. Davey prendeu o fôlego, e por um instante as Paladinas hesitaram.

– Ali! – uma delas gritou, apontando na direção dele. Davey rastejou para longe delas, em meios aos canos, e saltou para uma plataforma mais abaixo, rolando de lado, caindo de um beiral, segurando-se em alguns cabos e balançando-se neles para chegar a um novo esconderijo. O tempo todo ouvia as Paladinas atrás dele. Mais abaixo havia outra plataforma, muito distante para que fosse seguro saltar até ela. Ele remexeu os bolsos até encontrar a forma familiar do seu canivete. Sacou a lâmina antiga e começou a serrar um dos canos grossos que serpenteavam à sua frente. Óleo começou a esguichar da fresta, escorrendo pelos seus braços. Davey xingou baixinho por não ter previsto o líquido oleoso. Trabalhou furiosamente, dando estocadas no cano com a lâmina do canivete, até cortá-lo ao meio, então segurou uma das extremidades e saiu balançando desengonçado do seu esconderijo.

– Peguem o menino, irmãs! – gritou uma voz enquanto ele balançava. Quase no mesmo instante em que se livrou dos canos, suas mãos começaram a escorregar da superfície lisa, os dedos em volta do cabo se afrouxando. Davey via a plataforma abaixo dele rapidamente se aproximar enquanto o cabo escapava das suas mãos oleosas. Ele caiu na plataforma, aterrissando pesadamente num joelho e rolando de lado, o ombro esmagado contra as tábuas de madeira. Bateu a cabeça nas vigas e o sangue se misturou ao óleo, fazendo seus olhos arderem. Sua visão ficou turva, mas ele lutou para manter a consciência.

Dois baques potentes reverberaram pelo assoalho de madeira. Davey olhou para cima e viu duas Paladinas à sua frente. Ele ficou de pé, mancando com as pontadas violentas que atravessavam sua perna. Retrocedeu vários passos, para longe da poça de combustível cada vez maior entre ele e as Paladinas.

Uma delas escarneceu:

– Não tem mais para onde fugir, garoto.

Davey as viu se aproximar, seus dedos revirando os bolsos.

– Não me matem! Eu vou dizer onde podem encontrar Jack. – Ele abriu um sorriso exausto e ergueu as mãos sobre a cabeça. Quando elas chegaram mais perto, Davey acendeu o isqueiro que tinha escondido na mão e o jogou na poça de combustível à sua frente. A gasolina pegou fogo imediatamente e uma parede de fogo irrompeu entre Davey e as Paladinas. Ele sentiu uma dor aguda nos dedos: seu braço estava pegando fogo! Arrancou a jaqueta inflamada e abafou as chamas com ela. Olhou para a mão: a pele estava ferida, mas não queimada, ao contrário do seu casaco. Por um breve instante pensou um jogá-lo fora, mas era uma ótima jaqueta, queimada ou não. Espanou a peça e vestiu-a, enquanto se afastava do calor, olhando com satisfação as chamas engolindo tudo.

O fogo começou a lamber o início do cabo e a subir por ele. Um terror nauseante cresceu na boca do estômago de Davey.

– Não, não, não! – murmurou, fitando as chamas que avançavam. Por um instante elas pareceram amainar e Davey suspirou de alívio. Então ouviu um estalo estrondoso e alguma coisa explodiu sobre sua cabeça. Uma sequência de explosões ensurdecedoras irrompeu, uma mais alta que a outra, e o fogo se espalhou. Ele observou enquanto um dos navios de reino aportados chiava e gemia. Quando o casco desabou com o fogo, ele tratou de fugir dali, correndo o máximo de que seu corpo ferido era capaz. Atrás dele, o navio de reinos desaparecia numa bola de fogo. Estilhaços voavam pelos ares na plataforma, abrindo buracos nas tábuas de madeira. As pernas de Davey vibravam com os choques.

Então o navio de reinos começou a emborcar.

19

PEDRAS, OSSOS E MELANCOLIA

As câmaras do conselho eram modestas se comparadas a alguns dos lugares que Jack tinha visto enquanto atravessava Ealdwyc. A sala tinha a mesma riqueza de detalhes, a mesma superabundância de esculturas e decadência, mas o tamanho era discreto, quase aconchegante. Só a longa parede de vidro abaulada denunciava sua procedência do Primeiro Mundo. As janelas iam do chão ao teto e se estendiam por todo o comprimento da sala. Alguns painéis eram vitrais de cores vibrantes; outros ofereciam uma visão completa do Porto de Newton.

Jack e Hilda se sentaram a uma grande mesa de mogno e experimentaram algumas das várias iguarias trazidas para eles. Havia uma grande variedade de carnes frias, bem como pão, queijos e frutas. Tinham sido deixados sozinhos ali durante quase meia hora, desde a sua chegada às câmaras. O Conselheiro Sinclair tinha sido chamado para resolver negócios urgentes, e Jack estava começando a se perguntar se esperar por ele era mesmo uma boa ideia.

— Relaxe — disse Hilda, enquanto comia ruidosamente uma coxa de frango.

Jack fez uma careta.

— Você está lendo minha mente de novo?

— Eu não preciso. Você não comeu quase nada e está com aquele olhar distante e sonhador. Devia parar com isso, faz você parecer um pateta.

Jack não conseguiu reprimir um sorriso. Ele pareceu estranho, como uma expressão já esquecida. Levantou-se e olhou pela janela. A vista do Porto de Newton era espetacular. Aquele ancoradouro era como nenhum outro que Jack já vira, mesmo lhe faltando uma costa. Grandes navios – navios de reinos, Hilda os tinha chamado – estavam atracados ao longo do cais. Para Jack, eles lembravam um pouco os aviões de bombardeio que tinha visto no tempo da guerra em Londres, como se fossem dos mesmos fabricantes, mas as semelhanças com qualquer veículo do Segundo Mundo terminavam aí. Cada navio era diferente, variando em forma e tamanho, mas todos tinham uma proa arredondada, como um bulbo, que ia afunilando até chegar à popa. Esses navios eram de metal, feitos de painéis rebitados com escotilhas de cima a baixo. O maior dos navios de reinos tinha, talvez, dez andares de altura, e o dobro de comprimento. Até a popa cada navio tinha três anéis concêntricos, que giravam preguiçosamente, mesmo nas embarcações ancoradas. Os navios atracados estavam presos por dezenas de cabos de amarração esticadíssimos entre o navio e o ancoradouro, dando às poderosas embarcações a aparência de baleias arpoadas. Passarelas suspensas ligavam as naves às plataformas do porto, como pontes levadiças de um castelo, mas do tamanho de autoestradas.

Jack viu quando um dos navios chegou, vindo de cima e descendo lentamente em direção a um embarcadouro vazio. Quando se aproximou, uma escotilha se abriu na lateral e o primeiro dos cabos de amarração disparou para fora até atingir um dispositivo no cais. A extremidade do cabo se conectou e a corda foi tracionada quando um conjunto de engrenagens entrou em movimento. O navio de reinos foi puxado para mais perto do cais enquanto seus anéis giratórios – Jack presumiu que fossem algum tipo de motor – desaceleraram até atingir a mesma velocidade dos anéis dos outros navios atracados. Ouviu-se uma agitação no ar quando mais uma dezena de cabos de amarração disparou em direção ao cais, até que a embarcação parou, como uma aranha metálica gigante no centro da sua delicada teia.

— Extraordinário, não acha?

Jack virou-se e viu que o Conselheiro Sinclair tinha retornado à câmara. Ele estava ao lado de Jack, admirando a vista.

— O Porto de Newton é, aos meus olhos, a parte mais impressionante de Ealdwyc. — O Conselheiro suspirou melancolicamente. — Eu vinha aqui quando era pequeno e me sentava com o meu irmão ali embaixo, no cais. — Ele apontou para uma plataforma movimentada bem mais abaixo. — Eu olhava para esses navios magníficos, chegando e saindo, e queria subir a bordo, viajar para algum reino desconhecido.

— Você foi? — perguntou Jack.

— Não.

— Por que não?

Um meio sorriso se abriu no rosto crivado de cicatrizes de Jodrell, antes de desaparecer atrás do seu semblante severo.

— Família. Dever. Tradição. Não espero que compreenda.

— Medo? — disse Jack sem pensar.

Jodrell deu as costas para as janelas.

— O medo é um grande motivador. O medo da mudança é o maior de todos. A mudança se abateu sobre o Primeiro Mundo, não foi? E você, Jack, é o catalisador.

— Eu já disse — repetiu Jack, resoluto. — Não vou ser o seu líder.

— Sim, sim, eu sei. Mas há muito mais em jogo do que você imagina. — Jodrell se deixou cair numa cadeira com um suspiro pesado. — As Paladinas estão de volta a Ealdwyc...

Jack estremeceu. Olhou pelas amplas janelas e se perguntou o que teria acontecido a Davey e Eloise.

— Elas não vão tolerar a perda de Rouland. Mesmo agora tentam restaurá-lo. Estão à procura de Durendal.

Jack tentou esconder que reconhecia o nome, mas Jodrell sorriu friamente.

– Sim – disse Jodrell. – Eu sei o que elas, e você, procuram. É uma surpresa tão grande assim?

Hilda baixou o garfo e encarou Jodrell, as feições como aço.

– Você está nos mantendo prisioneiros de novo? Porque não vai adiantar. Jack não vai ajudá-lo, e nem eu.

O velho riu para si mesmo com um jeito cansado.

– Para dois garotos tão inteligentes e talentosos, vocês estão sendo extremamente obtusos. Nunca fui inimigo de vocês. Estou tentando protegê-los.

– Nos proteger? – Jack perguntou. – Você pode ter nos ajudado na ponte, mas...

– Sabíamos onde vocês estavam minutos depois de escaparem de nós. – Jodrell parecia um professor perdendo a paciência. – Seu pequeno truque não nos atrasou por muito tempo, mocinha. – Ele sorriu para Hilda, que corou e desviou o olhar.

– Truque? – perguntou Jack, confuso.

– Não contou a ele? – Jodrell perguntou a Hilda e então se virou para Jack. – Meu jovem, ela fez você retroceder uma hora no passado.

Jack pensou sobre aquilo um instante, lutando para compreender o que Jodrell estava querendo dizer.

– Ela é uma Viajante, Jack – explicou Jodrell, impaciente. – Estou certo que sim. – Ele ergueu uma sobrancelha grossa para Hilda. Ela ficou ali de pé, paralisada, como um animal desesperado, preso numa armadilha. Jack achou que a menina podia sair correndo da câmara, mas continuou parada, o peito estreito ofegando até as bochechas ficarem vermelhas.

– Como você se atreve...?

– Não se dê ao trabalho de negar! – Jodrell interrompeu com raiva, o punho enluvado batendo no tampo da mesa. – Eu sei que você é. Foi assim que escapou de nós, usando o *memori-mortuus* para viajar pelas Necrovias. Quanto tempo voltou? Uma hora? Duas?

Os olhos de Hilda ardiam de raiva.

Jack olhou para Sinclair.

– O que você quer dizer?

Jodrell respirou fundo, relaxando os punhos ossudos antes de falar.

– Você se lembra dos crânios na parede do lado de fora dos meus aposentos? Eles são dos nossos mortos mais recentes – o *memori-mortuus*. Seus crânios são deixados lá durante um ano, após a sua morte, para que possamos nos lembrar deles e marcar sua passagem. Depois desse período são levados para as catacumbas. – Jodrell desfranziu a testa de pele grossa, estreitando o olho bom ao se inclinar mais para perto de Jack. – Uma Necrovia precisa de três coisas para existir: pedras, ossos e melancolia. Cada um daqueles crânios tem sua própria Necrovia, assim como as lápides do Segundo Mundo. Quando vocês queriam fugir, Hilda simplesmente abriu uma Necrovia e entrou dentro dela com você. Não precisou ir muito longe, retroceder mais ou menos uma hora no passado foi suficiente para que conseguissem evitar os meus Protetores.

Jack de súbito compreendeu. Lembrou-se da sensação estranha que experimentou quando correram das câmaras de Jodrell; os Protetores de repente desapareceram e ele se sentiu tonto e desorientado. Agora todos os acontecimentos confusos se encaixavam.

– Mas um Viajante... – Jack balbuciou, seus pensamentos se atropelando para tentar encontrar um sentido em tudo aquilo. – Um Viajante não pode levar outra pessoa por uma Necrovia.

– Ou saltar para fora dela depois de apenas uma hora – disse Jodrell, completando o raciocínio de Jack. – Essas coisas são impossíveis, mesmo para o Viajante mais talentoso. Uma Necrovia é uma passagem fixa do presente para a data de morte de uma pessoa. Você sabe disso, Jack.

Jack fitou Hilda, pasmo. Os olhos dela oscilavam entre Jodrell e Jack, enquanto ela lentamente recuava.

Jodrell se levantou com dificuldade e seguiu os passos hesitantes de Hilda.

– Ela é muito mais do que um mero Viajante. Só há uma coisa que ela pode ser: um Artífice do Tempo.

– O quê? – Assombrado, Jack andou até Hilda. – Isso é verdade?

Hilda abriu a boca, mas foi como se as palavras estivessem entaladas em sua garganta.

– Artífices do Tempo são de fato muito raros, cercados de lendas e presságios – Jodrell rosnou. – Quanto tempo você já viajou correnteza acima, menina? A que passado você pertence?

Hilda deu com as costas na parede. Não havia mais para onde correr.

– E por que você viria de tão longe para cá, para 1940? Não é nenhuma coincidência que tenha cruzado com Jack, não é? Não foi o acaso que juntou vocês dois. Não, nada aconteceu à toa. E esse pensamento intrigante traz consigo uma nova pergunta, uma pergunta que definirá o seu futuro: quem mandou que você viesse?

Hilda lançou um olhar rápido para Jack. Ele viu no rosto dela o mais fugaz sinal de arrependimento, um pedido de desculpas, e então uma muralha de raiva ocultou todas as outras emoções. Ela se lançou sobre Jodrell como uma criatura selvagem, arranhando o seu rosto já dolorosamente dilacerado. O homem caiu para trás, sobre a mesa, derrubando pratos de comida, que se estilhaçaram no chão. Então Hilda saiu de cima dele e cambaleou até a porta.

Jack estava chocado, incapaz de sair do lugar. Os sentidos embaralhados. Suas pernas formigavam, como se ansiassem seguir a amiga, mas algo o detinha. Uma pequena semente de desconfiança parecia ter sido plantada, e suas raízes insidiosas começavam a desfazer o laço que o unia a Hilda. Ele queria correr, se libertar, mas continuava parado, assistindo-a puxar a porta para tentar abri-la.

Os Protetores de Jodrell apareceram e imediatamente foram para cima dela, derrubando-a, imobilizando a menina, que chutava e gritava.

Seus dentes rangiam, ela cuspia e mordia, enquanto se debatia no chão para se libertar.

– Por favor! – Hilda gritou, sobrepondo a voz à cacofonia. – Ele vai matá-los! Me soltem!

Jodrell se pôs de pé, tirando pedaços de carne do casaco caro.

– Quem? De quem está falando?

– Rouland – disse Jack, tristemente, recuperando-se e vendo tudo com sinistra clareza. – Rouland está com a família dela. Ele vai matá-los.

De repente o cômodo foi sacudido por uma terrível vibração. Jack olhou pela janela. À distância, no Porto de Newton, um dos navios de reinos tinha explodido. Uma bola de fogo irrompeu no ar, lançando estilhaços sobre as docas. Labaredas lambiam as plataformas enquanto o combustível cuspido da embarcação assolada pegava fogo. O navio se inclinou para um lado, os anéis giratórios diminuíram seu ritmo, então pararam, quando a gravidade se fez sentir e libertou o navio de suas amarrações.

A carcaça incendiada caiu sobre outro navio de reinos, rasgando o seu casco e dividindo-o em dois. Então ouviu-se outra explosão, quando a segunda embarcação se rendeu às chamas.

20

O ANDAR DE CIMA

Eloise fechou os olhos castanhos, permitindo-se por um breve instante desanuviar os pensamentos. As Paladinas a tinham encurralado entre os engradados e barris do ancoradouro. Justamente o que ela queria.

Ela ergueu a cabeça e viu as duas Paladinas, Véronique e Geneviève, disparando na sua direção, pela plataforma de carga. Corriam para a batalha sem pensar duas vezes, Eloise observou desapontada. Tinham se esquecido de tudo que ela lhes ensinara havia muito tempo. Esperou até que estivessem quase em cima dela para sacar a espada.

As duas não podiam atacar ao mesmo tempo no espaço limitado, e Geneviève foi forçada a guardar distância e assistir a investida de Véronique. O confronto foi breve. A espada de Eloise encontrou uma brecha no tronco de Véronique, atravessando a armadura e rasgando a pele embaixo dela. Quando puxou a espada, saltou para uma pequena saliência, então para outra, até que estivesse bem acima das Paladinas. Geneviève subiu atrás dela, os olhos colados na sua vítima. Foi só no último segundo que ela viu a espada, lançada habilmente como uma lança, cortando o ar na direção dela. Geneviève girou para a esquerda e a espada atingiu sua perna, estilhaçando o osso e prendendo-a ao chão.

Eloise aterrissou na frente da Paladina e arrancou a espada da perna dela. Ouviu um som baixo de algo arranhando atrás de si e, sem se voltar, girou a espada. Véronique soltou um breve arquejo quando foi atirada no chão.

Eloise afastou-se correndo pela plataforma antes que a Paladina se recuperasse. À frente, viu o Capitão Jonah Hardacre mancando na sua direção.

– O caminho está livre, por ora – ela disse a ele sem diminuir o ritmo da corrida. – Onde está Francesca?

– Uma Paladina nos atacou. Ela a atraiu para longe.

Um arrepio de medo percorreu o corpo de Eloise. Ela fez o possível para escondê-lo.

– Você a deixou?

– Não, não deixei! – Hardacre disse na defensiva, quando dobravam uma esquina. – Ela me deixou. Além disso, aquela senhorinha parece saber se virar muito bem. O que faremos agora?

Eloise hesitou, incerta.

– Não sei – respondeu. – Será que Davey já conseguiu provocar a distração que queria?

O chão ribombou sob os pés de ambos quando uma bola de fogo gigantesca explodiu perto dali. Mais estilhaços voaram, formando arcos de fogo e aterrissando não muito longe na plataforma.

Eloise suspirou.

– Davey precisa aprender a ser mais sutil.

– Ele tem coragem, isso não se pode negar... – Hardacre riu. – Mas se causar um arranhão que seja no *Órion*, vou fazer questão de matá-lo com minhas próprias mãos!

As docas em chamas, a fumaça e os gritos dos estivadores aterrorizados lembraram Eloise de que precisavam voltar a correr. Hardacre, atrás dela, esforçava-se para acompanhá-la enquanto ela disparava em zigue-zague pelas pessoas que corriam cegamente na direção deles. Os sentidos de Eloise estavam em alerta total. Ela sabia que as Paladinas não desistiam tão fácil. Em algum lugar mais adiante, a Capitã De Vienne estaria esperando.

– Você está indo para o lado errado! – gritou Hardacre, tossindo atrás dela.

Eloise estacou e esperou até que Hardacre a alcançasse.

– Você prefere subir a rampa para o *Órion* e deixar as Paladinas cortarem a sua garganta?

Hardacre limpou a garganta, irritado.

– O que você tem em mente?

– Me aproximar pela parte de cima.

A superfície metálica do *Órion* parecia cintilar à luz refletida das chamas. Dois andares acima, Eloise e Hardacre avançavam lentamente, tentando alcançar uma posição mais favorável.

– Alguma coisa? – Hardacre perguntou com impaciência.

Eloise balançou a cabeça.

– Não vejo ninguém por perto.

– Então vamos zarpar!

– Ainda não. Alguma coisa aqui não está certa. – Ela esquadrinhou o navio com os olhos outra vez. A rampa de acesso ainda estava abaixada, uma luz azulada bruxuleava em algum lugar lá dentro. Ela deixou o olhar vagar mais para cima, para o casco lustroso da embarcação, até uma janela a meio caminho do topo. De início não conseguiu ver nada, então viu de relance um movimento. Forçou os olhos a se focarem além do vidro e sussurrou:

– Ali!

Hardacre se pôs de pé, ansioso para ver o que Eloise apontava.

– Não consigo ver nada.

– Pessoas a bordo. – Mesmo enquanto falava, sem tirar os olhos da janela, ela já se levantou, com a mão procurando a espada. Por um instante alguém foi até a janela, esbarrando em alguma coisa, então correu de volta para as sombras. O rosto ficou ali por menos de um segundo, mas foi suficiente para que Eloise o reconhecesse.

— Francesca! — arquejou.

O barulho surdo de uma arma sendo disparada ecoou pela rampa de acesso mais abaixo.

Hardacre praguejou entredentes. Eloise já estava de pé, saltando na direção de um dos cabos que mantinham o navio atracado. Ela deslizou ao longo da sua extensão, saltou sobre o casco, segurando-se nos sulcos entre as placas de metal e foi subindo até o topo do navio. Depois olhou para Hardacre, que descia em direção à rampa de acesso.

Eloise sondou o corpo abaulado do navio. Na frente havia uma janela — um vidro em meia-lua que interrompia a superfície lisa da embarcação. Quando a alcançou, Eloise golpeou o trinco com a espada e a janela se abriu. Ela pulou para dentro com uma cambalhota, rolando para as sombras, seus sentidos totalmente despertos, ouvindo, tentando localizar o local da batalha. Ouviu ruídos em algum lugar mais para baixo.

Ela correu para uma escada e deslizou pelo corrimão até o andar inferior. As marcas da batalha estavam por todo lugar. As paredes, cobertas de longas cicatrizes feitas pela espada de uma Paladina. Aqui e ali, buracos de bala, círculos perfeitos nas paredes de metal. *Por quê?*, ela se perguntou. *Por que você não esperou, Francesca?*

Ela se forçou a parar, controlando a respiração, sentindo o ambiente. Ali, ainda que mais abaixo, havia vida. Os sons claros da batalha tinham sido substituídos por vibrações mais pesadas, como se algo — ou alguém — estivesse sendo arrastado pelo navio.

Eloise correu escada abaixo até o andar inferior, onde ficava a rampa de acesso. Depois de uma curva, a primeira coisa que viu foi Hardacre, do lado de fora, com as mãos sobre a cabeça, num gesto de rendição. Então viu uma Paladina na rampa — a Capitã De Vienne —, sua espada mecânica girando lentamente enquanto sangue pingava dali. Por fim, viu Francesca Carhoop.

A Capitã De Vienne soltou o corpo sem vida e sorriu quando ele tombou no chão.

21

INSTANTE DE FÚRIA

O cômodo tremeu em reação às explosões, fazendo tinir a louça na mesa. Uma rachadura assustadora apareceu numa das grandes vidraças, dividindo-a em metades quase iguais. Jack instintivamente se abaixou.

— O que está acontecendo? — Jodrell exigiu saber enquanto seus auxiliares e Protetores se agrupavam em torno do frágil Conselheiro. Um deles, um homem magérrimo, respondeu com vigor:

— Senhor, precisamos levá-lo para um lugar seguro. As Paladinas estão no Porto de Newton.

— Eu sei disso! — Jodrell esbravejou com impaciência. — E há uma batalha feroz lá embaixo. — Ele gesticulou para o fogo que se espalhava e uma densa parede de fumaça que obscurecia a visão das docas, mesmo do ponto elevado onde estavam.

Jack desgrudou os olhos da janela e olhou para Hilda, pequena e solitária. Ele correu para o lado dela e pegou sua mão. Juntos, eles se esgueiraram da sala discretamente, enquanto Jodrell e os outros fitavam as chamas.

Enquanto se afastavam pelo corredor íngreme, Jack ouviu os gritos de Jodrell ressoando na sala. Roubou um olhar por sobre o ombro ao fazerem uma curva: três Protetores irrompiam de dentro da câmara e começavam a perseguição.

Jack correu mais rápido, arrastando Hilda pela mão. Ela parecia atordoada, perdida em pensamentos. De repente soltou a mão dele e parou de correr.

– O que está fazendo? – Jack perguntou.

– É inútil, Jack – ela respondeu. – Tudo isso é inútil.

Atrás de Hilda surgiram os Protetores, quase alcançando-a. Um deles a agarrou com os braços pesados, levantando-a do chão.

– Venha, meu rapaz! – disse o Protetor para Jack, tentando parecer amigável. – Estamos com a garota. Vamos voltar agora, sem dar um pio!

Hilda choramingava baixinho, totalmente rendida. Ver seu corpinho preso nos braços do Protetor fez despertar uma fúria profunda dentro de Jack. Sem pensar, ele chamou a Rosa e ela respondeu.

Ele sentiu a tensão se expandir e depois se dissipar. Uma onda de confiança serena cresceu dentro dele. Suas costas se endireitaram, seus punhos se abriram, ele até sorriu. Os Protetores notaram a mudança e trocaram olhares intrigados.

Jack começou a falar, o tom carregado de uma seriedade que ainda não demonstrara.

– Não! – disse lentamente. – Você vai colocá-la no chão e ir embora.

O Protetor virou-se para os companheiros hesitantes e riu.

– Vamos lá, ele é só um menino. – Estendeu a mão para o coldre do revólver, mas seus dedos formigaram sobre a arma, com espasmos e tremores.

Jack estava na mente dele.

E a confiança de Jack cresceu, até se tornar uma fúria controlada. Ele sorriu para si mesmo, regozijando-se com a sua superioridade: esses homens não mereciam viver.

O Protetor soltou Hilda, seus dedos arranhando o próprio capacete. Os outros Protetores deram um passo para trás enquanto Hilda mancava até Jack. Ele mal a notou. Estava focado no Protetor, penetrando mais fundo no cérebro dele. O homem caiu de joelhos e arrancou o capacete. Sangue enchia suas narinas, escorrendo até a boca.

Jack continuou pressionando, embrenhando-se, mais e mais, na mente do homem. Pronto. Tinha encontrado o que estava procurando.

Despedaçou a mente do homem para entrar. Ele gritou, mas Jack sabia que logo tudo estaria terminado. Tudo o que tinha que fazer era dar um último empurrãozinho.

Uma sensação fria como o gelo se instalou em sua mente, abalando-o. A mão de Hilda estava na dele.

– Pare, Jack! – ela disse. – Não seja um monstro. – Não havia súplica nem raiva na voz dela, só amor e um aviso calmo e reconfortante.

Jack recuou, saindo da mente do Protetor. O homem oscilou, gritando de dor enquanto sua mão finalmente encontrava a arma e atirava uma vez. O corredor retumbou com o estrépito ensurdecedor e um lampejo de luz. Quando a fumaça se dissipou, Jack viu que o Protetor tinha deixado cair a arma e recuava até a curva, tremendo de medo.

Jack ofegou. Estava tonto e nauseado.

Hilda soltou sua mão e pegou do chão a arma abandonada, apontando-a para os Protetores que recuavam.

– Rápido! – disse para Jack, voltando para perto dele. – Eles logo vão voltar a si. Precisamos ir enquanto é tempo.

Jack viu-se correndo com ela, afastando-se dos Protetores estupefatos. Vários tiros ecoaram, zunindo sobre a cabeça de Jack e Hilda. Jack olhou para trás. Os Protetores não estavam correndo atrás deles; em vez disso, socorriam o companheiro caído. Uma nova onda de repulsa o abalou ao pensar com quanta facilidade ele podia ter cedido aos seus pensamentos mais sombrios.

– Eu... Eu podia ter matado o homem.

– Mas não matou – Hilda disse com irritação.

A mão de Jack procurou o pingente da mãe. Ele sentia cada vez mais falta dela, ansioso para saber como ela tinha conseguido lidar com o fardo que representava a Rosa.

Os corredores e as escadarias se sucediam, até que Jack se sentiu completamente perdido. Sua única âncora era a mão de Hilda, apertando a dele com firmeza. Tudo o mais desaparecia num borrão de tons cinza e negro. Por fim, exausto e desorientado, ele puxou a mão de Hilda até pará-la.

— Por favor... — arquejou. — Eu preciso respirar.

Hilda soltou a mão de Jack e ele caiu no chão, o peito chiando como o de um velho. Depois de um momento a respiração entrecortada se acalmou e seus olhos focaram o mundo à sua volta. Hilda estava longe dele, encostada numa das muitas estátuas adornadas que contemplavam do alto a ala sul das docas. Ela o observava cautelosamente, com os braços em torno de si mesma.

— Jack — Hilda disse com firmeza —, precisa decidir quem você é, antes que a Rosa decida por você. Ela é poderosa. Todos aqueles pequenos pensamentos de raiva, todos temos pensamentos assim, mas com a Rosa você pode colocá-los em prática.

Hilda tinha razão. Os ímpetos de fúria, os instantes de raiva que se agitavam dentro dele, agora tinham uma válvula de escape.

— Eu devia ter morrido — ele disse baixinho.

— O quê?

— Minha mãe, ela me deu a Rosa para salvar a minha vida — Jack respondeu com amargura. — Ela me deu isso, e agora eu estou me tornando uma espécie de monstro, e todo mundo quer uma parte de mim. Ela devia ter me deixado morrer.

Hilda descruzou os braços, todo o seu ser repleto de ira.

— Nunca, jamais deseje isso! Nunca se sinta tão desprezível nem tenha tanta pena de si mesmo!

Jack se sentiu envergonhado.

— Eu... Eu sinto muito, Hilda.

— E deve sentir mesmo! — Ela lhe deu as costas com raiva.

Jack se levantou e andou na direção do muro. O fogo ainda assolava as docas lá embaixo. Choviam brasas ardentes e fragmentos de madeira nas docas inferiores, espalhando a destruição ainda mais. O ruído distante das explosões o inquietava.

– Hilda – ele perguntou com cautela –, o que aconteceu com a sua família?

Ela não olhou para ele. Seu rosto riscado de lágrimas tinha um brilho vermelho sob a luz artificial.

– Minha família está morta. Eles morrem a cada segundo da minha vida, de novo e de novo.

– Então é verdade, o que o Conselheiro disse sobre você?

Hilda assentiu, hesitante.

– Jack, eu vim do passado, de 1813. Posso viajar através das Necrovias, como você. Fui enviada para cá por Rouland, para encontrá-lo e levá-lo até ele.

Jack ficou olhando para Hilda, mal conseguindo absorver o que ela acabara de dizer.

– Você estava me procurando? Não nos conhecemos por acaso?

Hilda balançou a cabeça, evitando o olhar dele.

– Eu estava esperando você. Eu o segui de 1813 até 1940. Segui você e o seu amigo desde o cemitério até Whitechapel, mas os perdi de vista. Achei que você acabaria voltando para o Primeiro Mundo. Passei semanas indo e vindo pelas Necrovias, esperando em câmaras de conexão, aguardando e torcendo para que você aparecesse. Sabia que, se ainda estivesse vivo, eu teria sorte de topar com você mais cedo ou mais tarde. E tive mesmo.

– Esse tempo todo, você me enganou?

– Você não me ouviu, Jack? Minha família! Ele está com a minha família! Se eu não encontrar você e aquele maldito livro, se eu falhar, minha família vai morrer. – As palavras se entrecortavam quando seus lábios começaram a tremer incontrolavelmente. – Rouland os fez reféns, na minha casa. Eu tenho uma hora para levar você e o livro que roubou de volta para ele. Mas essa hora pode bem ser uma eternidade.

Jack se levantou nervoso, assimilando a magnitude das palavras da garota, incerto sobre o que dizer. Ele tirou o livro do bolso e o virou nas mãos. Era um volume pequeno, gasto e muito manuseado. Na capa havia um título gravado em relevo no couro, numa cor dourada apagada: *Sobre a Natureza dos Reinos Ocultos*, de Magnus Hafgan.

– Sobre o que é o livro? – Hilda perguntou. – Por que ele é tão importante?

Jack deu de ombros.

– Eu fui enviado de volta a 1813 para encontrá-lo para um homem. Ele sabia coisas sobre a minha mãe, sobre a Rosa. Voltei para 1813 com a intenção de trocar o livro por informações que ele tinha. Meu amigo, Davey, meu avô, ele foi comigo.

– Então ele também é um Viajante?

Jack negou com a cabeça, pensativo.

– Então – Hilda prosseguiu –, você é um Artífice do Tempo, como eu.

– É, acho que sim – Jack respondeu. Ainda não estava muito certo sobre o que era realmente capaz de fazer. – Voltamos para 1813 e encontramos esse livro.

– Encontraram? – Hilda zombou.

– Roubamos, de uma das seguidoras de Rouland, uma mulher chamada...

– Jane McBride – Hilda interrompeu. – Sim, eu sei. E vocês mataram o marido dela para conseguir o livro!

– Não! – Jack protestou. – Não o matamos! Ele nos perseguiu e foi atropelado. Foi um acidente!

Hilda balançou a cabeça amargamente.

– Quantas pessoas têm que morrer por causa desse livro? Quantas mais vão morrer?

Consumido pela culpa, Jack abriu o livro e olhou as páginas repletas de códigos intrincados – todos indecifráveis aos seus olhos, à exceção da última página. Era uma tabela de letras e números. Ele já encontrara pistas sobre o futuro escondidas no texto, um código secreto inexplicavelmente escrito na sua própria caligrafia. Era como se esse livrinho insignificante fosse uma pedra enorme atirada no lago do tempo, e as ondulações que causava perturbavam os caminhos daqueles com quem cruzava. Agora a família de Hilda tinha sido levada por essas ondulações, e a vida deles também estava em perigo.

– Eu tenho esse poder incrível, Jack – disse Hilda. – Posso fazer coisas fantásticas, mas não importa o que eu faça acabo neste ponto, sem ter outra saída.

– Podemos voltar no tempo – Jack sugeriu, pensando rápido. – Podemos voltar, juntos, para um momento anterior a que sua família foi feita refém. Podemos levá-los para um lugar seguro e...

Suas palavras esmoreceram quando ele viu o olhar de desgosto no rosto de Hilda.

– Você acha que eu já não tentei? – ela disse debilmente. – Já voltei dezenas de vezes e, toda vez, tudo acaba do mesmo jeito. Eu tenho que assistir à minha família passando pelo mesmo tormento.

Jack estremeceu ao se lembrar dos seus próprios esforços para salvar a mãe. Ele tinha tentado, mas nunca conseguira mudar os acontecimentos. Em vez disso, tinha se envolvido nas situações, tornado-se parte dos acontecimentos, que conduziam sempre ao mesmo terrível desfecho. A imagem dos Grimnires veio à sua mente. Eles haviam estado lá, zelando por ele. Jack tinha achado que um deles o ajudara a derrotar Rouland. Agora não tinha tanta certeza. Talvez ele só tivesse servido para pôr em prática os planos ocultos dos Grimnires.

Percebeu que Hilda olhava para ele.

– Os Grimnires não são seus aliados, Jack – ela disse friamente.

Jack reprimiu sua frustração. Afinal, Hilda estava certa: ele tinha que aprender a controlar seus pensamentos, escondê-los de mentes curiosas.

– Deve ter alguma coisa que possamos fazer! – ele disse, por fim.

Hilda se virou para o outro lado, seus grandes olhos brilhantes de lágrimas.

– Só tem uma coisa que eu posso fazer. Sinto muito, mas não há outra forma. – À medida que falava, ela parecia mais confiante, mais determinada. – Sei quanto tudo isso é inútil, mas tenho que tentar. Venho adiando, entende?

– Não, não entendo – Jack respondeu, confuso.

– Não sou má pessoa – Hilda disse –, mas às vezes pessoas boas têm que fazer coisas ruins. Não há outro jeito. Eu sinto muito mesmo, Jack. – Hilda deu um giro rápido e envolveu Jack em seus braços, segurando-o firme. Puxou-o para trás, em direção à estátua, seu nicho discreto repleto de crânios, entrando em foco no último instante. Só então ele entendeu.

– Hilda, por favor! – As palavras de Jack se prolongaram até evaporar, quando ele experimentou uma sensação muito conhecida. O branco engoliu os dois quando entraram numa Necrovia, de volta no tempo, correnteza abaixo.

Jack sentiu a Necrovia se deformar à medida que se moviam em outra direção, alterando, remodelando os caminhos da dor. Ele sentiu a destreza de Hilda com as Necrovias, navegando-as, surfando-as em todo o seu potencial, e viu quanto ela era habilidosa. Ele tinha muito que aprender.

As marés de perda e arrependimento de dezenas de mortes se mesclaram, reduzindo-o à submissão, uma lágrima por vez. Ele chorou de desespero, e então, finalmente, sentiu que a viagem chegava a um fim abrupto.

Jack sabia para onde Hilda o estava arrastando: estavam voltando para o ano de 1813, bem antes do seu primeiro encontro com Rouland, bem antes de Jack cravar uma espada no coração dele e enterrá-lo. Tudo parecia tão incerto agora, e a possibilidade de Jack morrer no passado pareceu muito, muitíssimo real.

As paredes da Necrovia se desfizeram. Eles tinham chegado a 1813.

22

O HOMEM AO PÉ DA LAREIRA

– Que barulheira é essa? – perguntou Anton, meio grogue. – Por que você não está na cama?

– Quieto! – Hilda insistiu. Ela estava de pé perto da porta do banheiro, a orelha esmagada contra a fechadura.

Anton arrastou-se para fora da cama e andou pelo chão gelado até onde estava a irmã. Ele deu um puxão na camisola de Hilda e olhou para cima, encarando-a com seus olhos imensos.

Hilda franziu a testa, contrariada com a interrupção.

– Tem alguém lá embaixo – ela disse num sussurro apressado.

Anton, indiferente, foi até a janela. Sua cabeça desapareceu sob a cortina enquanto ele examinava o céu noturno.

– É tarde – concluiu.

– Já passou das duas da manhã – Hilda respondeu. – Volte para a cama.

– Quem está lá embaixo?

Hilda hesitou.

– Não tenho certeza.

– Não estão nada felizes – Anton observou despreocupado, bocejando enquanto afundava nos cobertores ainda quentinhos.

Hilda se afastou da porta e encarou o irmão.

– Está sentindo as coisas outra vez?

– Pouquinho...

– O quê?

Anton não respondeu, a cabeça enfiada no travesseiro e o corpo encolhido.

– Anton! – sibilou Hilda, sacudindo o irmão para acordá-lo.

– Só um pouco, já disse. Um homem e uma mulher. Estão bravos. Não gosto deles. O homem, ele dá medo. A mente dele é escura. – De repente Anton ficou agitado, tomado pelo medo. – Estão aqui te procurando! Ah, Hilda, você tem que se esconder!

O silêncio foi preenchido por um barulho de algo se arrastando: passos nas escadas. Hilda pulou da cama e puxou os cobertores sobre a cabeça até que estivesse completamente envolvida pelo casulo protetor. Ela se encolheu como uma bola, mentindo para si mesma que estava segura.

A porta do quarto se abriu com seu rangido lúgubre. Ela sentiu uma mão no cobertor e se retraiu, abraçando-se ainda mais. Então os lençóis foram arrancados e o seu rosto foi banhado pela luz acusadora da lanterna do pai.

– Hilda – chamou, severo –, venha comigo. – Ele se virou para o ninho de cobertores de Anton. – Você também, rapazinho.

Quando a porta da sala de estar foi aberta, Hilda viu dois estranhos, um homem e uma mulher, como Anton sentira. O homem aquecia as mãos sobre o fogo, seu perfil bem talhado banhado pela luz alaranjada. Ele ergueu os olhos escuros para Hilda, dando-lhe as boas-vindas com um sorriso reconfortante. Sentiu a mão do pai nas suas costas, empurrando-a hesitante em direção à sala. Nas sombras bruxuleantes estava a mulher, a pele pálida contrastando com os cabelos ruivos, como uma colisão entre o sol e a lua.

– Você deve ser Hilda – disse o homem. Sua voz era amigável, tranquilizadora. Hilda sentiu sua guarda baixando, então viu a mãe sentada numa poltrona, o rosto escondido nas mãos.

– Eu vou falar com ela – a voz do pai retorquiu com uma raiva controlada, e o sorriso do homem à lareira esmoreceu.

– Sente-se, Hilda.

Hilda e Anton se sentaram no sofá, bem juntinhos, buscando proteção. Anton fungou para si mesmo, mal podendo conter as lágrimas de medo. Hilda se empertigou e passou o braço pelos ombros do irmão mais novo.

– Eu estou aqui. – Ela se sentiu melhor concentrando-se no irmão, protegendo-o. Desviava seus pensamentos do homem à lareira. Ela mal ousava olhar para ele.

O pai, um homem indomável nos seus melhores momentos, estava parado na frente dela, meio encolhido, um débil eco da sua figura costumeira. Ele passou a mão nervosamente pelo bigode grosso, os olhos fundos oscilando entre os dois estranhos.

– Agora ouça, Hilda – ele disse de um jeito estranho. – Essas pessoas, bem... Elas querem que você faça algo para elas.

– Eles vão me matar! – Anton gritou de forma tocante. – E a mamãe! E o papai!

– Já chega! – o pai de Hilda gritou, mas Anton continuou choramingando, desafiante.

De repente as chamas da lareira cresceram violentamente, adquirindo um tom forte verde-dourado. Elas lamberam a borda da lareira, chamuscando o papel de parede, antes de abrandarem. O homem fitava o fogo, não parecendo notar a explosão de luz e calor que silenciara a sala.

– Já é tarde – o homem disse por fim, sua voz ecoando tranquila. – Tenho certeza de que esses jovens estão cansados, então vou ser o mais breve possível. Meu nome é Rouland Delamare e esta é a senhora Jane McBride. Hilda, precisamos da sua ajuda. – Ele desviou os olhos do fogo e a encarou outra vez, seu olhar magnético inevitável. – Você é uma Viajante – Rouland continuou.

Hilda suprimiu um arquejo. Como esse estranho podia saber o seu segredo?

– Sim – o homem sorriu friamente –, sua família tem tentado esconder isso de mim, mas eu sei de você há algum tempo.

Hilda olhou para o pai e de repente ela soube que estava sozinha no meio de uma grande e terrível tempestade.

– Algo foi roubado de mim esta noite – Rouland disse amargamente. – Um livro foi tomado da minha companheira aqui. – Ele relanceou os olhos por um instante para a mulher de cabelos cor de fogo. – Um livro muito importante para mim. Dois meninos de correnteza acima foram à casa da senhora McBride, roubaram o livro e assassinaram seu pobre marido. O livro se chama *Sobre a Natureza dos Reinos Ocultos*, de Magnus Hafgan. Foi levado para outro tempo, desse ano de 1813. Levado correnteza acima. Para o futuro. Você compreende?

Hilda assentiu com cautela.

– Ótimo. Eu gostaria que você encontrasse esse livro para mim, Hilda.

Hilda recuou até as costas baterem no encosto macio do sofá. Ela se sentia cercada, presa numa armadilha.

– Eu não posso... – disse fraquinho.

O homem à lareira sorriu pacientemente, seus olhos ardendo como as brasas da lareira à sua frente.

– Você pode. Vai encontrá-lo e devolvê-lo para mim ou... – Rouland olhou para Anton, seu sorriso ficando mais largo.

– Ou ele vai nos matar... – Anton fungou. – Todos nós.

Rouland sacudiu com uma risada.

– Obrigado, Anton, você é um jovenzinho esperto.

O cérebro de Hilda irrompeu com um milhão de dúvidas. Seus pensamentos, geralmente ordenados, desmantelaram-se, corroídos pela torrente de emoções que subitamente a consumiu. Ela olhou para o pai. Seus olhos intensos, severos, estavam vítreos com as lágrimas.

A mãe começou a soluçar incontrolavelmente.

– Ela é só uma garotinha. Não pode ajudá-lo. Por favor, nos deixe em paz. – As palavras acompanharam o ritmo das lágrimas até as súplicas se tornarem ininteligíveis.

Rouland olhou para sua acompanhante.

– Tire-a daqui. Dê algo para ela beber.

A mulher assentiu e levantou a mãe de Hilda da poltrona, ignorando seu choro e seus protestos. O terrível som desapareceu nos fundos da casa até que a sala mergulhou no silêncio.

Por fim, Rouland falou outra vez, a voz baixa e poderosa.

– Você sabe o deve fazer.

– Não. – Hilda tremia.

– Você deve ir para o futuro e encontrar o meu livro, ou vou matar a sua família.

– Mas isso não é possível. Eu não posso...

Os olhos de Rouland brilharam com uma fúria que interrompeu os apelos de Hilda.

– Eu não me importo com o que você acha que é possível! Acha que é possível que eu mate a sua família? Você acha? Talvez se eu matasse o menino agora você acreditasse em mim. Ou o seu pai. Melhor ainda, sua mãe chorona.

– Não! – Hilda soluçou. – Eu acredito em você. Eu acredito em você.

Rouland sorriu.

– É claro que sim. E é sensato da sua parte. Você pode duvidar dos seus próprios talentos, mas eu sei das suas capacidades. Você é uma Artífice do Tempo, Hilda Jude, e é a única que pode recuperar meu precioso livro agora. Eu darei a você – ele abriu seu relógio de bolso e checou o horário – uma hora para retornar com ele.

– Mas... – Hilda gaguejou.

Rouland pôs um dedo em riste, silenciando-a.

– Você tem tanto tempo quanto permitem as Necrovias. Pode voltar aqui como uma velha, se a tarefa exigir tanto tempo. Eu realmente não ligo, contanto que volte aqui em uma hora com o meu livro. – Ele abriu o paletó e tirou dali um pequeno envelope pardo, que jogou para Hilda. – Aí está tudo que precisa saber sobre o livro e as descrições dos meninos que o levaram de mim. Não é muita coisa, mas é tudo que tenho.

Hilda pegou o envelope com as mãos trêmulas.

– Mas... – começou, hesitante.

– Você vai me perguntar como pode encontrá-los, certo? – indagou Rouland com impaciência. – Vamos lá, menina. Um Artífice do Tempo compreende os padrões de fluxo e refluxo de uma Necrovia. O túmulo que os meninos usaram está detalhado num dos papéis que lhe dei: se for rápida, vai sentir o caminho que eles pegaram. Vai poder segui-los.

Hilda encarou o pai, o rosto largo banhado de lágrimas.

– Vá... – ele disse baixinho. – Viva a sua vida. Esqueça-nos e a esse monstro...

– Ela não esquecerá – Rouland interrompeu. – Como pode uma menina se esquecer do pai? Da mãe? Do irmão? Sabendo que ela é a chave para salvar a vida deles? Um peso assim pode dilacerar uma alma. Hilda não vai desistir de vocês.

Hilda olhou para Anton. Seu rosto pálido e assustado implorava que ela o levasse dali, que fizesse tudo ficar bem.

– Pai... – Hilda falou sem pensar. – Por que você não luta por mim?

– Filha – o rosto do pai se contorceu de desespero –, eu não posso. – Seus punhos se cerraram ao lado do corpo, como se presos no lugar por uma força invisível.

– Ah, ele é um bom homem – Rouland disse com suavidade. – Lutaria por você até a última gota do seu sangue, se pudesse. Mas eu não permitirei. Força bruta não é o meu forte. Meus poderes são mais... persuasivos. – Tocou a têmpora com um dedo. – A mente é muito mais poderosa do que músculos e carne. – Rouland fez um gesto com a cabeça e o pai de Hilda caiu sentado numa cadeira.

– Vá, filha – o pai insistiu sem fôlego. – Enquanto ainda pode.

Hilda se virou. Não poderia mais suportar olhar para nenhum deles.

No hall de entrada estava o relicário da família, uma alcova sagrada presente nas maiores casas do Primeiro Mundo. Nele, havia memoriais aos seus ancestrais, uma excelente linhagem para uma família nobre. Seus olhos pousaram sobre o crânio da avó. Ela tinha morrido no último outono e desde então descansava ali no nicho de pedra.

Pedras, ossos e melancolia.

Hilda tocou o crânio levemente com a ponta dos dedos trêmulos e desapareceu nas Necrovias mais além.

23

SUBMISSÃO

Os pulmões de Jack se encheram de ar e poeira, e sua garganta secou. Ele tossiu violentamente, perdendo o equilíbrio.

– Quieto! – Hilda ralhou de algum lugar ali perto.

A mão de Jack tateou até encontrar uma parede e apoiar ali seu corpo debilitado. À sua volta tudo estava encoberto pelas sombras. Quando seus olhos ardentes se ajustaram à penumbra, o brilho fraco do fogo se extinguindo revelou uma sala de estar ampla. Sobre a lareira havia um brasão redondo, como o de uma família real. O desenho chamou sua atenção; era vagamente familiar. Onde ele já o vira antes?

– Onde estamos? Quando? – Jack perguntou com cautela, já imaginando a resposta.

Hilda respondeu com a voz branda.

– Esta é a minha casa, em 1813.

A data soou como um sino dentro da mente de Jack. Ele já estivera nessa época, com Davey, para recuperar o livro de Magnus Hafgan. Tinha sido uma aventura cheia de reviravoltas, mas eles tinham roubado o livro de uma serva de Rouland chamada Jane McBride. Agora ele estava de volta e cada fibra do seu corpo gritava para que ele fugisse dali. Jack estava prestes a sair em busca da Necrovia que o trouxera até ali, desesperado para escapar, quando notou um movimento no canto do olho. Sentiu um gelo na barriga.

– Eu fiz uma aposta – soou a voz penetrante de uma mulher no escuro. – Podia jurar que você não retornaria, menina, mas Rouland não pensava assim.

Uma figura se delineou na escuridão e tornou-se reconhecível. A mulher, alta e elegante, com uma face pálida emoldurada pelo cabelo ruivo inconfundível, deu um passo em direção à luz. Jack arquejou.

– Vejo que encontrou o menino – Jane McBride disse a Hilda. – Ele está com o livro?

Hilda virou as costas para Jack e assentiu com ar de arrependimento. Jane McBride sorriu. Então foi até Jack, o rosto contraído de raiva.

– Você roubou aquele livro de mim e matou o meu marido. Pela segunda parte fiquei até agradecida, mas vou recuperar o meu livro agora.

– Foi um acidente – Jack respondeu, parando para pensar.

– Sim, eu sei. Ele foi atropelado por um cavalo e uma carroça. Mas estava perseguindo você, não é? – Jane riu para si mesma. – Você lida bem com a culpa para alguém tão jovem. Isso o faz parecer mais velho. Agora, o livro. – Ela estendeu a mão.

– Não.

– Então a família da menina morrerá. Com certeza ela lhe contou isso. Você está lidando com poderes além da compreensão de um mero Viajante, ou mesmo de um Artífice do Tempo. Entregue-me o livro e você poderá sair daqui com vida.

– Eu disse não. – Jack sentiu as garras da Rosa esgueirando-se para a superfície, vindas de algum lugar dentro dele. Lutou para acalmar a mente, para reprimir seus impulsos tempestuosos, mas dessa vez ele se recusava a recorrer à ajuda de Hilda. Impediu-a de entrar na sua cabeça. Mas permitiu que a Rosa crescesse em sua mente, tocasse a mulher na frente dele... Um empurrãozinho já era o suficiente.

– Como disse? – perguntou Jane, pasma. Ela recuou um passo. – Devolva o livro!

— Jack! — Hilda pediu. — Eles vão matar a minha família. É só um livro.

Jack ouviu, a Rosa apurando seus sentidos: a casa estava tranquila, vazia e silenciosa — a família de Hilda não estava ali. Ele se voltou para Jane e invadiu a mente dela.

— Por favor! — Hilda implorou, puxando o braço dele. — Entregue o livro a ela! — Seus dedos apalpavam as roupas dele, vasculhando.

Ele ignorou a menina e mergulhou mais fundo na mente sombria de Jane McBride. Uma pergunta estava enterrada em suas sinapses: *Onde está a família?*

De repente, como uma descarga elétrica, a resposta chegou até ele, ruidosa e cheia de dor. Sua concentração vacilou e ele recuou da mente dela.

Hilda estava batendo no rosto dele, arranhando e gritando pela mãe, pelo pai, pelo irmão. Jack segurou as mãos dela e a aproximou do seu corpo, forçando-a a parar.

— Sua família... — ele começou, mas a emoção embargou sua voz. Lágrimas transbordaram dos seus olhos enquanto ele tentava contar a Hilda o que tinha descoberto. — Hilda, sua família, eu sinto muito, mas eles já estão mortos. Rouland os matou, instantes depois de você sair.

As imagens roubadas da mente de Jane McBride derramaram-se involuntariamente. Hilda não pôde evitar. Ela assistiu de camarote a execução de cada um deles. Fechou os olhos, mas as imagens não pararam de emergir, irrompendo para sua mente como um sinal de rádio no volume no máximo; a mente de Jack, um transmissor descontrolado. Ele tentou impedir, bloquear a mente dela, mas era tarde demais. As imagens terríveis estavam gravadas na mente dos dois como pinturas grotescas.

Rouland tinha estrangulado o pai dela com as próprias mãos, sorrindo enquanto assistia os olhos do homem revirarem nas órbitas e seu rosto ficar vermelho, depois azulado. As lembranças eram tão reais que a garganta de Jack se fechou e ele tentou se libertar das mãos fantasmagóricas de Rouland.

A mãe de Hilda: Rouland tinha quebrado seu pescoço. O golpe letal fora rápido, mas a morte só veio depois de longos minutos de dor insuportável. O estalido fez os dentes de Jack rangerem. O sangue sumiu do seu rosto quando sentiu o coração dela parar de bater. Ele podia sentir tudo, e sabia que Hilda também.

E Anton, o pobre e pequenino Anton, ele viu tudo; com olhos arregalados, assistiu à morte dos pais. Então Rouland se voltou para ele, enchendo sua mente aterrorizada de mentiras sobre a família, sobre Hilda. Ela o abandonara, ele disse. Ela odiava seu irmãozinho repulsivo, chorando e reclamando o tempo todo. Ela estava feliz que ele logo estaria morto. E no fim, Anton acreditou em tudo. Rouland tinha invadido seu cérebro e estourado uma artéria, assistindo com fascinação mórbida o menino morrer em seus braços. E então ele bebericou chá enquanto os criados removiam os corpos e limpavam a sala. Quando terminou sua bebida, foi embora. Só Jane McBride continuou ali.

Hilda caiu no chão, gritando com a dor de ver seu mundo em ruínas.

Uma lenta, maléfica gargalhada saiu dos lábios de Jane McBride.

– Você tem poder, sim. Mas falta experiência. Ousou entrar na minha mente, e não protegeu a sua própria. Você cedeu muitas informações, menino.

– Não pode me ferir agora! – Jack disse com raiva.

– Posso! E vou fazer isso! Sei sobre Durendal, sei da sua busca. Pensa que não avisarei meu mestre?

A fúria da Rosa corria pelas veias de Jack.

– Como pode avisá-lo... – ele hesitou, as dúvidas lutando contra as tentações que surgiam diante dele, e então continuou – se já vai estar morta?

A voz de Jane tremeu de ódio.

– Você pensa que pode me matar? Me impedir de contar o que sei? Você não é o guerreiro que pensa que é. Além disso – zombou Jane –, meu mestre está aqui.

Ouviram o clique da porta da frente se abrindo. Uma brisa fresca atravessou a câmara e as brasas incandescentes dançaram na lareira.

Hilda levantou-se num rompante e correu para a porta. Jack puxou-a de volta enquanto ela chutava e arranhava para se libertar.

– Você não pode matá-lo, Hilda. Ele é forte demais para você – Jack disse rápido.

Ela se virou para ele, implorando com os olhos vidrados.

– Não, mas você pode. A Rosa pode.

Ela aprisionou a mão de Jack na dela e quase imediatamente invadiu a mente dele. Mas dessa vez ela não estava confortando-o, não estava ali para acalmá-lo. Sua raiva migrou para dentro dele, agitando a Rosa, incitando-o a libertá-la.

O eco dos passos ficou mais próximo.

– Temos companhia? – perguntou a voz suave de Rouland, espirituoso.

– Não, por favor! Você tem que me ajudar a controlar a Rosa! – Jack gritou para Hilda baixinho. – Você tem que me deixar mais forte!

– Não! – Hilda respondeu impassível. – Liberte-a, Jack. Liberte a Rosa. Agora!

Ele sentiu a Rosa responder, avolumando-se dentro dele, e não pôde mais lutar. Estendeu o braço na frente da cabeça e uma bola luminosa de energia branca cresceu na palma da sua mão.

A porta se abriu e Rouland entrou. No começo seu rosto estava cheio de um contentamento presunçoso, então seu mundo embranqueceu.

Jack sentiu a energia da Rosa ser liberada com fúria sobre Rouland, queimando-o como setas de fogo. A câmara foi tomada pelo fogo primal do Outro Mundo. No centro dele estavam as silhuetas sombrias de Jack e Hilda.

Rouland recuou, despreparado para o ataque, incapaz de ver além da parede de fogo.

Jack usou a vantagem a seu favor. A cada instante ele sentia seu controle sobre a Rosa aumentar, seu entendimento se expandir. Viu a pele do rosto de Rouland evaporar do crânio, deixando-o à mostra, e sua mandíbula pender enquanto ele cuspia fogo. As paredes em volta pegaram fogo e Rouland começou a gritar.

Uma onda de calma envolveu Jack e ele sentiu a Rosa recuar para dentro dele outra vez. Um sentimento de satisfação o preencheu, uma alegria exausta que o fez se sentir completo outra vez. Mas então o rosto da sua mãe voltou à sua mente e a satisfação foi contaminada pela culpa.

Rouland caiu no chão, as mãos queimadas agarrando o casaco longo.

– Já chega... – Jack disse fracamente, sentindo-se de repente vulnerável.

Hilda olhou para ele, como se estivesse em transe.

– Acabe com ele!

A voz de Jack se tornou um sussurro.

– Temos que ir agora.

Rouland não se moveu. Chamas lambiam suas roupas. O que restava da pele estava colado nos ossos, seu rosto esquelético retorcido numa escultura congelada de agonia.

Jack virou-se e encontrou Jane McBride encolhida num canto, ainda atordoada e atônita com o ataque. Ela encarava o corpo destruído de Rouland, a incredulidade estampada nas feições sinistras, mal reparando na presença de Jack e Hilda.

Ele tinha que sair dali. Jack arrastou Hilda, que soluçava, passando pelo corpo carbonizado, protegendo-os das chamas que consumiam a porta, até o relicário no saguão. Ele pôs a mão sobre um crânio e buscou uma Necrovia. Não se importava com o lugar para onde ela os levaria. Qualquer um seria melhor que aquele.

Nada. Não encontrou nada. Ele se sentiu nauseado.

– Hilda – implorou.

Ela estendeu a mão trêmula e a colocou sobre a dele. Jack percebeu seus sentidos se mesclando com os dela, procurando, sentindo, suplicando. Uma tênue Necrovia de repente se abriu e Jack e Hilda desapareceram de 1813.

O calor abrasador que consumia o corpo de Rouland começou a diminuir, mas era tarde demais para os seus olhos – estavam cegos e ele, aprisionado na escuridão. O que acontecera a ele? Mal podia compreender: quase o mataram. *Ele, Roland!* Era impossível.

Não tinha visto quem o atacara, escondido atrás da bola de fogo, mas podia adivinhar: Hilda Jude. Mas mesmo a menina sendo uma Artífice do Tempo, não possuía o tipo de poder deflagrado contra ele. E o cheiro continuava em sua pele, um odor fragrante do Outro Mundo. Ele tinha certeza de que quem o atacara estava de algum modo conectado com aquele reino esquivo. Poderia ser, imaginou, obra da Rosa de Annwn? Havia muito tempo ele levara a Rosa do Outro Mundo e desfrutara do seu poder brevemente antes de perdê-la. Ela estivera mesmo na sua frente? Ao seu alcance? Era um enigma que ocupava a sua mente enquanto uma dor insuportável transpassava seu corpo. Seus dedos quebrados tocaram a espada sob o casaco e o seu coração incendiado acelerou com alívio.

Durendal.

Quase imediatamente sentiu sua energia curadora esgueirar-se pelos seus membros.

Não era suficiente. Nem perto disso.

Depois de alguns instantes conseguiu mexer os braços. Mais um minuto e ele testou a mandíbula. Abriu e fechou a boca, mas não conseguiu falar. Da sua garganta saiu um gargarejo.

– Mestre?

A voz estava distante, abafada.

– Você está vivo?

Dessa vez estava mais alta, mais clara, e ele sentiu uma mão sobre a dele. Jane. Ele sentia seu perfume. Seu alívio veio temperado com pena quando percebeu o que teria que fazer. Se ao menos pudesse falar, explicaria a ela. Ela entenderia com certeza.

Seus dedos emitiram um estalo alto quando encontraram o cabo da espada e o apertaram. Ele invocou toda a sua força, toda a sua raiva, e arremeteu a espada, esperando que ela encontrasse seu alvo.

Jane emitiu um som fraco, um mistura de grito e arquejo de surpresa.

Durendal não falhara com ele. Começou a alimentar-se, e Rouland sentiu a energia da lâmina fluindo para ele.

A visão retornou como um borrão de cores, voltando lentamente a entrar em foco. Jane estava à sua frente, a espada cravada no peito. Exibia uma expressão confusa no lindo rosto, e Rouland sentiu uma pontada de culpa. Afastou-a. Era uma fraqueza, afinal de contas.

Ela entenderia.

– Quando... – Sua boca ainda doía, e as palavras saíram lentamente a princípio, indefinidas e delicadas. – Quando eu estiver bem... Quando estiver restaurado, vou revivê-la. Prometo a você, Jane. Será minha serva outra vez, a última e maior das minhas Paladinas. Vou torná-la maior do que jamais foi um dia... Maior do que jamais poderia ser. Vou transformá-la em algo infinitamente melhor.

Ele se inclinou para a frente, suas feições recompostas iluminadas pelo brilho esverdeado da espada, e beijou docemente seu rosto frio, assistindo enquanto a luz deixava os olhos dela.

24

ÁRVORE GENEALÓGICA

Davey fitou com descrença a crescente bola de fogo que avançava na sua direção. Uma lufada de ar quente a precedeu, tirando-o do transe. Os instintos assumiram o controle e ele começou a correr. Deu uma espiada por sobre o ombro e viu o casco de metal retorcido do navio de reinos em chamas despencando sobre ele, cuspindo fragmentos de ferro derretido. Apertou o passo, abaixando-se para passar embaixo de um andaime menor, desesperado para escapar da embarcação em ruínas.

Ouviu um impacto violento e outra explosão tirou seus pés do chão. O ar à sua volta se agitou com o calor e Davey foi jogado contra o andaime. Arrastava-se buscando abrigo, quando uma parede de fuligem, fogo e fumaça o devorou. Por um instante sentiu que estava de volta à tempestade de fogo que destruíra a Taverna do Enforcado.

Quando seu mundo escureceu, seus dedos encontraram uma grade de metal no chão. Ele a puxou, enquanto suas costas ficavam desconfortavelmente quentes. A grade cedeu e Davey jogou-se no cano de esgoto mais abaixo. Caiu lá dentro, impulsionado por uma rajada de vento ardente atrás dele. Deslizou pelo cano mais e mais rápido, para longe do escaldante fogo alaranjado, até cair numa piscina de água fedorenta. Saltou para o lado quando fragmentos incandescentes de metal choveram sobre a água, provocando uma nuvem de vapor. Então escalou a grade que cercava a piscina e correu sem rumo do fogo que se espalhava.

Só parou para descansar quando estava a uma distância segura do fogo, a tosse limpando os pulmões. Observou o fogo por um tempo, admirando sua beleza hipnótica, então se lembrou da sua missão e começou a subir de novo, movendo-se com rapidez de volta ao ancoradouro do *Órion*. Ao chegar ao patamar de cima, sentiu os cabelos da nuca se eriçarem. Algo estava errado. Davey parou e virou-se para a estátua de pedra no meio da passagem. Reconheceu-a imediatamente – aqueles *memori-mortuus* estavam por toda parte em Ealdwyc. As casas maiores tinham seus próprios memoriais de família, mas o resto da população do Primeiro Mundo tinha que se contentar com esses espaços públicos.

– O que é isso, Davey? – ele se perguntou em voz alta, encarando os recuos cheios de ossos. – Que coisa é essa? – Estendeu a mão e tocou um dos crânios, incerto quanto ao que esperava sentir. A ponta dos seus dedos formigou. A sensação subiu pela mão, depois pelo braço. De repente sentiu medo e se afastou da estátua. Um vento soprou à sua volta, espiralando por um momento e então esmorecendo. Então Davey percebeu que não estava mais sozinho. Havia duas pessoas, um garoto e uma garota, paradas do lado da estátua, exatamente onde ele estivera um segundo antes. Seu coração acelerou quando a empolgação cresceu. O garoto tinha a compleição certa, o mesmo cabelo desgrenhado, castanho e ondulado, as mesmas roupas. Ele tinha certeza agora: era Jack!

Davey começou a correr em direção a Jack e à menina, sua missão momentaneamente esquecida enquanto era tomado pela alegria de rever o amigo.

– Jack! – Davey riu. Então viu o rosto do outro, rígido, fatigado, coberto de sujeira. Jack conseguiu devolver um sorriso tênue quando se apoiou em Davey. Parecia fraco, como se pudesse ser soprado pelo vento. – O que aconteceu com você?

– Depois – disse Jack, pesadamente.

Davey olhou para a menina. A aparência dela era ainda pior, o rosto molhado de lágrimas. Os cabelos rebeldes estavam caídos sobre a cabeça baixa, mas Davey viu de relance os olhos verdes antes que ela desviasse o olhar. Percebeu a dor da menina, a ausência de esperança que pesava em seus ombros, e sentiu uma vontade instintiva de cuidar dela.

Percebeu que a encarava e olhou para outro lado.

– Quem é ela? – perguntou a Jack.

– Hilda – Jack disse pesaroso. – Ela é uma Artífice do Tempo, de 1813. – Ele se inclinou para mais perto. – E Rouland acabou de matar toda a família dela.

– Por que você não o matou? – Os dois meninos se viraram para Hilda. Dos lábios dela só tinha saído um fio de voz, mas era carregado de ódio. – Você teve a chance de matar Rouland, mas não matou! Podia ter acabado com ele para sempre!

– Ele parecia bem morto para mim! – Jack respondeu aflito.

– Rouland ainda estava vivo – ela continuou. – Nós dois sabemos. Senti que você se segurou. Parou quando podia ter acabado com ele. Ele sobreviveu. Matou minha família e você o deixou vivo.

Jack ficou em silêncio, olhando para Hilda.

– Me desculpe. Eu... Eu não consegui.

Davey interferiu, inquieto.

– Jack, precisamos ir.

Jack de repente agarrou Davey pelo colarinho, examinando o pescoço dele.

– O que é isso? – disse por fim, as palavras tingidas de hostilidade.

– O quê?

– No seu pescoço. – Jack apontou para a tatuagem verde que espiralava desde o ombro até atrás da orelha.

– É da seiva de Gremmen – disse Davey, com orgulho. – Salvou a minha vida.

– *Ele* tinha essa marca – Jack disse, os olhos indecifráveis.

– Quem?

– O velho David.

As palavras atingiram Davey como uma sentença de morte. Jack estava falando sobre o futuro Davey. Eles o tinham encontrado em 2008 durante a batalha com Rouland – a batalha que levara à morte a mãe de Jack. O Velho David se aliara a Rouland, cheio de ódio e amargura. Davey esfregou a marca no pescoço.

– Isso não quer dizer nada! – disse na defensiva. – Ainda sou eu!

Jack não respondeu. Seus olhos estavam frios, desconfiados.

– É sério, Jack! Eu estava morrendo. Hardacre, o capitão de um navio de reinos, ele salvou a minha vida com seu sangue. A marca é só seiva de Gremmen! Foi assim que eu a consegui. Não mudei em nada. É uma marca, só isso.

Jack permaneceu em silêncio, seu rosto cheio de incerteza, enquanto soltava a camisa de Davey.

À distância algo explodiu, relembrando Davey do fogo.

– Não liga pra isso! – ele disse. – As Paladinas estão aqui, e eu provoquei uma pequena distração. – Davey olhou por sobre o ombro para as chamas. – Que pode ter saído um pouco do controle. Falamos disso depois! Precisamos chegar ao *Órion*, agora!

– O *Órion*? – Jack perguntou.

– Um navio de reinos. Você quer impedir Rouland de voltar, não quer?

De repente Hilda prestou atenção em Davey pela primeira vez.

– Sim! – ela disse.

– Bem, precisamos achar Durendal antes das Paladinas. Podemos detê-lo para sempre!

– Vá na frente – disse Hilda, passando por Jack.

Davey olhou para Jack. Ele tinha um pressentimento terrível, bem lá no fundo, de que as coisas tinham mudado entre eles, e que podiam nunca mais ser como antes. Com pesar, virou as costas para o seu futuro neto e tomou a frente para o *Órion*.

25

DENTRO DA NUVEM

O ódio consumiu Eloise, puro, rubro e primitivo. O corpo inerte de Francesca jazia numa poça de sangue aos pés da Paladina assassina. A Capitã De Vienne gargalhou enquanto esperava o ataque inevitável.

Eloise investiu, atacando a Capitã com uma fúria animalesca. A outra reagiu com rapidez, bloqueado o assalto selvagem. Eloise urrou por sobre o retinir das espadas, um grito gutural e sem palavras. Elas se moviam como uma só pessoa, antecipando os movimentos uma da outra. Seus braços tornaram-se borrões enquanto lutavam, movendo-se pelas docas.

– Você vai me dizer onde o garoto Morrow está escondido! – a Capitã De Vienne gritou.

– Vou matar você! – vociferou Eloise.

A Capitã deu um salto, forçando Eloise a recuar. Ela sentiu o casco frio de metal do *Órion* contra as costas e a espada da Paladina zunir na direção da sua cabeça. Rolou de lado, escapando por pouco da lâmina mortal. Em vez disso, a espada atingiu o navio, cortando os canos embutidos logo abaixo do casco. Vapor escapou do talho, enevoando a plataforma. De repente Eloise e a Capitã De Vienne estavam sozinhas em meio à nuvem, tudo à sua volta ocultado pela parede branca.

Eloise correu para a Capitã das Paladinas, sua necessidade de vingança sobrepondo-se a tudo mais. Quase imediatamente ela soube que tinha sido um erro. Sua oponente aparou o golpe, rolou para o lado e ficou atrás dela. Sentiu a lâmina ser enterrada nas suas costas quando girou o corpo.

Idiota, recriminou a si mesma. Não devia ter deixado a raiva anuviar seus pensamentos. Recuou para dentro da neblina, tentando acalmar a mente.

– Eloise! – A voz parecia distante, abafada pelo vapor. Pertencia a Hardacre. Ela não deu atenção. Tinha que ignorar a dor nas costas e se concentrar na Paladina. Tinha que acabar logo com aquilo.

– Você perdeu! – a Capitã De Vienne estava em cima dela, erguendo a espada sobre Eloise.

A dor nas costas crescia, estendendo-se até os ombros. A visão de Eloise entrava e saía de foco e o rosto da Capitã De Vienne parecia flutuar como um fantasma. Sua espada tinha sumido, perdida na névoa, e Eloise sentiu sua própria energia vital se esvaindo.

Ouviu a espada girando na sua direção e se moveu sem pensar, surpreendendo-se com a própria agilidade latente. Onde estava a Paladina agora? Tinha perdido a Capitã de vista. Eloise rolou para a esquerda, arriscando, esperando que isso a distanciasse da adversária. Sentiu algo frio sob a perna e estendeu a mão para pegar, agarrando o cabo da sua espada. No mesmo instante a Capitã De Vienne se lançou sobre ela, perfurando o braço de Eloise.

A Capitã das Paladinas riu, os dentes faiscando como os de um lobo. Então uma expressão intrigada cruzou seu semblante, e ela olhou para baixo: a espada de Eloise estava cravada em seu peito.

– Vai ter que melhorar! – a Capitã disse com um sorriso, mas Eloise ouviu a dor reprimida na voz dela. Aproveitou a chance e puxou a espada, preparando-a para o próximo golpe. A Capitã o previu e recuou, arrancando a própria espada do braço de Eloise.

A dor percorreu o corpo de Eloise e por um momento ela mal conseguiu ficar de pé. Abriu os olhos, focando-os, e viu a Paladina. A visão pareceu se congelar na sua frente, enquanto a espada da oponente desceu girando em direção à sua garganta. Eloise deu um salto, por pouco escapando do golpe. A espada raspou a lateral do seu pescoço. Mas a Capitã tinha dado um impulso maior do que o necessário e começou a cair em cima de Eloise.

Naquele momento o rosto jovem de Cayden veio à sua mente.

– Você matou meu marido! – Eloise gritou.

A Capitã De Vienne escarneceu dela, aprumando-se enquanto se preparava para o próximo ataque.

– Somos Paladinas! Servimos apenas a Rouland! Amamos apenas a Rouland! Nada mais interessa! – Ela arremeteu a espada outra vez, o mecanismo raivoso girando ruidosamente.

Eloise revidou, e sua espada encontrou o alvo: a única coisa que ela tinha certeza de que liquidaria a Paladina. O corpo decapitado da Capitã De Vienne bateu no chão com força e uma calma baixou sobre Eloise. Ela sentiu um remorso desagradável pela sua antiga irmã, finalmente em paz depois de tantas décadas de ódio.

– Você estava errada – disse Eloise. – Você sempre esteve errada. Há muito mais que interessa.

– Ali está ele: o *Órion*! – Davey disse com empolgação, enquanto levava Jack e Hilda para um dos estranhos navios de reino. Ele ergueu uma mão em advertência, reduzindo o passo. – Tem alguém ali.

– Onde? – Jack não via mais nada com a nuvem de vapor que encobria parte da plataforma. Então ouviu os sons da batalha ao longe, espada contra espada. – São as Paladinas?

Davey fez uma cara de desagrado, então agachou atrás de uma pilha de engradados, ziguezagueando entre eles para chegar mais perto do navio. Jack se manteve nos calcanhares de Davey. Virou-se para checar onde Hilda estava. Ela parecia longe, distraída, seguindo Jack às cegas. Ele sentiu pena dela.

– Parece que é Hardacre – disse Davey baixinho. Por um breve instante, Jack divisou a figura de um homem na névoa, então ele desapareceu dentro dela.

– Quem é Hardacre? – Jack perguntou.

– O Capitão Jonah Hardacre. O *Órion* é o navio dele. – Davey sorriu com entusiasmo e Jack percebeu quanto sentira falta daquele sorriso idiota.

Davey disparou na frente, e Jack e Hilda o seguiram para dentro da nuvem. Em segundos eles se viram envoltos pela névoa. Mesmo o gigantesco navio sumira de vista. Avançavam lentamente, sem saber o que havia à sua frente.

– Ali! – Jack sussurrou para Davey, apontando para uma forma indefinida adiante. – Tem alguém ali.

Eloise apareceu da nuvem que se dissipava e veio mancando na direção deles. Trazia nos braços o corpo de uma mulher idosa. Atrás dela, outra figura surgiu, um homem magro, o rosto emoldurado por uma juba desgrenhada.

Jack correu até eles, aliviado ao ver Eloise de novo. Naquele instante sentiu os pés afundando e olhou para baixo, para perceber que todo o píer tinha se inclinado para um lado. As vigas que o sustentavam rangiam. Entre as placas de metal, viu as chamas lambendo a plataforma, corroendo sua estrutura.

O rugido do fogo se espalhou pelo ar quando o píer começou a desmoronar.

– Por aqui! – chamou o Capitão Hardacre, indicando para Jack e os outros a rampa de acesso do *Órion*. O chão sob seus pés estava ruindo, mergulhando no grande vazio mais abaixo. Fogo tomava seu lugar, estendendo suas garras para devorar o que restara do píer. Jack correu na direção do estranho, Davey e Eloise à sua frente. Ele pegou a mão de Hilda e arrastou-a junto, para a rampa do navio de reinos.

Jack se sentia enjoado enquanto via a rampa de acesso do *Órion* cada vez mais perto. A visão infernal do fogo consumindo o píer desapareceu.

– Davey! – Hardacre gritou, correndo para as entranhas do navio. – Preciso de você na cabine de comando, agora!

Davey correu atrás dele. Eloise depositou no chão o corpo que carregava, tocando seu rosto com ternura. Jack se aproximou cauteloso, querendo ajudar a amiga, mas sem saber o que fazer.

– O nome dela era Francesca Carhoop – Eloise disse baixinho. – Eu a conhecia havia um século. Era uma amiga querida, talvez minha única amiga.

Jack pousou uma mão no ombro de Eloise.

– Você ainda tem amigos – conseguiu dizer. Eloise pôs a mão na de Jack, escondendo o rosto. Ele tinha certeza de que ela estava chorando.

– Eu gostaria de ficar sozinha agora – ela disse, endireitando as costas.

Jack assentiu, voltando para perto de Hilda.

– Vamos. – Ele pegou a mão dela outra vez e a levou dali.

Seguiu seus sentidos, apurando os ouvidos e guiando-se pelo som indistinto de vozes, até chegarem ao topo do navio. Quando alcançaram a cabine de comando, o navio já estava partindo, os motores rocando enquanto o *Órion* se afastava do ancoradouro. Como o resto do navio, a cabine era funcional, com painéis fixos à parede que deixavam exposta uma variedade de canos, mas ali algum esforço tinha sido feito para isolar o ambiente do barulho. As paredes curvas estavam cobertas em alguns pontos por algo que parecia um carpete com um desenho apagado, bem preso às vigas de metal. Jack supôs que era ali que o capitão passava a maior parte do tempo e se dava ao luxo de alguns confortos. Havia quatro assentos dispostos em meia-lua, voltados para a parede de vidro em formato de bolha que oferecia uma visão ampla do porto lá fora. Hardacre e Davey estavam sentados diante de um console com interruptores e mostradores.

Hardacre dizia a Davey:

– Podemos fazer algo para apagar aquele fogo lá fora? O *Órion* está parado aqui há semanas. Os tanques de água precisam ser esvaziados de qualquer maneira.

Davey ligou um interruptor e eles ouviram uma forte vibração. Jack olhou por uma das janelinhas. O pior do incêndio já tinha passado, mas ele ainda rugia, devorando qualquer coisa em seu caminho. Enquanto Jack assistia, o navio deu um mergulho na direção da plataforma, então subiu. Um jato de água saiu de algum lugar embaixo dele e jorrou sobre as chamas. Uma coluna de fumaça acinzentada espiralou até a janela, revestindo-a de uma camada de cinzas molhadas que obstruiu a visão de Jack.

Eloise apareceu atrás de Jack e Hilda, o rosto imundo congelado numa expressão grave.

O Capitão Hardacre virou-se e a viu subindo para a cabine.

– A morte de Francesca é uma pena, eu sinto muito. Mas fizemos um acordo. Eu estou com o *Órion* e estamos a caminho. Cumpri a minha parte. Agora é a sua vez. Se temos uma esperança de encontrar Niflheim, vou precisar ver o livro de Hafgan.

Eloise limpou o rosto e disse:

– Eu trouxe você até aqui sob falso pretexto. Não estou com o livro. – Ela ergueu os olhos e olhou para Jack pela primeira vez, seus olhos escuros à deriva num mar de lágrimas sem esperança. – Você está com ele, Jack?

Jack deu um passo à frente, assentindo.

– Sim. Por que ele o quer?

– Para encontrar uma forma de chegar a Niflheim, onde Durendal supostamente está – disse Davey, adiantando-se antes que Eloise ou Hardacre pudessem responder.

Jack hesitou. Ele protegia aquele livro desde que ele e Davey o haviam trazido de volta de 1813. A ideia de entregá-lo a um estranho o enchia de apreensão. Mas quando ele olhou para Eloise, sentiu-se mais confiante e deu o livro ao capitão.

Hardacre o segurou com as duas mãos, como se ele fosse feito de vidro. Seu rosto se transformou enquanto ele o examinava, as sobrancelhas finas se ergueram, a admiração substituindo a severidade.

– É o verdadeiro? É mesmo o livro de Hafgan?

– Acredito que seja – Eloise respondeu. – Mas me diga você.

Hardacre acendeu uma lâmpada suspensa e inclinou-se para olhar mais de perto a capa do livro. Estudou-a por vários e longos minutos, revirando o livro nas mãos, examinando as letras em relevo. Por fim, disse:

– O couro é de fato antigo e as inscrições também parecem ser. Mas tudo isso pode ser forjado com facilidade, é claro. Diga, como você o encontrou?

– Eu o roubei – disse Davey, orgulhoso. – Fui para 1813 por uma Necrovia.

Hardacre olhou desconfiado para Davey.

– Mentira.

– É verdade – confirmou Eloise.

– É claro que é verdade. Eu não minto! – protestou Davey. – Eu o peguei de Jane McBride e o trouxe de volta para 1940.

– E Jack trouxe *você* de volta – Eloise repreendeu.

– É verdade – Davey reconheceu, sorrindo para Jack.

Hardacre assoviou.

– Jane McBride. O livro de Hafgan. Vocês estão cercados de lendas. – Ele soltou uma risada maravilhada, esquecido dos companheiros, e abriu o livro, inspecionando cada nova página com um respeito crescente. – Quando foram me buscar na prisão, pensei que estivessem mentindo – disse, finalmente. – Fiquei feliz por me ver livre e poder voltar ao meu *Órion*. Nunca pensei que realmente tivessem esse livro. Vejo agora que estava enganado. Fantástico! – O capitão olhava as páginas atentamente. – Foi escrito em luidiano, uma das línguas antigas do Outro Mundo.

– Acha que consegue ler? – Davey fungou, apoiando os pés no console.

Hardacre fez uma cara feia para Davey, até que o rapaz se sentasse direito.

– É semelhante à escrita nórdica antiga e à gaélica. Não é de forma alguma uma língua morta.

Davey espiou o texto confuso.

– Isso é um não?

Hardacre abriu um sorrisinho.

– Consigo ler até que bem! Mas vai levar um tempo para interpretar.

– Um tempo? Quanto?

Hardacre fechou o livro.

– Se continuar a interromper meu raciocínio vai levar uma eternidade, pode ter certeza!

Davey se fingiu de ofendido e se levantou do assento.

– E saiam da minha cabine! – Hardacre rosnou. – Todos vocês!

– Consigo pilotar essa coisa melhor que você! – Davey protestou.

– Cai fora, garoto!

– É uma chatice mesmo... – Davey grunhiu enquanto saía, seguido por Jack, Eloise e Hilda. – Vamos ver se a cozinha tem alguma coisa que dê pra comer.

Enquanto saíam da cabine, Jack ouviu o Capitão Hardacre gritar:

– Vou nos tirar do Porto de Newton e nos levar ao Ínterim. Vamos esperar lá até que eu possa traçar nossa rota.

Davey sorriu para Jack e segurou-se numa viga exposta.

– Ah, você não vai gostar nem um pouco.

– Gostar de quê? – Jack perguntou. – E o que é o Ínterim?

Davey não respondeu. Os motores do navio começaram a roncar mais alto e o casco vibrou ruidosamente. Jack sentiu o deque sob seus pés oscilar, movendo-se até ficar bem inclinado, e todos se desequilibraram. Tiveram uma sensação desconfortável nas pernas, como se elas estivessem sendo separadas do corpo. Seu rosto ficou frio e a vertigem tomou conta dele. Pela expressão no rosto de Davey e Hilda, Jack percebeu que eles sentiam o mesmo.

Sua visão se toldou, a garganta ficou seca. Sentiu como se seu crânio fosse pequeno demais para o seu cérebro. Conseguiu erguer a cabeça e olhar pela janela da cabine. Eles pareciam estar muito distantes, no final de um longo túnel metálico, enquanto o porto lá fora era destroçado.

26

NO ÍNTERIM

Quase tão rápido quanto começou, o desconforto passou. Quando os olhos marejados de Jack recuperaram o foco, o rosto sorridente de Davey surgiu na sua frente.

– É bom, não é? – O seu futuro avô deu uma risada.

– Na verdade, não.

Hilda estava espanando a roupa e arrumando o vestido.

– A primeira vez é sempre a pior – ela disse.

Jack desceu cambaleante o corredor que levava à cabine de comando e olhou pelas janelas: o porto tinha desaparecido. No seu lugar havia um mar de vermelhidão, cheio de linhas sinuosas, em redemoinho, como as correntes de um lago.

– Este é o Ínterim – disse Hardacre, olhando por sobre o ombro de Jack. – É lindo.

O movimento vermelho tinha um caráter hipnótico, mas fazia Jack se sentir inquieto, temeroso, como se estivesse vivo e encarando-o de volta. A cabeça dele começou a girar.

– Não fique olhando muito, Jack – disse Davey, puxando o braço dele. – Não até se acostumar.

Jack pôs as mãos sobre o estômago, inspirou o ar frio e esperou que a sensação de enjoo passasse. Hilda o encarou, a expressão sem vida. Então, para a surpresa dele, ela lhe ofereceu a mão. Jack a segurou, tentando se estabilizar.

– Melhor? – ela perguntou por fim.

Jack assentiu e notou as tênues tatuagens verdes na pele do Capitão Hardacre, as mesmas do pescoço de Davey. Elas o lembravam muito o Velho Davey. Ele sabia que era irracional, mas não conseguia se livrar daquelas lembranças tenebrosas de traição. Um dia, pensou, Davey seguiria aquele caminho destrutivo. Ele olhou para o seu jovem avô; parecia alegre como sempre, o mesmo de quando se conheceram. Mas Jack sabia que os poderes mentais de Davey estavam aflorando – ele vira a primeira prova disso na batalha na Catedral de São Paulo, os primeiros passos trôpegos no caminho que o levaria a se tornar um Manipulador.

– O que está olhando? – Davey perguntou.

Jack forçou um sorriso e desviou o olhar, ainda se sentindo meio aéreo.

– Vamos lá! – disse Davey. – Essa vista não está fazendo bem nenhum a você. – Ele os conduziu para fora da cabine, até o refeitório do navio, mal escondendo sua impaciência diante dos passos lentos de Jack. O cômodo era apertado e funcional, atravancado por uma mesa retangular com banquinhos fixos ao chão. Havia uma cozinha estreita atrás da velha mesa. Hilda levou Jack até um dos bancos, enquanto Davey espiava por uma das escotilhas.

– Não é lá muito agradável, não é? – Hilda sussurrou.

– Lá fora?

Ela assentiu.

– O Ínterim. É a passagem entre os reinos. Ninguém gosta, não de fato. Dizem que você se acostuma, mas não acho que seja verdade. Eu nunca me acostumei. – Hilda deu de ombros.

Jack fitou Davey, olhando pela janela.

– Vamos ficar aqui por muito tempo?

– Não – ele respondeu sem se voltar. – Hardacre não vai querer se demorar muito por aqui.

– Por que não?

Davey deu um passo na direção de Jack, com um sorriso travesso nos lábios.

– Pode apostar que há coisas lá fora. – Ele gesticulou para a janela. – Coisas bizarras!

– Bobagem! – Hilda resmungou. – Você fala cada bobagem!

– É sério! – Davey protestou. – Pergunte a Hardacre, ele vai confirmar! De qualquer maneira, você não sabe nada sobre mim!

Hilda revirou os olhos.

– Eu sei quem você é, Davey. Você é o avô de Jack.

– Isso é verdade – disse Davey, piscando para Jack. – Já rodei muito por aí. Sei de uma coisa ou outra. E já estive em alguns desses navios de reinos e tudo o mais, não só como passageiro; eu ajudei a pilotar essas coisas! Sei do que estou falando.

– Assim como eu. – Hilda sorriu.

Davey hesitou, então descartou as palavras de Hilda com um dar de ombros.

– Você não sabe o que tem lá fora.

– *Eu sei* – insistiu Eloise, entrando na cozinha – e não há muito que temer.

Jack ficou feliz em vê-la. Ele mal falara com ela desde seu retorno a 1940, já que as coisas tinham acontecido muito rápido. Esperava que agora tivessem tempo para descansar, se recompor, conversar. Olhou à sua volta e se deu conta do quanto todos eles tinham enfrentado.

Eloise perdera uma velha amiga. Jack se perguntou quanto Francesca significara para ela, quantas coisas tinham enfrentado juntas.

Aparentemente, Hilda parecia a mais afetada; depois de ter presenciado a execução da sua família, não era muito difícil imaginar por quê. Levaria anos para que aprendesse a conviver com aquelas imagens.

E então Jack pensou em si mesmo e ficou chocado ao perceber que só haviam se passado alguns dias desde que vira a mãe morrer. Era estranho pensar nisso com essas palavras. Afinal de contas, ele convivia com a morte da mãe desde os 7 anos. Quando descobrira que era um Viajante e conhecera as Necrovias, tinha retornado àquela época e tentado mudar o destino dela. Mas não tinha mudado nada. Ao fitar os companheiros, sentiu-se frio e pequeno.

– Vazio! – Davey exclamou. – Nada pra comer! – Bateu a porta do armário e juntou-se a Jack e Hilda à mesa. – Que belo navio de reinos!

– O que um navio de reinos faz, exatamente? – Jack perguntou.

Davey encarou-o com um sorriso.

– Tinha esquecido que você não sabe nada! Navios de reinos ligam nosso reino a todos os outros. Podemos ir e vir nesses navios. Mas não é fácil. E quase ninguém já esteve em Niflheim.

– Por que é um Reino Oculto?

– Olha só! – Davey riu. – Está começando a aprender. Que tal se eu levar você numa excursão pelo navio? Mostrar onde fica cada coisa?

Jack assentiu, então lembrou-se de Eloise ao lado dele.

– Eloise? Como você...?

– Pode ir – disse ela, lacônica.

Jack compreendeu seu desejo de ficar sozinha.

– Hilda? – chamou Jack. Ela ergueu os olhos lentamente, com um ar distante. – Venha com a gente.

Ela se pôs de pé e seguiu Jack e Davey obedientemente, sem dizer uma palavra.

Davey se deleitou com o papel de anfitrião e guia, mostrando a eles os três deques do *Órion*, apontando o armário das armas, as redes para dormir, os ganchos de escalada, o porão de carga e a estranhamente fascinante sala das máquinas, com sua variedade de peças rotativas que geravam alguma espécie de campo magnético.

Jack virou-se para Hilda, querendo compartilhar com ela a estranheza do lugar, mas a menina nem parecia notar. Via o mundo com o mesmo desinteresse que demonstrara desde que tinham voltado de 1813. No começo ele se sentiu frustrado, então se lembrou da terrível visão da sua família torturada e só sentiu culpa e vergonha.

– Você viaja em navios de reinos com frequência? – Jack perguntou, esperando distraí-la.

Hilda assentiu solenemente.

Viajava com o pai, Jack presumiu, sentindo-se tolo, então deixou o assunto de lado.

Passaram-se algumas horas antes de Hardacre finalmente aparecer na cozinha. O capitão tinha trocado seu uniforme cinza da prisão. Agora usava calças pretas enfiadas em botas de couro polido e um casaco vermelho longo que lhe dava a aparência de um grande general. Só o cabelo grisalho rebelde e os olhos penetrantes contestavam o ar de respeitabilidade. Na mão, tinha uma pistola de quatro canos que ele afagava e polia com admiração. Jack tinha cochilado, estendido no chão. Acordou com o som de vozes empolgadas à sua volta.

– É incrivelmente simples! – Hardacre dizia a Eloise, rindo.

Jack se apoiou num cotovelo, esfregando os olhos para espantar o sono.

– O quê? – Eloise perguntou.

– A solução de Hafgan! Você não está ouvindo?

– Para dizer a verdade, você não está falando coisa com coisa! – disse Davey, intrometendo-se na conversa.

Jack percebeu que Hilda estava sentada ao lado dele, com a cabeça apoiada nos joelhos. Ela sorriu quando ele olhou para ela. Havia bondade naqueles olhos, igual à sua lembrança dos olhos da mãe.

– Eles estavam certos! – Hardacre disse, balançando o livro antigo no ar. – Hafgan é um gênio. O texto é um diário dos seus experimentos e das suas viagens para os Reinos Ocultos, incluindo Niflheim. Ninguém mais esteve lá...

– Exceto Rouland – Eloise acrescentou.

– Exceto Rouland – concordou Hardacre. – E agora eu sei por quê.

– Frequência negativa – disse Hilda. Ela ainda estava sorrindo.

Hardacre parou, como se tivesse sido atingido no estômago, com uma expressão cômica de perplexidade no rosto.

– É... Frequência negativa. Como? Como você sabia?

– Que diabos é frequência negativa? – Davey perguntou, enquanto procurava um cigarro no bolso e o colocava na boca.

– Nada de cigarro no meu navio! – Hardacre gritou. O rosto de Davey se contorceu numa careta de irritação, depois de aborrecimento e finalmente resignação. Devolveu o cigarro ao bolso.

– Cada reino tem sua própria frequência, um ponto de ressonância – explicou Hilda. – Se você sabe a frequência do reino, pode viajar até ele. A maioria dos reinos para onde viajamos fica numa faixa estreita de frequências. Alguns têm uma frequência mais alta e são mais difíceis de alcançar. Muitos ficam nesses intervalos de frequência mais altos. Mas alguns estão em frequências negativas.

– Como você pode saber tanto? – Davey murmurou.

– Meu pai.

Hardacre afagou a barba pontuda e fitou Hilda, aturdido.

– Ele era um capitão de navio de reinos?

Hilda negou com a cabeça.

– Era cientista e engenheiro, como Hafgan.

Eloise franziu a testa.

– Como Rouland.

– Não! – Hilda respondeu com raiva. – Não como Rouland. De jeito nenhum. Ele era um bom homem. Projetava motores de navios de reinos.

– E sabia viajar para os Reinos Ocultos? – Hardacre perguntou, impressionado.

– Era uma teoria. Ele sempre me contava sobre seu trabalho, mas nunca teve a chance de descobrir se estava certo.

– Acho que estava. Hafgan usou frequências negativas para viajar para Niflheim, e nós podemos fazer o mesmo.

– Então vamos sem demora! – exclamou Eloise. – Se as Paladinas chegarem lá primeiro, se encontrarem a espada, estamos perdidos.

– Tenho que estudar um pouco mais, antes disso – Hardacre respondeu, levantando o livro. – Há muito que aprender aqui.

– Quando estivermos com a espada você poderá estudar. Se sabe como chegar a Niflheim então devemos ir imediatamente. Eu insisto.

Davey suprimiu uma risada, cruzando olhares com Jack.

– Bem – Hardacre disse por fim –, se você insiste...

– Insisto.

– Então eu não posso recusar, posso?

– Não seria sensato. – O mais discreto dos sorrisos faiscou no rosto de Eloise.

Hardacre notou e deu uma risada.

– Você é uma mulher formidável. – Ele fez uma leve mesura. – Cuidarei dos preparativos. Logo estaremos a caminho. – Ele girou nos calcanhares e estava prestes a sair da cozinha quando se dirigiu a Hilda. – Talvez possa vir comigo. Acho que poderia ajudar.

– Ela? – Davey disse, consternado.

O Capitão Hardacre riu calorosamente. Davey franziu a testa e fez cara feia.

Para a surpresa de Jack, Hilda seguiu o capitão até a cabine de comando. Jack riu enquanto ela saía. Viu que Hilda estava sorrindo também e seu coração se alegrou.

Davey sentou-se sobre a mesa, apoiando os pés numa cadeira, e pegou o cigarro outra vez, assumindo uma postura casual forçada.

– E aí? Qual é a história dela?

– Hilda?

– Não, a Rainha de Sabá! – Davey disse com sarcasmo.

Jack pensou por um momento, perguntando-se por onde começar.

— Você já sabe a maior parte. Ela é uma Artífice do Tempo de 1813. Rouland a enviou para nos encontrar, para encontrar aquele livro.

— Ela está a serviço de Rouland? — perguntou Eloise, tensa.

— Não, não — tranquilizou-a Jack. — Rouland a obrigou, ameaçou matar a família dela se ela não fizesse isso. Voltamos juntos, para 1813, mas a família dela já tinha sido assassinada.

Eloise transferiu o peso do corpo, desconfortável.

— Você viu Rouland?

Jack encolheu os ombros.

— Ele não me viu. — A imagem ofuscante de Rouland gritando voltou à sua mente.

— Você não consegue ficar seguro quando está sozinho, Jack! — Davey riu. — Fique perto de mim no futuro.

Jack evitou seus olhos sorridentes. O futuro Davey o enchia de horror. Ele se voltou para Eloise, tentando mudar de assunto.

— Você tem um plano? Para quando chegarmos a Niflheim, digo.

— Francesca me disse que Niflheim é uma terra devastada de gelo e escuridão. Há três rios congelados que deságuam numa cachoeira. A espada está enterrada no gelo, no alto dessa cachoeira.

Jack suspirou.

— Por que não pode ser fácil, pelo menos uma vez?

— Se fosse fácil — Eloise respondeu —, já teria sido encontrada e devolvida a uma hora dessa.

Davey acendeu o cigarro e perguntou:

— Mas como vamos encontrar a cachoeira?

— Essa espada é como a minha — explicou Eloise, dando um tapinha na sua arma. — Vou conseguir senti-la.

— As Paladinas também vão — acrescentou Davey.

Eloise assentiu.

— Vamos torcer para chegarmos lá primeiro.

As paredes metálicas rangeram quando os motores aceleraram. O navio gemeu, como se protestasse.

A voz metálica de Hardacre saiu pelo alto-falante pendurado na parede.

– Segurem firme. Vamos pisar no acelerador.

Os motores começaram a vibrar outra vez, e o resto do navio uniu-se a eles, na mesma vibração. Lá fora, o mundo em vermelho piscou por um segundo, tornando-se branco, então os sentidos de Jack gritaram.

O interior do navio lampejou com um brilho azul ofuscante ao desaparecer do Ínterim.

27

À DERIVA COM A VIÚVA

Os ombros de Dominica ficaram tensos quando ela entrou no cubículo. Já se acostumara à aparência, à visão repulsiva oculta sob os véus de renda, mas o cheiro sempre a pegava de surpresa.

Amaldiçoou a Capitã Paladina por dar essa missão a ela. Compreendia sua importância, mas sabia a verdadeira razão que levara De Vienne a escolhê-la. Não era por que Dominica parecia a que mais se ajustava à tarefa, a mais capaz de completar a missão — mesmo que ela própria duvidasse que qualquer uma de suas irmãs pudesse chegar tão longe. Não — a Capitã De Vienne a queria fora do caminho.

— Um dia vou pegar você, De Vienne — praguejou Dominica entredentes.

— É você, meu mestre? — A voz era frágil e envelhecida. Vinha de dentro do quarto, de algum lugar perto da cama. Dominica endireitou as costas e se recordou de onde estava. Entrou no cômodo, fechando a porta atrás de si.

— Não, Milady. É a sua serva, Dominica. — Ela deu um passo à frente e fez uma reverência para a criatura rançosa sentada na cadeira ao lado da cama vazia. — Perdoe-me, eu não sabia que estava acordada.

— Ainda sou capaz de me vestir, menina. — Por trás da voz rouca ainda havia vigor, apesar da idade. Uma mão ossuda saiu de dentro do vestido e puxou o véu que cobria o rosto.

Dominica reprimiu um arquejo. Ela estava errada; nunca se acostumaria. A pele esticada, branca e translúcida, cobria o rosto um dia belo com veias escuras, fazendo-o parecer embalsamado. Os olhos eram esbugalhados, nada mais que osso coberto de pele com pálpebras recuadas, que deixavam os globos oculares, secos e injetados, quase completamente expostos. As pupilas nada mais eram que minúsculos pontos vermelhos imperceptíveis. Havia restado pouco dos seus cabelos cor de fogo; só algumas mechas secas e grisalhas, como galhinhos quebrados no inverno. Sua boca de lábios finos estava rachada e ferida, os cantos vermelhos como uma ferida aberta.

As terríveis pupilas vermelhas ficaram visíveis quando uma mão nodosa se ergueu e acenou para que ela se aproximasse.

– Por que você está aqui? – perguntou a Viúva.

– Milady – Dominica começou hesitante –, estamos perdidas no Ínterim, à deriva. Nosso piloto é...

– Onde estou? Diga-me já! – a Viúva interrompeu.

Dominica amaldiçoou-se pelo erro. Não era bom sobrecarregar a Viúva com muita informação. Ela já tentara explicar a situação muitas vezes. Contara sobre sua viagem de Ealdwyc a bordo do navio de reinos de Rouland, explicara que tinham ido muito longe, que tentaram e não conseguiram encontrar Niflheim. Dominica percebeu que era um erro falar a ela sobre seus fracassos, sobre os motores avariados, sobre o suprimento de energia quase esgotado. Tinha que ser simples.

– Milady, estamos a bordo do *Veillantif*. Nós...

– Do *Veillantif*?

– É o navio de reinos do nosso Mestre Rouland – explicou Dominica. Praguejou em pensamento. Era a mesma conversa toda vez que entrava na câmara da Viúva, a mesma discussão que não levava a lugar nenhum.

– Rouland! – a Viúva exclamou, deixando os olhos vagarem pelo quarto. – Onde está o meu belo Rouland?

— Está perdido, Milady. É por isso que...

— Perdido? — A Viúva se agitou. — Como pode estar perdido? Preciso ver seu belo rosto outra vez!

— Milady, estamos à procura de sua espada, Durendal, para poder revivê-lo. Ele...

— Durendal... — a Viúva repetiu, pensativa. — Sim, Durendal. Estou me lembrando agora. Sim, sim, eu me lembro. A espada.

— Sim — Dominica disse pacientemente —, a espada.

— Rouland a odiava, sabe? Ele odiava a espada. Ela tem vida. Precisamos deixá-la escondida, em Niflheim.

— Sim, exatamente! — Dominica disse, aproveitando o momento de lucidez. — A senhora sabe o caminho para Niflheim, não sabe?

A Viúva interrompeu seus olhares dementes e desfocados. Seus olhos pareceram brilhar, lúcidos outra vez.

— Sim, claro que sei. Rouland me confiou muitos segredos. Eu fui sua última Paladina, sabe? A melhor. Ele não conseguia viver sem mim. Traí a morte para estar ao lado dele, para sempre.

— Eu sei — Dominica disse, ficando impaciente.

— Ele precisa de mim, sabe? Eu sei de muitas coisas. Coisas sobre o futuro, coisas que até Rouland desconhece.

Era bem verdade, Dominica admitiu para si mesma, que a Viúva tinha vislumbres do que estava correnteza acima. Mas suas revelações eram confusas e incompletas, às vezes tão úteis quanto as de uma vidente num parque de diversões. Mas ela avisara Rouland sobre o menino de correnteza acima, sobre sua chegada em 1940. Profetizara que ele viria. Ainda assim, aquele aviso não tinha sido de muita ajuda. O Mestre Rouland fora derrotado.

A Viúva levantou a mão ossuda, como se tentasse alcançar algo à sua frente.

— Conheci um menino, há muito tempo. Ele tentou me matar, mas eu o impedi. Eu invadi os recônditos da sua mente, vi o futuro, muitas coisas, muitos mistérios. Foi uma grande dádiva. Aprendi tanto naquele momento... Tudo era tão claro na época, tão claro! Agora – ela deixou cair a mão –, minhas lembranças são fugidias.

– Sim, eu sei, Milady. Mas suas irmãs acreditam na senhora. Precisamos do conhecimento oculto em sua mente. Conte-me sobre Durendal.

– Durendal? – a Viúva disse, numa vozinha fraca. – Você quer saber?

– Sim!

– Só contei a uma única pessoa sobre Durendal. Foi para você?

– Conte-me, Milady. Conte-me sobre Durendal.

– Você é Francesca?

A Viúva já dissera aquele nome. Dominica não sabia a quem pertencia.

– Você não é ela. Francesca era minha amiga. Conversávamos sempre. Que menina encantadora! – A voz da Viúva tornou-se um sussurro entrecortado, quase inaudível. – Eu contei a ela sobre Durendal. – Ela cobriu a boca seca com a mão, como se tivesse falado demais.

– Eu sou sua amiga agora – disse Dominica, forçando um sorriso. – Pode me contar.

A Viúva fez uma careta.

– Eu não conheço você. Você não é minha amiga. Mande chamar a criada, a menina Francesca. Ela pode me servir, não você! Onde ela está? Parece que há anos não a vejo. – A Viúva ficou agitada, sua voz se elevando até o tom mais alto que sua fragilidade permitia. – Quem é você? O que você fez com ela? Mande minha serva imediatamente!

Dominica suspirou. A Viúva estivera lúcida durante suas viagens pelo Ínterim, menos cautelosa com seus segredos, e Dominica tinha descoberto seu verdadeiro nome, conhecido apenas por Rouland. Ela engoliu em seco, incerta de que ousaria dizer em voz alta. Mas agora a estava perdendo outra vez. Não havia tempo para ter cautela.

– Jane McBride! – ela urgiu. – O Mestre Rouland ordena que você me auxilie.

— Jane... Mc... Bride... — As palavras deixaram seus lábios rachados uma sílaba de cada vez, enquanto a Viúva mergulhava num mar de lembranças. – Jane McBride. Sim, eu já fui essa mulher, há muito, muito tempo. Antes de morrer. Antes de Rouland prometer me reviver, fazer de mim uma Paladina melhor do que qualquer uma de vocês. Mas sua espada continha a melhor parte de mim, então nem mesmo a vontade de Rouland poderia me tornar completa outra vez. – Ela fincou as unhas no peito, com as mãos rígidas, cheia de autopiedade.

— Você *vai* me ajudar! – Dominica gritou com raiva.

A Viúva a fitou, confusa como uma criança.

— Quem é você? O que você quer?

— Meu nome é Dominica. Rouland ordena que você viaje para Niflheim. Você precisa me dar a frequência correta para nossa jornada até lá, ou ele estará perdido para sempre. Rouland estará verdadeiramente morto.

Finalmente a Viúva pareceu compreender a urgência da situação.

— Claro... claro. Rápido, arranje uma folha de papel, antes que eu comece a divagar outra vez.

Dominica pegou um caderno e um lápis na cômoda. Fechou a mão da Viúva em volta do lápis e segurou o caderno pela ponta.

— Niflheim – a Viúva sussurrou, exalando seu hálito fétido, e rabiscou algumas anotações no papel. Depois de vários minutos, soltou o lápis, exausta. – Dê isso ao piloto. Ele saberá o caminho. – Então recostou a cabeça no espaldar da cadeira e ficou encarando o teto.

— Obrigada, Milady – agradeceu Dominica reverente, lendo a sequência de números e equações, levemente visíveis no papel. – É uma importante tarefa essa que executou para nosso mestre. Ele será muito grato.

— Sim... sim – a Viúva respondeu, esgotada. – Rouland... Meu belo Rouland. Diga-me, menina, onde ele está? Onde está o meu belo Rouland? Ele virá me visitar esta noite?

Dominica fitou a criatura patética à sua frente. Cada fibra do seu corpo ansiava por varrer aquela abominação do mundo, erradicar seu rosto repulsivo para sempre. A beleza era a nova ordem, afinal. Mas não podia. Apesar de tudo, Rouland ainda se importava com ela. Seria culpa?, ela se perguntou.

– Descanse, Milady. Mestre Rouland estará com a senhora em breve.

O rosto descarnado da Viúva se transformou, os músculos fatigados fazendo o possível para reproduzir a memória de um sorriso.

Dominica pegou o papel e deixou a Viúva apodrecendo na prisão de sua mente.

28

NIFLHEIM

O mundo do lado de fora das janelas era uma escultura de gelo e neve. Formas moldadas pelo vento, enormes e bulbosas, saíam da névoa para arranhar o céu baixo. O *Órion* tecia seu caminho entre elas, abaixo delas, passando agilmente pelas formações sobrenaturais. Nesse momento uma lufada de neve soprou, obscurecendo parcialmente a visão de Jack.

— Bem-vindo a Niflheim. Adorável, não acha? — disse Davey com sarcasmo.

Jack respondeu:

— Achei lindo, de um jeito esquisito.

Davey se inclinou mais para perto, embaçando a janela com o seu hálito quente.

— Vocês não vão me arrastar lá para fora! Já olhou pela janela? Ninguém poderia viver lá fora! Vamos morrer congelados.

— Precisamos encontrar a espada — lembrou-os Eloise, do seu lugar à mesa.

— Certo, certo — respondeu Davey, num tom monótono.

A voz de Hardacre irrompeu do rádio, partindo da cabine de comando.

— Arpões!

Jack de repente ficou alerta, esperando algum tipo de ataque. Davey viu o medo nos olhos dele e riu.

– Tudo bem, Jack. São os arpões de ancoragem. O capitão precisa de nós para pousar essa coisa.

Jack assentiu, sem entender de verdade.

– Vamos – Davey passou o braço pelo pescoço dele. – Vou te mostrar.

Quando deixaram a cozinha, Eloise se levantou.

– Um navio de reinos desse tamanho tem pelo menos seis arpões de ancoragem. Vou procurar Hilda, acionaremos os arpões a estibordo.

– Ok – Davey gritou em resposta, enquanto levava Jack pelo corredor estreito que contornava o navio de reinos. Ele parou numa janelinha onde havia um instrumento parecido com um telescópio.

– Está vendo isso? – Davey começou a explicar. – Olhe através da lente e ajuste o alvo. Então, quando Hardacre der a ordem, aperte esses dois botões ao mesmo tempo. – Ele apontou para um par de interruptores escondidos embaixo do telescópio.

– E acontece o quê? – Jack perguntou.

Davey sorriu.

– Você vai ver.

Jack franziu a testa. Às vezes Davey o deixava profundamente irritado. Antes que pudesse reclamar, o rapaz estava correndo em direção à próxima janela do corredor. Depois de um instante, fez um sinal para Jack, virando o polegar para cima.

– Prepare-se.

Jack pressionou o rosto contra o visor. O mundo lá fora magnificou-se através do vidro. O centro estava marcado com uma mira em forma de cruz, mas ele não via nada em que mirar. Flocos de gelo semelhantes a vidro passaram voando por ele, entrando e saindo de nuvens de neve, como numa dança. Então o chão ficou visível: irregular, cheio de pedras cobertas de gelo, em meio à neblina. O chiado familiar do rádio de comunicação estalou com a voz de Hardacre.

– Agora!

Jack ouviu Davey disparar seu arpão, então correr até o final do corredor para disparar outro. O navio começou a se inclinar, puxado pelos cabos. Então ele sentiu as vibrações dos arpões do outro lado do navio, e o deque voltou a se nivelar.

– Anda, Jack! – Davey estava parado atrás do garoto, inclinado sobre seu ombro.

– Não estou vendo nada! – ele respondeu. Então, enquanto o navio se aproximava do chão, a névoa foi soprada para longe e uma faixa rochosa ficou visível. Jack apertou os botões e o arpão zuniu naquela direção. Ele viu a corda desenrolar-se embaixo da janela e desaparecer num turbilhão de névoa. A corda ficou tesa quando manivelas mecânicas começaram a recolhê-la, e o corpo do navio foi se aproximando mais e mais da rocha. O ritmo dos motores diminuiu, gemendo e rugindo até que o navio deixasse de se mover. – Aterrissamos? – Jack perguntou.

– Não, exatamente. – Davey correu pelo corredor outra vez e Jack o seguiu, ziguezagueando pelo navio, saltando através de pequenas portinholas, então descendo uma escada de mão para a escuridão do andar inferior. A voz de Davey o guiava, gritando instruções em parte ininteligíveis para que ele seguisse. Por fim, Jack atingiu o deque mais inferior do navio, de volta ao porão por onde tinham entrado.

Davey tinha colocado a cabeça para fora de uma das janelinhas que pontuavam cada lado da câmara.

– Ei, olhe! – gritou.

Jack viu um vapor frio sair pela boca de Davey e sentiu a temperatura cair, mesmo ali dentro. Apavorou-se ao imaginar como seria lá fora. Espiou pelo vidro da janela, coberto por uma camada de gelo: o navio parecia flutuar logo acima do chão, tracionando e balançando de leve as cordas.

– Estamos flutuando? – Jack perguntou, sua respiração embaçando a janela.

Hilda e Eloise apareceram ao lado dele, sem fôlego e cheias de expectativa.

– Os motores não param – Hilda explicou antes que Davey pudesse abrir a boca. – Só desaceleram o suficiente para que possamos nos aproximar do chão. As cordas impedem que o navio saia à deriva.

Davey encarou Hilda, sorrindo com surpresa e admiração.

– É... isso mesmo.

Hilda e Jack trocaram um sorriso. Davey viu e ficou ruborizado.

O Capitão Hardacre apareceu perto dali, esfregando as mãos com um pano oleoso.

– Se vocês querem sair lá fora, vão precisar vestir alguma coisa bem quente. – Ele acenou a cabeça na direção de uma parede cheia de armários. – Vou ficar aqui na cabine, para o caso de precisarmos sair daqui rápido. Além disso – deu um tapinha no bolso –, tenho uma leitura para fazer.

Davey correu para os armários, abrindo um de cada vez. Dentro havia equipamentos e roupas para todos os climas, incluindo casacos forrados de pele e com capuz. Jack chegou mais perto e tocou o tecido macio. Eram feitos de peles de animais, costuradas com pontos grossos. Pareciam rústicos e gastos, mas perfeitos para o clima inóspito lá fora.

– Podem ser um pouco grandes – disse Hardacre –, mas vão dar conta do serviço.

Dentro de poucos minutos eles estavam sob camadas de pele quentinha. Jack sentiu o suor escorrer pelo pescoço e se perguntou se tinha exagerado.

Eloise sorriu à estranha imagem de Jack, Davey e Hilda vestidos com peles.

– Pode rir! – Davey gritou através do capuz de pele. – Não me importo com a minha aparência desde que fique aquecido aqui dentro. Você vai ficar com uma aparência tão bizarra quanto nós.

Eloise balançou a cabeça, com um leve ar de superioridade.

— Não preciso usar isso: uma vantagem de ser uma Finada. Não sinto frio.

O Capitão Hardacre examinou Davey enquanto carregava sua arma.

— Já atirou antes?

Davey assentiu, sério.

Hardacre virou a arma na mão e a estendeu a Davey.

— Podem precisar disso lá fora.

Davey a pegou com relutância, sentindo seu peso.

— Mas eu a quero de volta! — exigiu Hardacre, apontando para a arma. — Cuide bem dela! Entendeu?

Davey deu um sorrisinho.

— Relaxe! Vai tê-la de volta.

Enquanto o Capitão Hardacre ensinava Davey a usar a pistola, Jack se virou para Eloise.

— Então, qual é o plano?

— Vocês me seguem — Eloise disse calmamente. — Vou levá-los até a espada.

— E depois?

— Vamos destruí-la.

— Parece bem fácil.

Eloise desviou o olhar, pesarosa.

— Rouland não teria escolhido Niflheim sem um bom motivo. Devemos estar prontos para enfrentar muitos perigos.

— O que você sabe sobre esse lugar? — perguntou Hilda.

— Lembranças vagas... Nada muito definido — hesitou Eloise, então disse: — Há criaturas nesse reino, criaturas das brumas.

Hilda franziu a testa.

— É tudo o que você sabe?

Eloise franziu os lábios.

— Precisamos ficar atentos.

— Desejo-lhes sorte! — Hardacre gritou ao puxar uma alavanca escondida na parede, fazendo a rampa de acesso baixar com um ruído de pistões. Uma lufada de ar gelado atingiu Jack no rosto e ele ficou instantaneamente satisfeito por estar vestindo um casaco pesado. O vento açoitou-os, frio e poderoso, e pareceu a Jack como um lamento, o uivo de uma fera perdida. O porão começou a se encher de névoa cinzenta e uma rajada de neve mudou a cor do chão de vermelho-ferrugem para rosa.

Eloise acenou para que a seguissem pela rampa. A cada passo Jack se sentia mais gelado, o vento insistente encontrando as menores brechas nas suas roupas e forçando entrada. À sua frente, seguia Eloise, então Davey, cada um se tornando uma forma cinza-azulada recortada na névoa cada vez mais densa. Atrás dele estava Hilda.

Quando saiu do *Órion*, o mundo à sua volta tornou-se vago, formado por silhuetas cinzentas toldadas pela neve e pela neblina. Sob o vento ele ouvia o barulho do gelo se entrechocando, arfando e gemendo contra qualquer coisa em seu caminho.

— Fiquem por perto! — Eloise gritou mais à frente.

Instintivamente, Jack estendeu a mão para Hilda. Quando ela não a pegou, ele se virou. A enorme silhueta escura do navio ainda estava visível, mas Hilda não estava em nenhum lugar à vista.

Jack girou o corpo rápido, apertando os olhos para enxergar melhor. A névoa em redemoinho parecia mais próxima agora, e Davey e os outros desapareceram do seu campo de visão. Mesmo o navio estava invisível agora. Ele deu alguns passos hesitantes para a frente, chamando os outros. Seus gritos foram abafados pela névoa turva e ele se sentiu isolado, completamente só.

O vento pareceu sussurrar meias palavras no seu ouvido e o coração de Jack martelou no peito; era como se o vento estivesse realmente falando com ele.

– Quem está aí? – Jack gritou. Não via nada além de névoa e gelo. O vento cessou subitamente, e as palavras indistintas em seus ouvidos diminuíram. Ele deu um passo para a frente e...

– Jack?

Ele enrijeceu. Era o vento ou alguém acabara de chamar seu nome? Ele sentiu um arrepio de terror subir pela sua espinha.

– Jack, me ajude!

Era *mesmo* uma voz! Tinha certeza dessa vez. Ele se virou, tentando encontrar quem tinha falado. Ouviu seu nome outra vez e correu na direção da voz, seus pés escorregando e deslizando no gelo. À sua frente estava uma silhueta na neblina, indefinida no começo, vindo na sua direção. A silhueta pareceu tomar forma, ficando mais distinta conforme se aproximava, até se tornar inconfundível.

Ali na neve, a poucos metros dele, estava sua mãe.

29

RACHADURAS

– Mãe? – Jack gaguejou. Tinha se esquecido do frio, de Hilda, de Davey e dos outros, tinha se esquecido da sua missão. Em vez disso, seu cérebro estava atordoado pela visão da mãe à sua frente. Ele sabia que era impossível, e ainda assim... – O que está fazendo aqui? – conseguiu dizer por fim.

A mãe sorriu.

– Jack, dê um abraço na sua mãe!

Apesar das dúvidas, Jack deu um passo à frente e se deixou envolver pelos braços da mãe. Sua mente se encheu de confusão e nostalgia.

– Mas como você...

– Shh. Só me abrace... – a mãe disse suavemente, puxando-o mais para perto. Os braços dela o seguravam com firmeza, envolvendo-o confortavelmente. Ela era exatamente como ele se lembrava: as mesmas roupas, as mesmas joias – ela estava até com o pingente que ele usava agora. Mas não havia calor e ela não tinha o cheiro certo. Onde estava o aroma único de cigarro misturado com perfume?

Jack sentiu uma onda de medo assaltá-lo. Tentou se afastar da sua mãe, mas ela o segurava com força.

– Mãe, me solte!

– Está tudo bem, Jack. – Sua voz era tão tranquilizadora, transmitia tanta confiança, que por um instante seus músculos relaxaram. Ele não precisava mais lutar; sua mãe estava ali, trazida dos mortos.

Minha mãe já morreu, ele pensou.

– Me solte! – Ele empurrou novamente, para se livrar do abraço da mãe, mas os braços dela só o estreitaram com mais força. O alívio breve que sentira ao vê-la evaporou, e em seu lugar surgiu um medo instintivo. Aquilo *não era* sua mãe.

Sua pele começou a formigar, e então a queimar enquanto seu calor era sugado. Aquela coisa estava roubando o calor do seu corpo, matando-o lentamente. Sua mente em desespero evocou a Rosa. Em segundos ela respondeu e encheu seus sentidos. Ele olhou para cima e a imagem da mãe se agitou e virou uma coluna de névoa azul. Ele sentiu sua malevolência, suas intenções repugnantes. A névoa estava viva, enganando-o com imagens da mãe morta, sugando-o para se alimentar do seu calor.

Jack sentiu a Rosa intensificar suas forças e desvencilhá-lo da névoa. A forma gasosa respondeu e começou a sufocá-lo. Seus pulmões estavam congelando, ele não conseguia respirar. Estendeu a mão com a força da Rosa, encontrando a mente obscura por trás da névoa, e atingiu-a, queimando-a com fagulhas de fogo. A névoa reagiu, recuando. Ar puro e frio encheu os pulmões desesperados de Jack. Ele assistiu, ofegante, trêmulo, a névoa soprar para longe e desaparecer de vista.

Jack sentiu que não estava sozinho. Esquadrinhou a neve e distinguiu mais criaturas da névoa. Com um sobressalto percebeu que estavam atacando seus companheiros. Correu até o mais próximo, derrapando nas pedras congeladas. Dentro da coluna azul de neblina agitada, ele viu Hilda.

– Pai, por favor, você está me machucando! – ela gritava.

Jack estendeu a mão para a mente da criatura. Havia pouca inteligência ali, apenas o instinto básico de sobrevivência, um anseio por calor. A Rosa se expandiu, incentivando-o. Poderia matar a névoa, percebeu. Mas não precisava. Tremendo, ele lutou contra o impulso, reprimindo a Rosa só o suficiente. Afundou na mente da névoa, causando dor para que ela recuasse. Ele se recompôs e ajudou Hilda a ficar de pé.

– Jack... Meu pai... Ele estava...

Jack balançou a cabeça.

– Aquilo não era o seu pai, Hilda. Era uma armadilha. Tenho que libertar os outros, mas preciso da sua ajuda.

Ele pegou a mão dela – a pele estava fria como gelo. Quase imediatamente sentiu sua influência calmante, agora familiar. Imaginou por um instante se Hilda não seria uma guardiã para a Rosa melhor do que ele. Parecia tão mais controlada...

– Concentre-se! – Hilda exigiu.

Jack piscou os olhos e viu mais criaturas da névoa. Contou duas delas: uma para Eloise e outra para Davey. Penetrou fundo nas duas mentes sem corpo e provocou uma dor violenta em ambas. Sentiu-as se encolherem e recuarem. Suas mentes eram facilmente amedrontadas, mas ele viu sua fome. Não desistiriam tão rápido de um prêmio valioso assim.

Davey andou na direção deles, confuso e atordoado.

– O que acabou de acontecer?

– Um truque – Jack disse, ainda trêmulo. – Há criaturas aqui, névoas que nos enganam. Eu vi minha mãe.

– E eu, o meu pai – Hilda disse, soluçante.

– O que você viu? – Jack perguntou.

Davey ficou sem jeito e pareceu desconfortável.

– O meu velho. Só que... mais gentil, amigável. Mas ele morreu faz anos.

– Tivemos sorte. – A voz trêmula era de Eloise. Ela saiu do meio da névoa, a mão apertando o punho da espada.

Jack sorriu aliviado quando ela se juntou a ele, Hilda e Davey no pequeno círculo.

– Aquelas coisas podem voltar logo – ele disse.

— A espada está próxima — disse Eloise. — Estamos sobre o rio congelado que vai nos levar até ela. — Virou-se sem hesitar e começou a seguir o rio.

— Espere! — Davey gritou. — O que você viu?

Eloise parou, a cabeça baixa, então se virou para Davey outra vez. Sua expressão sofrida não escondia sua confusão óbvia.

— Eu vi... — Eloise falou, balançou a cabeça, então recomeçou. — Eu vi meu marido.

— Seu marido?! — Davey exclamou. — Mas... Mas achei que você só tivesse o quê? Dezessete anos talvez?

— Eu tinha 16 no dia em que morri — Eloise disse amargamente. — Passaram-se muitos anos desde então.

Jack vacilou, surpreso com quão pouco sabia sobre Eloise e seu passado. Tinha tantas perguntas que queria fazer, mas viu os olhos dela marejados e reprimiu todas elas.

Davey, no entanto, não fez o mesmo.

— Você se casou *depois* de morrer? Nem sabia que era possível!

Eloise não disse nada, sua expressão tão fria quanto o gelo sob os pés de Jack.

Davey riu.

— Não acredito que você é casada!

A raiva cruzou as feições de Eloise e ela empurrou Davey com a mão, jogando-o de costas no chão.

— Eu *não* sou casada! Sou viúva. — Ela se virou e marchou neblina adentro.

Jack e Hilda ajudaram Davey a se levantar.

— Acho que você mereceu! — Hilda disse com raiva.

— É — Davey respondeu, esfregando a bochecha. — É, provavelmente.

Eles andaram por quase uma hora, seguindo os passos de Eloise pelo campo de gelo traiçoeiro. Ao longo do caminho enfrentaram mais dois ataques da névoa, um mais perturbador do que o outro. Só a conexão de Jack com a Rosa impediu que sucumbissem a essas criaturas, mas cada vez era mais exaustivo. Ele queria que essa viagem chegasse logo ao fim.

Jack estava se recuperando da terceira queda no gelo implacável, massageando uma coxa dolorida, quando viu de relance algo se movendo na névoa.

– O que era aquilo? – disse.

– O quê? – Davey perguntou.

– Não sei. Alguma coisa se moveu ali. – Jack apontou para a neblina espessa em turbilhão à frente deles.

– Outra névoa?

– Não, acho que era uma pessoa.

Eloise desembainhou a espada.

– Podemos não ser os primeiros a chegar aqui.

Davey empunhou a arma do Capitão Hardacre. Lentamente, todos recuaram formando um círculo, com as costas quase se tocando.

– A espada de Rouland está por perto – Eloise sussurrou. – As Paladinas podem estar aqui também.

Jack fitou a névoa hipnótica. Viu apenas gelo e pedras. Se havia mesmo alguma coisa, tinha parado de se mexer.

– Você não pode senti-las?

– Não sinto nada aqui, neste reino, só aquela espada terrível – explicou Eloise laconicamente. – Fiquem alertas, todos vocês.

O círculo começou a se desfazer quando eles se puseram em fila atrás de Eloise outra vez, mas havia uma nova tensão no ar agora, enquanto inspecionavam a bruma que espiralava.

Não tinham avançado muito quando Eloise estacou outra vez.

Davey parou ao lado dela e sussurrou:

– Está vendo alguma coisa?

– Chegamos.

– Onde? – perguntou Davey, soprando ar quente através dos furos nas luvas.

– A espada – Eloise disse amargamente.

Jack olhou em volta. O lugar era tão indistinto e nevoento quanto o resto do caminho. Então o vento soprou e a névoa se abriu, revelando uma parede de gelo que subia até o céu enevoado.

– Uma cachoeira congelada! – Hilda exclamou.

A vista era tão perturbadora quanto bela. A água tinha a forma de uma escultura de gelo em cascata, paralisada para sempre enquanto caía sobre as rochas. Estalactites e estalagmites espelhadas tinham se formado em cima e embaixo na cachoeira, como dentes gigantescos e brilhantes, prontos para abocanhar um alpinista desavisado. A cachoeira tinha formato de ferradura, cercando-os por três lados. Jack se sentia desconfortavelmente confinado diante daquela torre de gelo.

– Olhem! – Hilda apontou para o topo da cachoeira, em parte oculto pela perpétua bruma cinzenta. Era possível ver os contornos de uma espada enterrada no gelo.

– Durendal! – arquejou Eloise.

– Bom, eu é que não vou subir lá! – afirmou Davey, categórico.

– Tarde demais! – Eloise respondeu, a voz cheia de desespero.

Jack fitou a espada. A nuvem acima dela se partiu e um raio de sol banhou a lâmina, formando um caleidoscópio de cores no gelo monocromático. Então uma figura obscura moveu-se sobre a espada.

– Fomos derrotados – murmurou Eloise.

Quando as lúgubres nuvens encobriram o sol inconstante, a figura sobre a espada se revelou: uma Paladina estava de pé, triunfante, diante de Durendal.

Enquanto Jack observava, a guerreira segurou a espada antiga e puxou-a pelo cabo. Um som como o grito de um milhão de almas frustradas ecoou pelas paredes e chegou até os ouvidos de Jack. Com uma exclamação de triunfo, a Paladina puxou a espada do gelo e a ergueu no ar. Uma grande rachadura se abriu onde a espada estivera e ziguezagueou até a base da cachoeira.

Enormes blocos de gelo começaram a se partir e desabar, bem acima de Jack e dos outros. O barulho aumentou até se tornar um rugido ensurdecedor.

30

FUGA

— Corram! — Davey gritou, puxando Jack com ele. Ele também puxou Hilda pela mão, arrastando ambos ao mesmo tempo. As lascas de gelo atingiram o chão à volta deles. A princípio, o barulho lembrava uma chuva pesada, mas ficou cada vez mais alto à medida que pedaços maiores atingiam a superfície do rio congelado. O som de gelo e rochas se chocando martelava nos ouvidos de Jack. O chão embaixo dele tremia e oscilava com o desmoronamento, e as lascas de gelo enchiam o ar com uma neblina de vapor gelado que picava seu rosto. Mal enxergando o caminho à sua frente, ele corria com base nos instintos, sem tempo para pensar.

Um bloco de gelo estatelou-se poucos passos à sua frente, cravando-se no chão. Jack derrapou, caindo de costas ao colidir com a parede de gelo. Hilda e Davey caíram ao seu lado, arquejantes. O que acontecera a Eloise? Jack não a via em lugar nenhum.

Antes que pudessem se levantar, o gelo sob seus pés vibrou com violência. Com um terrível estalo de algo se partindo, o gelo sobre o rio rachou. Água gelada jorrou da fenda, molhando os três. Quando Jack se levantou, sentiu o gelo embaixo dele oscilar. Disparou para a frente, desesperado para se afastar das rachaduras. Olhou por sobre o ombro; Hilda e Davey lutavam para acompanhá-lo, saltando as fendas cada vez maiores, que cuspiam água e neve em cascatas.

Jack estendeu a mão quando Hilda saltou na direção dele. Ele segurou o braço dela e ajudou-a a se equilibrar. Davey estava logo atrás, agarrando-se a Jack. Juntos, fugiram aos tropeços da fenda, que logo engoliria tudo.

As mãos de Jack encontraram uma protuberância na rocha e ele deu um impulso para cima, elevando-se acima da superfície de gelo do rio, coberta de rachaduras. Quando Davey e Hilda se juntaram a ele, sem fôlego, Jack se deu conta do caos à sua volta.

A superfície lisa como vidro do rio congelado tinha se estilhaçado num milhão de pedaços. No meio deles havia novas esculturas: blocos enormes de gelo, caídos em ângulos perigosos. Lá em cima a água da cachoeira fluía outra vez, mas já voltava a congelar, formando uma nova cobertura de gelo. O ar estava denso com a neve agitada que caía outra vez no chão através do turbilhão de névoa. Eloise continuava desaparecida.

Davey fitou a destruição.

– Você acha que ela escapou?

– Eu... Eu espero que sim – Jack conseguiu dizer, pouco convencido. O medo fazia seu estômago doer.

– Ali! – Hilda gritou, apontando para uma figura que se movia pelas águas congeladas.

Jack viu que era Eloise, lutando para chegar até eles. Quando alcançou a rocha, Jack e Davey a puxaram do rio. Mancando, ela pendeu a cabeça para trás, olhando para cima. Jack seguiu seu olhar: a figura escura de um navio de reinos tinha surgido sobre a cachoeira. Flutuava lentamente no céu, os motores acelerando, aumentando de velocidade. A superfície azul-metálica reluzia como um espelho oleoso, refletindo as formações de gelo por que passava. Era um navio maior que o *Órion*, maior e mais novo. O formato lembrava a Jack um tubarão.

– As Paladinas – disse Hilda, pesarosa.

Davey concordou com a cabeça.

– É o navio de Rouland, o *Veillantif*. – Ele agachou na rocha, a cabeça entre as mãos, exausto. – O que faremos agora? Se estiverem com Durendal...

– Não pronuncie esse nome! – A voz de Eloise era fraca, marcada pela derrota. Gelo começava a se formar na superfície do seu corpo molhado, fazendo-a parecer um destroço fantasmagórico da avalanche. Acima de suas cabeças, o *Veillantif* fez uma curva, perfurando as nuvens negras, e o rugido dos motores ficou mais alto.

Davey subitamente sacou a arma de Hardacre e mirou no navio. Os ouvidos de Jack estalaram a cada tiro, mas o *Veillantif* continuou a singrar entre as nuvens. Com o último tiro, Jack viu um fio de fumaça espiralar de uma das hélices dos motores. O ronco mecânico mudou de tom, diminuindo a vibração, e o navio estacou. Parou de subir e começou a perder altura – caindo na direção de Jack e dos outros.

O casco escuro cresceu em tamanho e o rugido dos motores avariados ficou cada vez mais alto.

– Na mosca! – Hilda observou, mordaz.

Jack começou a recuar, assim como os outros. Seus passos hesitantes se transformaram numa corrida sobre a rocha, enquanto a sombra do *Veillantif* os encobria. Sob os pés de Jack, a rocha começou a tremer. Ele olhou para cima e viu a superfície escura e polida se aproximando mais e mais – conseguia até ver o reflexo dos quatro nela. Fugir parecia inútil. Então as outras duas hélices do motor aumentaram de ritmo, girando cada vez mais rápido, compensando a atingida pelo tiro.

O ar em volta dos motores estalou com a eletricidade, então o céu rasgou e o navio de reinos entrou na fissura – desaparecendo na tempestade vermelha do Ínterim. A fenda se fechou de repente com um ribombar de trovões que ecoou pela cachoeira. A onda de choque os lançou ao chão, arrastando-os pela superfície de pedras e gelo. Quando Jack finalmente parou, não conseguia ver os outros. Ele se levantou e correu de volta ao topo do rochedo. Viu Davey primeiro, espanando a roupa.

– Foi por pouco! – Davey riu, quando Hilda e Eloise saíram da neblina. – Vocês estão bem?

– Estou viva – respondeu Hilda. – Mas não graças a você e à sua arma!

Davey encolheu os ombros, indiferente.

– Valeu a tentativa, não acha?

– Suponho que sim – Hilda admitiu. Suas roupas estavam sujas e rasgadas, o rosto arranhado e cheio de hematomas. Jack se perguntou como estaria sua própria aparência agora. Correu os dedos frios pelo cabelo desgrenhado, tarefa difícil por causa dos nós e do gelo.

– Sabe que, por um instante, achei que iríamos conseguir? – disse Davey com amargura.

– Vai levar tempo até que elas consigam sentir onde Rouland está escondido, mesmo de posse da espada dele – explicou Eloise, endireitando as costas.

– Então ainda temos uma chance? – Jack perguntou, quase sem acreditar.

Eloise assentiu lentamente.

– Você sabe onde ele está escondido?

– Sim – Jack respondeu, lembrando-se dos acontecimentos fatídicos que tinham resultado na derrota de Rouland. Jack o tinha levado de volta no tempo por um Necrovia até 1805 e cravado uma espada de Paladina no coração dele. Estava praticamente morto.

– Está enterrado em Londres: num túmulo, na Igreja de São Bartolomeu.

– Rápido! – Eloise ordenou, já em disparada. – Temos que voltar para o *Órion*.

Eles se mantiveram juntos, segurando-se uns nos outros, enquanto cruzavam a superfície escorregadia, desesperados para voltar ao navio de reinos o mais rápido possível. Jack ficou alerta aos possíveis encontros com as criaturas das brumas, mas não sentiu nenhuma. Ele se perguntou se a destruição do campo de gelo as tinha assustado e as levado a se afastar.

Por fim, uma silhueta larga despontou na névoa, sólida e gigantesca. Lá estava o *Órion*, mas algo estava errado: os braços robóticos dos motores, em constante rotação, estavam imóveis, e o corpo do navio, pousado no gelo e inclinado para um lado. Sem pensar duas vezes, eles correram em direção à rampa baixada, para o refúgio do interior da nave.

— Esta escotilha não deveria estar aberta — Eloise observou baixinho.

— E os motores... — Davey sussurrou. — Isso não é nada bom.

Jack olhou à sua volta, o gelo tingia cada superfície com a sua cobertura branca. Ele seguiu Eloise até a cabine de comando. Mesmo nos deques mais altos, o calor tinha perdido a batalha contra o frio, e um sentimento nauseante de pavor começou a crescer na boca do estômago de Jack.

— Capitão? — Davey gritou na frente dos outros. Nenhuma resposta.

Eles dobraram o corredor e entraram na gelada cabine de comando. Ali estava o Capitão Jonah Hardacre, sentado em sua cadeira de sempre, com o livro roubado de Jack na mão. Eloise deu um passo cauteloso à frente e tocou o corpo do homem. A casca sem vida que um dia fora Hardacre caiu para a frente, quebrando-se em pedaços congelados quando atingiu o painel de controle. O livro caiu no chão aos pés de Davey. Pesaroso, ele o pegou e guardou no bolso.

O coração de Jack acelerou quando ele se deu conta da terrível verdade. A fonte de calor interna do *Órion* devia ter sido sentida por quilômetros, atraindo as criaturas.

— As névoas estiveram aqui. Dentro do navio.

Ele viu que Eloise estava chorando, os ombros caídos em sinal de derrota.

— Tudo está perdido — ela disse.

Só então Jack entendeu completamente a seriedade da situação. Sem Hardacre eles não poderiam navegar o *Órion* de volta ao seu próprio reino.

As Paladinas em algum momento encontrariam Rouland e o recomporiam.

E Jack, Hilda, Davey e Eloise logo estariam mortos, congelados em Niflheim.

31

RECUPERAÇÃO

Rouland detestava o inverno, quando as alfinetadas do gelo carcomiam seus ossos e os estilhaçavam até virarem pó.

Ele tinha sofrido o declínio do outono, percebido o calor deixar a terra que o cercava, sentido o fluxo da vida se retrair outra vez. As raízes das árvores tinham finalmente interrompido o crescimento do verão. A cada ano, as primeiras raízes, finas como cabelo, tocavam-no e cutucavam-no, crescendo e ficando cada vez mais profundas. Então as raízes grossas as seguiam, penetrando sem piedade, passando por ele – através dele – agressivamente, até que estivesse envolto em suas garras frágeis.

Os animais escavadores também estavam mais silenciosos agora, escondidos, preparando-se para as dificuldades do inverno. Ele seria severo esse ano, Rouland sabia. Tinha aprendido a interpretar as mudanças do mundo lá em cima, ainda que não pudesse vê-lo. Sentia a influência poderosa do sol mesmo ali, a dois metros da superfície. O arranhar e escavar de seus pequenos vizinhos durante à primavera, à noite fazendo suas casas, era uma lembrança distante agora que o cobertor de folhas era lentamente enterrado por minhocas persistentes e rastejantes. No silêncio, seus movimentos diminutos tornavam-se ensurdecedores, como terremotos sobrepostos martelando seu crânio despedaçado. Ele odiava o inverno, com sua calmaria, seu toque enregelante, seu abraço úmido.

Ele se preparara bem esse ano, fortalecendo sua mente para vencer a monotonia, condicionando-a para o longo nada, quando sentiu alguma coisa.

Algo novo.

Em seu momento de reflexão irritada, quase não percebeu: uma vibração distante penetrando a terra. Acalmou os pensamentos e a vibração o atingiu como um trem de carga. Seguiu-se um instante de silêncio, então outra onda de choque. Lá estava ela outra vez, e de novo – uma pressão pesada na terra sobre ele, então um barulho de escavação. Ele se concentrou além da vastidão da invasão e ouviu outra coisa: o óbvio *tum, tum, tum* de passos contra o chão.

Havia pessoas sobre seu túmulo. Depois de todo aquele tempo sem um único visitante para perturbar sua prisão, ele não estava mais sozinho. Um sentimento próximo à esperança rastejou pelas bordas da sua mente. Sentiu uma ansiedade assustadora atravessar seu corpo alquebrado. Tinha imaginado esse momento por décadas, imaginando se um dia poderia ser encontrado. Agora parecia que esse dia havia chegado, e ele sentiu um estranho misto de emoções.

A raiva o tinha alimentado ao longo dos anos, raiva do menino que o enterrara ali. Tinha dado pouca atenção a sentimentos menos sutis. Mas nas últimas décadas, enquanto as últimas fibras dos seus músculos eram devoradas, tinha encontrado uma espécie de tranquilidade, sozinho com seus pensamentos. Sua mente brilhante ainda funcionava, e ele não sofria interrupções, além das minhocas, as toupeiras e os ratos, para distraí-lo. Tinha arquitetado planos mais magníficos que qualquer homem antes dele. Em sua prisão fria e úmida, tinha traçado as bases de um futuro formidável, em que ele governaria para sempre. E nada poderia impedi-lo. Nada a não ser sua prisão de terra.

A escavação parecia cada vez mais próxima. Ele podia ouvir as vibrações abafadas das vozes. Contou ao menos três, as palavras ininteligíveis.

Os impulsos metálicos da escavação se tornaram mais frenéticos. Então uma das pás tocou a espada enterrada no seu coração. Mesmo agora, a dor era insuportável.

A escavação se interrompeu.

Quando seus sentidos voltaram ao normal, ele notou que cavavam, arranhavam: mãos na terra, removendo-a ao redor da espada. Desejou ainda ter olhos para ver o que estava acontecendo.

Aquilo era uma brisa? Teve certeza de que sentiu ar passando por ele outra vez.

Antes que pudesse processar essa nova sensação, seu mundo explodiu num fogo branco.

A dor durou uma eternidade. Então, quando diminuiu, ele compreendeu sua origem: a espada no seu coração tinha sido puxada. Era quase demais para suportar.

As vozes estavam mais claras agora, mas seus ouvidos transmitiam apenas timbres bem fracos. As palavras eram indecifráveis. Continuaram a tocá-lo e a cavar, subindo do seu peito aberto, examinando seu crânio, seus ombros, seus braços, então descendo até suas mãos.

Ele jazia ali, a esperança crescente como uma maré que ameaçava afogá-lo, até que, finalmente, algo frio tocou os ossos da sua mão direita. Ele soube no mesmo instante.

Durendal.

32

VOO

Os ouvidos de Jack apitavam com o silêncio tenso que pairava na cabine de comando. Davey, Eloise e Hilda estavam sentados com ele, todos exaustos e abatidos.

Ele refletia a respeito dos acontecimentos inacreditáveis que tinham ocorrido desde a terrível descoberta do corpo do Capitão Hardacre. Fora uma luta fechar a rampa de acesso; seus pistões, cobertos de gelo. Por fim conseguiram e certificaram-se de que nenhuma das névoas traiçoeiras ainda estava a bordo. Ele e Davey tinham levado os restos mortais de Hardacre, colocando-os numa caixa no porão. A tarefa tinha sido difícil e indigna, o corpo gelado se quebrando em pedaços cada vez menores a cada toque. Tudo isso tinha acontecido num ritmo prático e urgente que incomodava Jack profundamente. O capitão morrera, e sua morte tinha sido marcada não por reflexão e cerimônia, mas por tarefas a serem executadas sem demora. Agora as obrigações funestas tinham sido concluídas. Davey conseguira religar os motores, tirando o navio da superfície de gelo. Estavam aquecidos novamente e a salvo das névoas. Só agora o verdadeiro horror da situação poderia ter lugar.

– Eu não posso pilotar esta coisa! – Davey exclamou, batendo os punhos no console à sua frente.

– Se não puder, vamos todos morrer aqui! – Jack ouviu-se dizendo. Davey cravou os olhos nele.

– Está a fim de tentar uma vez? Quer brincar de capitão?

– Você já viajou nesta coisa antes! – Jack respondeu com raiva. – Sabe alguma coisa sobre como funciona!

– Alguma coisa, sim! – Davey suspirou. – Mas não o suficiente.

Hilda passou por Jack e se sentou no banco ao lado de Davey.

– Eu também nunca pilotei um destes – ela disse, sincera. – Mas não temos nada a perder. – Sorriu para Davey.

– Eu tenho muita coisa a perder!

– Quanto tempo os motores vão funcionar antes de acabar a energia? – perguntou. – Dois dias? Três? Então caímos no gelo outra vez e as névoas vão dar um jeito de entrar.

– E as Paladinas vão encontrar Rouland. – Eloise acrescentou, em voz baixa, dos fundos da cabine de comando.

– Não é culpa minha! – Davey gritou. – Vocês acham que eu quero ficar aqui?

O sorriso paciente de Hilda não vacilou. Ela pegou a mão de Davey, forçando-o a se concentrar somente nela.

– Meu pai me ensinou sobre os navios de reinos, mas tenho certeza de que você sabe bem mais do que eu.

Jack sorriu aliviado ao ver Davey amolecer.

– Bom, eu sei uma coisa ou outra, é verdade – concordou Davey.

– Então talvez, juntando o que sabemos, seja o suficiente.

Davey olhou para o console com sua variedade de interruptores e mostradores, então de volta para Hilda. Hesitante, ele assentiu.

– Ótimo! – Hilda disse radiante. – Vamos começar com os arpões de ancoragem.

Jack se aproximou lentamente, fascinado. Assistiu às mãos de Davey se moverem pelo console, ligando interruptores.

– Esta aqui – Hilda sugeriu pacientemente, apontando para uma alavanca vermelha.

– É, isso aí – Davey respondeu, acionando a alavanca.

Ouviu-se um ruído ritmado vindo das entranhas do navio, seguido pelo ronco baixo do maquinário. O navio começou a se erguer, seguindo para a esquerda, inclinando-se de leve quando os ventos do lado de fora atingiram a embarcação no ar.

– Onde estão os estabilizadores de voo? – Davey perguntou com urgência.

– Cheque os lastros primeiro – disse Hilda, dando uma batidinha num mostrador à sua frente. – Dezesseis ponto dois. Está baixo.

– Por causa de toda água que Hardacre usou no Porto de Newton. Vai ser difícil manter a estabilidade.

– Tem razão – Hilda concordou. – Mas você consegue.

Davey lançou um sorriso confiante para ela, mas Jack viu o medo nos olhos arregalados do amigo.

– Estabilizadores acionados em dezesseis ponto dois – Davey disse, apertando uma série de botões.

– Esplêndido! Consegue manejar os controles de voo? – Hilda perguntou, apontando o mecanismo em forma de bastão na frente de Davey. Ele hesitou, encarando-o, então o pegou e baixou uma alavanca do lado do dispositivo. O *Órion* imediatamente respondeu, dando um solavanco. Jack e Eloise se seguraram nas paredes do compartimento, para se equilibrar. Davey inclinou o manche, conduzindo o navio para cima. Com o passar do tempo, a viagem se tornou mais suave, mais controlada, e as rotações instáveis do navio diminuíram.

– Você é um talento nato, Davey! – elogiou Hilda.

– Sei lá! – ele respondeu com modéstia. Jack quase nunca o vira assim antes. Era como se Hilda tivesse domado seu temperamento belicoso. O amigo tinha baixado a guarda, derretendo-se na doçura dela.

O navio se nivelou com a terra ao entrar nas nuvens. Gelo formou-se do lado de fora das janelas, obstruindo a vista enevoada.

– Muito bom! – comentou Hilda. – Acho que já é seguro tentar o Ínterim, não acha, Davey?

Davey encolheu os ombros.

– Melhor do que isso não vai ficar. Tanto faz se tentarmos agora ou depois.

Hilda assentiu, lendo uma série de mostradores na sua frente.

– A potência está em sete. Consegue aumentar para nove?

Davey inclinou o manche e os motores do navio responderam. Na mesma hora, Hilda ligou uma série de interruptores.

– Frequência configurada para o Ínterim – ela avisou.

– Motores acelerando – Davey disse.

Hilda sorriu para encorajá-lo enquanto ligava um interruptor.

– Nos leve até lá.

Davey girou o bastão de controle e puxou uma alavanca no painel à sua frente. O *Órion* balançou violentamente enquanto as nuvens geladas de Niflheim sumiam de vista, substituídas pelo vermelho leitoso do Ínterim.

Quando a vibração diminuiu, todos riram, aliviados.

– Foi melhor do que eu pensava! – Davey confessou.

– Muito bem! – exclamou Eloise. – Agora vem a parte difícil.

Hilda inclinou-se até alcançar uma prateleira à esquerda e pegou um caderno grande.

– O diário do capitão: a frequência para o Porto de Newton deve estar aqui em algum lugar.

– Não vamos para o Porto de Newton – avisou Eloise friamente. – Não há tempo.

– O quê? – exclamou Davey, exasperado.

Eloise andava de um lado para o outro, impaciente.

– Temos que ir direto para Londres, para o lugar onde Rouland está enterrado na Igreja de São Bartolomeu.

– Não posso levar o *Órion* para Londres! – bradou Davey, tenso, enquanto os motores se estabilizavam.

– É necessário!

— Isso é um navio de reinos! – explicou Hilda, a voz entrecortada. – Você sabe o que isso quer dizer! Sabe o que aconteceria se sobrevoássemos Londres!

— Há coisas mais importantes em jogo do que os segredos do Primeiro Mundo! Rouland não pode retornar. – Havia desespero na voz de Eloise. – Não podemos permitir que mais pessoas morram. Vocês *precisam* voar para lá!

Davey olhou para Hilda, o rosto cheio de dúvida.

— Vocês não podem usar as Necrovias?

— Como? – Jack perguntou.

Davey deu de ombros.

— Sei lá! E se você voltasse no tempo, pegasse o corpo de Rouland e colocasse em outro lugar?

— Ele já está escondido – Eloise disse com severidade. – As Paladinas podem encontrá-lo com Durendal. Colocá-lo em outro lugar não mudaria nada. Muita coisa poderia dar errado num plano desses. Nossa única esperança é impedir que isso aconteça, *agora*!

Por um instante, o único som atravessando a tensão era o lamento dos motores, então Davey se voltou para Eloise.

— Tudo bem, vou nos levar lá!

— Mas e a guerra? – Jack perguntou com urgência. – Londres está em alerta máximo por causa dos bombardeios alemães. Se sobrevoarmos a cidade nessa coisa vão nos derrubar!

— Jack está certo! – Davey concordou.

Eloise balançou a cabeça.

— Se quisermos impedir Rouland, temos que arriscar. Estamos correndo contra o tempo.

Hilda olhou para o livro aberto à sua frente.

— Acho que posso descobrir a frequência que vai nos levar de volta para Londres. A partir daí, vai ser com você, Davey.

– Vou ficar perto do chão, mais baixo que a artilharia antiaérea. Mas não prometo uma viagem fácil.

– Só nos leve até lá, Davey. – O tom de Eloise suavizou enquanto ela dava um tapinha no ombro dele.

– Você se lembra da igreja? – perguntou Jack, recordando-se da sua aventura anterior ali com Davey.

– Claro que me lembro! – Davey gritou. – Essa é a parte fácil! Pilotar esse navio... Isso é que vai ser difícil!

– Posso ajudar em alguma coisa? – Jack perguntou.

– Você precisar se preparar para disparar os arpões de ancoragem – avisou Hilda.

Jack queria ficar ali, ver o que aconteceria. Ele se sentia mais seguro na cabine de comando do que nas entranhas do navio, onde não saberia o que estava acontecendo. Com relutância deixou a cabine, seguindo Eloise até os arpões de ancoragem. Quando estavam sozinhos, ele a deteve.

– Você... Você está bem? – disse, sentindo-se pouco à vontade.

A dúvida coloriu o rosto pálido de Eloise.

– Quer dizer... – Jack lutou com as palavras, desejando não ter começado. – Bem, o que você disse mais cedo. Sobre ser viúva. Sinto muito se Davey aborreceu você...

Ela ergueu uma mão, e as palavras secaram na boca de Jack. O rosto severo de Eloise suavizou-se com amabilidade.

– Está tudo bem, Jack. – Ela fez uma pausa, pensativa. – Eu me apaixonei. – Um sorriso raro surgiu nos lábios de Eloise enquanto ela se aprofundava nas suas lembranças distantes. – Rouland não tolerava isso, então fugi e me casei em segredo. As Paladinas me encontraram. A Capitã De Vienne... Ela matou meu marido. – O sorriso desapareceu. – Agora ela pagou o preço.

Jack se sentiu um intruso, ouvindo-a falar de lembranças tão pessoais.

– Sinto muito.

– Pelo menos eu amei. – Lágrimas se acumularam nos cantos dos olhos dela. – Mesmo com essa dor terrível, estou feliz por ter amado.

Ela sorriu outra vez ao se virar na direção dos arpões de ancoragem a estibordo, deixando Jack sozinho. Depois de um instante, ele foi para bombordo, avançando lentamente pelo corredor estreito, e assumiu sua posição diante do primeiro arpão, esperando, observando o sombrio mundo vermelho que fluía do outro lado do visor.

Ele deve ter pegado no sono, supôs, os padrões hipnóticos afetando sua mente cansada enquanto esperava a partida dos motores. Um arranco fez o navio sacudir, tirando Jack do seu descanso. Seus olhos examinaram o lado de fora; a luminosidade vermelha de repente se dobrou e dividiu num milhão de tons ocre. Por um segundo ele se perguntou por quanto tempo dormira, então a voz de Davey estalou pelo alto-falante, num tom que o fazia parecer mais velho.

– Aqui vamos nós!

Uma vibração agitou o casco e Jack instintivamente fechou os olhos. Ouviu uma série de estalidos e estouros. O navio sacudiu e ele caiu no chão. Quando o tremor diminuiu, ele voltou para o lado da janela. Lá fora o mundo era negro, destituído de qualquer detalhe. Então, lentamente, surgiram frágeis pontinhos de luz. Eles mudaram de forma e de lugar em frente a ele, à medida que o *Órion* fazia uma curva, e um globo salpicado de azul e branco encheu seus olhos.

– A lua! – Jack riu. – É a lua!

Nuvens passavam depressa, irradiando a luz do luar vibrante. Os pontinhos de luz eram estrelas, Jack constatou. Ele olhou para baixo, a testa contra o vidro frio. Mais abaixo estava a terra, coberta pela mortalha da escuridão. Um rio sinuoso se estendia ao longe, captando o reflexo da lua acima. Seria o Tâmisa?, ele se perguntou.

O céu explodiu em fogo e o *Órion* se desviou abruptamente. O navio mergulhou para a frente e começou a descer. Ele ziguezagueava da direita para a esquerda enquanto mais explosões açoitavam o casco. Linhas pontilhadas cortavam o céu, pontinhos brilhantes de luz se sucediam entre as nuvens.

– Fogo antiaéreo! – Hilda gritou pelo alto-falante.

No casco, perto dos pés de Jack, abriram-se três buraquinhos quando alguma arma de fogo atingiu seu alvo. Ele se abaixou no momento em que as balas se cravaram no teto. Perguntou-se se Eloise estaria bem, do outro lado do navio.

O *Órion* oscilou outra vez e o rio lá fora voltou a ficar visível.

– Estamos quase tocando a água! – Jack exclamou com medo, incerto de que poderiam ouvi-lo da cabine. Ele viu as silhuetas de prédios do lado de fora, retângulos escuros borrados. A inconfundível torre do Big Ben passou por eles, a face escurecida do relógio reluzindo ao luar. O rio saiu de vista e as ruas com a cor da meia-noite tomaram seu lugar. O navio aumentou de velocidade rapidamente, fazendo Jack perder o equilíbrio, então quase imediatamente começou a desacelerar, indo da esquerda para a direita. O *Órion* inclinou-se para a frente, perdendo velocidade, e a torre de uma igreja ancestral ficou visível.

– Agora! – a voz de Davey irrompeu.

Jack olhou pelo telescópio e viu fileira após fileira de lápides ocultas na escuridão. Ele disparou e assistiu o arpão se fincar no chão. O navio deu um solavanco e parou quando a corda se esticou, puxando-o na direção do cemitério. Ele correu para o próximo arpão e o disparou na direção do solo. Quando chegou ao terceiro, sentiu vibrações vindas do outro lado do navio, enquanto a embarcação chegava mais perto da superfície.

– É este o lugar? – Eloise perguntou, juntando-se a Jack assim que ele disparou o último arpão.

– É, sim – disse Jack, apreensivo. A ideia de voltar ao túmulo de Rouland o enchia de horror.

Dentro de segundos Jack estava na rampa de acesso, esperando com uma ansiedade nervosa que Davey, Hilda e Eloise se juntassem a ele.

Com o assovio de um jato de vapor, a rampa desceu até o solo do cemitério, encostando-se na superfície úmida.

O silêncio os envolveu como um enorme cobertor sufocante.

Eloise desceu cautelosamente pela rampa, a espada em punho. Davey a seguiu, brandindo a arma de Hardacre, na frente de Jack e Hilda.

O ar da noite estava fresco e o cemitério, sinistramente quieto, uma pequena ilha de calma numa cidade em guerra.

– Estamos sozinhos? – Hilda perguntou.

– Acho que sim – Eloise respondeu –, mas pousar o *Órion* aqui tirou de nós o elemento surpresa. Precisamos ser rápidos.

Jack correu com os outros para a igreja. As nuvens cinzentas provocaram uma chuva leve a princípio e então mais forte, até que as lápides resplandeceram ao luar.

– Para que lado? – Eloise perguntou, olhando para Jack.

Ele respirou fundo e se distanciou do abrigo oferecido pela parede da igreja. Podia ver a árvore morta retorcida de onde estava. Embaixo dela, tinha enterrado Rouland em 1805. O ardor de um fogo distante iluminou as nuvens atrás da árvore, lançando um brilho dançante na terra.

Jack guiou Eloise, Davey e Hilda até a árvore. Quando chegou mais perto, viu algo que o aterrorizou: a terra estava remexida.

– Eloise... – Jack disse nervoso. Estava próximo o suficiente agora para ver o buraco escuro onde o corpo estivera enterrado. Em toda a sua volta havia os sinais que ele temia: pilhas de terra com marcas de pegadas e pás abandonadas, jogadas no chão a esmo. Suas pernas começaram a tremer. – Alguém esteve aqui.

Davey olhou para o buraco escuro.

– Elas o tiraram daqui, não tiraram?

– Então chegamos tarde demais – Eloise arquejou.

33

O HOMEM PELA METADE

Rouland estava exausto – até se manter no lugar com o balanço do *Veillantif* era um esforço imenso. Ele estava sozinho em seu quarto com Durendal na mão calcinada. Era difícil se mexer depois de tanto tempo embaixo da terra. Ficar de pé parecia a melhor opção.

Ele lutou para chegar a um espelho de corpo inteiro, então desejou não ter feito isso.

Viu a carcaça hedionda de um homem pela metade, um zumbi apodrecido banhado pelo brilho vermelho da espada. Rouland fitou o próprio rosto, que um dia fora belo e agora era repugnante. Mesmo enquanto olhava, conseguia vê-lo mudar, com a energia roubada de Durendal restabelecendo seu corpo. Um olho disforme o encarava do fundo da órbita, enquanto a boca fraturada curvava-se sobre os dentes sem gengiva. Ele virou o rosto, sentindo-se inquieto.

Ouviu uma batida educada na porta e uma das suas Paladinas entrou. Levou um instante para ele se lembrar do nome dela, porque fazia tanto tempo...

– Entre, Dominica. – Falar, descobriu, era difícil. Sua voz era baixa e deliberada, grave como a de um velho. Mal a reconheceu.

Dominica fez um meneio respeitoso e cruzou o quarto para ficar diante dele.

– Estamos voltando ao Porto de Newton, Mestre. Fomos informados de um transtorno lá.

Rouland acenou com a mão para que ela continuasse. O esforço era menor do que tentar falar.

– Houve um incêndio, e a Capitã De Vienne sucumbiu.

Com grande dificuldade, Rouland sentou-se numa cadeira.

– Um incêndio não a mataria.

Dominica balançou a cabeça.

– Não, Mestre, não matou. Houve uma batalha, e um navio de reinos deixou o porto. Acreditamos que seja o *Órion*, a caminho de Niflheim. A Exilada lutou com a Capitã De Vienne. A Capitã foi decapitada.

Rouland ouviu, ponderando.

– Então ela de fato sucumbiu. Isso é... desapontador. – Ele suprimiu a raiva, o remorso. Conhecia De Vienne havia um século, e sentia profundamente a perda. Mas seria errado demonstrar tais emoções de fraqueza ali, na frente de Dominica. Em vez disso, mudou o foco da conversa para ela. – Deve estar inconsolável.

Dominica não traiu nenhuma emoção.

– A Exilada tem de ser destruída.

Rouland assentiu com paciência.

– Que outras notícias você traz?

– Ealdwyc está uma balbúrdia, Mestre. Desde a sua partida as Casas travam uma guerra civil. Eles não têm um líder, mas há rumores de que Jodrell Sinclair ainda está vivo.

– Impossível! – exclamou Rouland, agitado, lembrando-se das suas ações na Câmara do Parlamento. Ele matara a todos, a cada um deles. – Sinclair está morto.

Dominica assentiu.

– E o menino?

– Certamente pereceu em Niflheim. As brumas...

– Não faça suposições! – Rouland a repreendeu, encontrando algo da sua velha força.

— Será encontrado — Dominica respondeu, diplomaticamente. — Deixei duas irmãs no local onde foi enterrado, vigiando para o caso de ele retornar.

— Bom — Rouland disse em voz baixa, a mente já vagando para os milhões de possibilidades.

Dominica limpou a garganta, como se estivesse se preparando para dizer alguma coisa.

— Mais uma coisa, Mestre. A Viúva está a bordo. Ela anseia vê-lo.

Mesmo depois de todos aqueles anos, Rouland ainda sentia uma pontada de culpa à menção da Viúva. Normalmente ele não toleraria uma nostalgia tão patética, mas ela cativara um lugar especial no seu coração. Seu experimento falhara. *Ele* falhara. Tinha prometido a ela uma existência superior, uma grande recompensa por seu nobre sacrifício. Em vez disso, ela tinha sofrido horrores na mão dele, cada nova cirurgia a deixando mais distante.

— Irei até ela quando estiver restaurado. Só a afligiria me ver nessas condições. Antes, há muitas coisas que devem ser feitas — ele disse.

— Como desejar, Mestre. — Dominica curvou-se. — Isso é tudo?

Rouland respirou fundo, pensando. Gostaria que De Vienne estivesse ali.

— Sou grato pela sua jornada a Niflheim, Dominica. Sei que não foi uma missão simples. Você arriscou muita coisa para me restaurar.

Dominica empertigou-se.

— Sofremos com a perda da Capitã, mas a ordem deve ser mantida. — Rouland sorriu. Quase sem dor agora. — Isso é tudo, Capitã Dominica Huon. Por favor, comunique às outras a sua promoção.

Dominica piscou rapidamente várias vezes, obviamente surpresa. Abriu a boca, prestes a dizer alguma coisa.

— Não seja tola a ponto de questionar minha decisão, Capitã — alertou Rouland.

— Não questionarei — Dominica respondeu. — Sou muito grata, Mestre.

O sorriso de Rouland de repente sumiu; o esforço já o estava exaurindo.

– Uma última coisa, Capitã.

– Sim, Mestre.

– A espada não é o bastante. Traga-me três, não, quatro vítimas. Devem ser jovens e saudáveis.

A Capitã Huon balançou a cabeça, mostrando entendimento.

Rouland acenou com a mão para que ela saísse. Observou sua nova Capitã se virar bruscamente em direção à porta.

34

COMUNHÃO DE LEMBRANÇAS

– Ele não pode estar muito longe – disse Davey esperançoso. – Talvez ainda possamos pegá-lo antes de...

– É tarde demais! – Eloise interrompeu com amargura. – Rouland foi ressuscitado. Ele está com a espada. A cada segundo que passa está mais perto de voltar à antiga forma.

Jack fitou a cova escura. A chuva fustigava o cemitério, formando pequenas quedas-d'água que cascateavam pelas paredes grossas de pedra. Fora tudo em vão.

– Temos que encontrá-lo!

– Onde? – Davey perguntou, esbaforido.

– Ele vai voltar ao Primeiro Mundo, para o Porto de Newton. É o único ancoradouro grande o bastante para o *Veillantif* – disse Eloise. – Devemos ir para lá imediatamente.

Quando Jack deu as costas para o túmulo, viu duas Paladinas esperando nas sombras, as espadas desembainhadas cintilando numa explosão de luz. Ouviu-se um estalo surdo que abafou o trovão. Outro seguiu-se, então mais um.

Os olhos de Jack seguiram a trilha de fumaça e ele viu Davey, um braço estendido à sua frente, segurando a arma, o cano soltando vapor por causa da chuva no metal quente.

Jack voltou os olhos para as Paladinas. A mais próxima de Davey sorriu ao conferir os ferimentos de bala no seu corpo.

– Acha que pode me matar? – zombou a Paladina.

– Não, mas aposto que dói como o diabo! – escarneceu Davey, enquanto recuava com cautela, recarregando a arma.

Eloise ergueu a espada e atacou a Paladina atingida pelos tiros. A segunda adversária aproveitou a brecha e investiu na direção de Jack e Davey. Jack sentiu a mão de Hilda na dele, a voz dela apaziguando sua mente. Ele compreendeu, e chamou a Rosa, permitindo que seu poder despertasse.

Ele ergueu a mão para a Paladina. Quase no mesmo instante a espadachim caiu por terra, convulsionando em agonia. Jack pressionou um pouco mais sua oponente, deixando a Rosa invadir seu cérebro e...

– Calma! – alertou Hilda numa voz tranquila. Jack compreendeu, refreando o poder feroz da Rosa. Só um pouco, que era tudo de que precisava.

A Paladina caiu de joelhos, estendendo a mão para a espada no chão. Olhou para cima, a perplexidade estampada no rosto pálido.

– Você... me feriu?

– Fique onde está! – Jack avisou. Na mesma hora notou Eloise vencendo a outra Paladina, perto dali. Era como se seus sentidos estivessem mais aguçados, alcançando até os túmulos encharcados de chuva. O coração acelerado de Eloise martelava nos seus ouvidos como a batida de um tambor quando ela deu o golpe fatal na sua oponente. Ele quase podia sentir a tensão nos músculos do braço dela. Naquele instante Jack teve consciência de cada movimento ao redor dele. Cada barulhinho, até mesmo o complexo rodopiar do vento atravessando a chuva. E ainda assim, Hilda estava mais distante, como se estivesse se afastando dele, sua influência calmante tornando-se cada vez menor.

Jack voltou a focar a Paladina à sua frente. Viu a minúscula dilatação de uma veia no antebraço dela, o sinal de que sua mão levantaria a arma. Jack viu antes que acontecesse. Quando a Paladina girou a espada e lançou-a na direção dele, Jack ergueu a mão. A Paladina caiu de costas.

Ela olhou para ele, o rosto carregado de uma fúria primitiva.

– Você vai se render! – A Paladina gritou, lançando-se no ar na direção dele.

O tempo pareceu congelar, a Paladina a poucos centímetros dele, a espada girando na direção do seu pescoço. Jack sentiu a fúria dentro dela, sua intenção irrefreável. Ela servia a Rouland. Era impossível argumentar com ela. Dentro da sua mente, Jack sentiu a Rosa, tentando-o: matar ou ser morto. Jack liberou-a, direcionando seu poder para a Paladina.

Seguiu-se um furor de ruído e luz, então silêncio. A Paladina caiu aos pés dele. Jack se virou; não queria ver. Em vez disso, viu a expressão chocada de Davey, que o encarava aterrorizado. Quando Jack foi na direção dele, Davey vacilou, recuando.

– Ei, está tudo bem, Davey.

Davey parou, trêmulo.

– Você... Você fez isso. – Ele apontou para os restos carbonizados da Paladina.

Jack nunca havia tentado matar ninguém antes, a não ser Rouland. E fora um ato impulsivo, motivado pelo desespero. Dessa vez, ele calculara, escolhera matar. Sentiu uma mudança no âmago do seu ser. Parte dele tinha apreciado aquilo.

– Eu sei – disse por fim, estranhamente orgulhoso. Quase sorriu, então viu a expressão de Hilda. – Foi autodefesa! – acrescentou conciso.

Hilda assentiu.

– Mas você gostou – sussurrou.

Jack tirou a mão da dela. Não precisava que Hilda lhe dissesse o que estava sentindo.

– Você pode fazer isso... – Davey arquejou – e estava preocupado comigo? Com o que eu posso me tornar?

O rufar da chuva encheu os ouvidos de Jack, cada gota como uma acusação. Ele queria ir embora e nunca olhar para trás, mas Davey era seu amigo – seu avô! Não podia ignorar suas palavras. E Hilda – ele adorava ter seu apoio, e ainda assim agora estava sozinho. Até Eloise parecia estar julgando-o com sua expressão austera.

Lenta e deliberadamente, ele deu as costas aos rostos horrorizados de Hilda e Davey para o que restara da Paladina. A princípio não viu nada, só fumaça. Então a brisa soprou a fumaça para longe, e o horror da Rosa se revelou a ele.

Jack balançou a cabeça, se afastando um passo do pesadelo que fora uma criatura vivente até um momento atrás. *As Paladinas já estão mortas*, disse a si mesmo. *Ela ia me matar*, sua mente alegou em sua defesa.

Podia viver com o fato de que era um assassino – afinal de contas, tentara matar Rouland, mas Hilda estava certa: ele tinha *gostado* daquilo. Jack se sentira poderoso. Parte dele não sentia nenhum remorso; ele queria fazer aquilo. Queria matar. Queria vingar sua mãe. Queria fazer alguém, qualquer um, pagar pelo que tinha acontecido a ela, com Francesca, com Hardacre, com a família de Hilda.

Olhou para as próprias mãos. Não podia largar aquela arma, como um revólver fumegante, e jurou nunca mais usá-la outra vez. Era tarde demais: ele estava transformado. Não era mais Jack Morrow, o menino com a Rosa.

Ele tinha se tornado um monstro que sentia prazer em matar.

Como Rouland.

Caiu de joelhos e soluçou. Não podia culpar a Rosa, não mais. Sentiu como se estivesse à beira de um precipício de onde podia voar ou cair, dependendo da sua próxima escolha. E ele não sabia o que fazer, não mais.

A tempestade rugia ao seu redor.

Jack sentiu sua cabeça leve. E fechou os olhos.

Jack estava em outro lugar, um mundo sob uma luz cor de mel. Tudo estava fora de foco, figuras suaves que pareciam mudar de forma suavemente. As figuras se misturaram, assumindo formas reconhecíveis: ele estava numa ladeira de pedra e urzes. Lá embaixo havia um lago coberto por uma camada perfeita de gelo. Acima, a silhueta imensa de uma montanha em cujo pico nevado havia uma estrutura circular de pedra polida. Lembrava a Jack um castelo de conto de fadas. O ar estava frio mas agradável, soprando gentilmente em seu rosto, a partir do lago. O isolamento era glorioso e ele se sentiu instantaneamente seguro ali.

– Lindo, não é?

Jack soube quem tinha falado, mesmo antes de se virar. Reconheceu a voz no mesmo instante. Não sentiu medo, nem agitação, só ternura.

– Oi, mãe. – Ele sorriu, virando-se para sua mãe ao lado dele, e notou imediatamente quanto aquilo era diferente da ilusão criada pelas névoas. Fitou a vista assombrosa e franziu a testa. – Eu morri?

A mãe sorriu, olhando para um barco que atravessava o imenso lago.

– Não. Você não morreu, Jack.

– Onde estou?

– Numa lembrança – ela respondeu.

Jack examinou o vale outra vez.

– Não conheço este lugar. Esta lembrança é sua, mãe?

Ela balançou a cabeça. A mãe era mais bonita do que ele se lembrava.

– Esta é uma lembrança da Rosa.

Jack se apoiou nos cotovelos, pensativo. Não sentia nenhuma urgência ali, nenhum problema desesperador, que punha vidas em risco, para solucionar. Teria ficado ali para sempre.

– Esse é o Outro Mundo?

– É como a Rosa se lembra dele.

Jack sentiu uma onda de tristeza.

– Então você não é real?

– Eu carreguei a Rosa. Minhas lembranças estão guardadas aqui. Eu estou sempre aqui, Jack. – Ela deu um tapinha do lado da cabeça dele, brincalhona, dando um sorriso largo.

Ele pegou a mão dela e riu. Não queria que aquele momento acabasse.

– Sinto muito. Você sabe que tem que voltar, não sabe, Jack?

Ele balançou a cabeça.

– Posso ficar aqui, com você.

– Isso é uma lembrança, nada mais. Logo vai terminar.

Jack puxou a mão de volta.

– Então por que estou aqui?

A mãe se levantou e começou a andar pela colina.

– *Você* veio até aqui, Jack. Por quê?

Jack andou até a mãe. Viu uma cadeia de montanhas do outro lado do lago. Sobre ela havia uma parede de nuvens escuras de tempestade.

– Eu fiz uma coisa horrível, mãe. Eu matei alguém. – As palavras pareciam formar um bolo desconfortável na sua garganta. Ele não conseguia olhar para ela. – E eu gostei.

A mãe pôs o cabelo atrás da orelha, olhando para ele com um olhar de compreensão.

– Sinto que não tenha tido tempo para ensinar você sobre a Rosa, para explicar o propósito dela. Você é muito jovem para ser seu protetor. Mas lembre-se, você está no comando. A Rosa deve submeter-se ao seu guardião. – A voz dela estava carregada de arrependimento e culpa. – Você ainda está no controle, Jack.

– Não estou! Não sou forte o suficiente!

A mãe segurou Jack pelos ombros, forçando-o a olhar para o seu rosto bondoso.

– Você é mais forte do que pensa. É o último membro de uma família grande e nobre. – Ela tirou o pingente de dentro da camisa de Jack, e ele reluziu na luz intensa. – Deve se lembrar de quem é. A Rosa se submeterá a você. Mas você tem que escolher que tipo de pessoa quer ser. A escolha é *sua*.

As nuvens de tempestade tinham chegado ao lago, mudando sua superfície de prateada para roxo-escura.

– Eu tenho escolha? – Jack perguntou, pensativo.

A mãe sorriu, assentindo suavemente ao soltar o pingente.

– Você tem escolha.

Com isso a chuva os atingiu, cálida e purificadora. Ele se alegrou com a torrente, fechando os olhos e sentindo o cheiro das urzes que exalava da colina.

– Essa terra era um paraíso até que Rouland levou a Rosa daqui. Muita coisa mudou desde então. O Outro Mundo sofre. Ele está morrendo. E o destino do Outro Mundo tem efeito sobre todos os reinos, até o seu.

Os pensamentos de Jack ficaram mais claros. Ele parecia compreender as coisas intuitivamente ali.

– A Rosa deve ser devolvida ao Outro Mundo?

A mãe assentiu.

– A Rosa *pertence* a este lugar. Ela é a alma do Outro Mundo.

Jack sentiu a cabeça leve outra vez, e a chuva ficou mais fria. Uma brisa gelada levou os aromas florais para longe. Ele começou a chorar outra vez, sabendo que quando abrisse os olhos estaria de volta ao cemitério, longe da lembrança da mãe.

Agarrou-se ao momento quanto pôde, até sentir a mão de alguém no seu ombro.

– Jack? – chamou Davey com nervosismo. – Você está bem? Precisamos ir.

Exausto, Jack abriu os olhos. Lá estava a Paladina – uma visão para sempre gravada na sua retina. Ele se levantou com a ajuda de Davey e tentou se firmar sobre as pernas bambas. Respirou fundo várias vezes e secou as lágrimas que rolavam pelas bochechas. Davey o observava preocupado, assim como Eloise. Por fim, ele viu Hilda, e seus olhos refletiam as emoções que ele mesmo sentia. Ela, mais do que qualquer pessoa, entendia o tumulto em que ele se encontrava, o sofrimento que afligia seu coração.

— Precisamos ir agora — Eloise disse com urgência enquanto se dirigia à rampa do *Órion*. Davey hesitou, olhando bem para Jack antes de dar de ombros consigo mesmo e se virar para o navio.

Hilda continuou ali, observando Jack, que se movia lentamente na direção dela.

— Você desistiu? — ela perguntou com voz firme.

Jack parou, como se a pergunta tivesse surtido o mesmo efeito que um tapa na cara. Não disse nada por um instante, tentando organizar seus pensamentos conflitantes. Os motores do *Órion* já estavam acelerando, girando cada vez mais rápido sobre sua cabeça.

Ele estendeu a mão para Hilda.

— Precisamos ir, se quisermos deter Rouland.

Hilda assentiu e andou até a rampa de acesso. Enquanto ela subia, Jack fitou o lugar onde a Paladina caíra, com as palavras da mãe ainda ecoando em seus ouvidos.

Você tem escolha.

35

DE VOLTA AO LAR

– Ali! – Eloise exclamou, apontando para o navio de reinos ancorado abaixo deles. – O *Veillantif*, o navio de Rouland.

A atmosfera na cabine de comando era tensa e sufocante. Davey e Hilda estavam sentados em frente aos controles, ambos num silêncio pesado, enquanto o *Órion* fazia uma curva fechada, aproximando-se do outro navio, numa manobra instável. Atrás deles estavam Jack e Eloise, espiando através do vidro sujo a vastidão impressionante do Porto de Newton.

Jack viu os últimos rolos de fumaça subindo das docas incendiadas. O navio de Rouland, o *Veillantif*, estava atracado do outro lado do porto. Holofotes iluminavam o navio de mármore escuro, suspenso no lugar pelas âncoras. De repente um holofote se virou para cima, ofuscando a cabine do *Órion*.

Estática explodiu do rádio, seguida por uma voz entrecortada.

– Comandante do Porto de Newton para navio de reinos sem nome: identifique-se imediatamente.

Davey sorriu tristemente.

– Isso pode ser interessante.

– O que está acontecendo? – Hilda perguntou.

Davey pegou o comunicador do rádio, a voz soando com uma formalidade pouco natural.

– Comandante, aqui é o Capitão Vale do navio de reinos... – Ele olhou para Hilda e sorriu. – O navio de reinos *Esperança de Hilda*, solicitando atracagem de emergência.

– Capitão? – Hilda sussurrou para Davey.

– Por que não? Eu daria um bom capitão!

O rádio estalou.

– *Esperança de Hilda*, você não tem código de transponder. Nosso sinal está sendo bloqueado. Qual é a emergência?

– Os estabilizadores giroscópicos não estão respondendo, o que nos impede de nos manter em posição. Solicito atracagem de emergência imediatamente!

Davey inclinou o bastão de controle para a esquerda e para a direita, fazendo o navio oscilar violentamente.

– Acham que vão engolir? – Davey perguntou, erguendo uma sobrancelha.

– Não – Hilda respondeu.

– Leve-nos até o *Veillantif* – Eloise vociferou.

Davey fechou a cara.

– E depois fazer o quê? Erguer o punho para eles?

Eloise já estava saindo pela porta da cabine.

– Nos leve para bem perto e eu vou saltar.

– Saltar?! – Jack ofegou. – Saltar para onde?

Eloise voltou-se para a cabine.

– Para o navio de Rouland. Cada segundo desperdiçado é uma sentença de morte. Vá, Davey! – Ela não esperou resposta, desapareceu pelo corredor do navio.

– Ela vai matar todos nós – Davey resmungou. Mas já estava obedecendo, fazendo uma curva na direção do *Veillantif*.

– Controle do Porto de Newton para *Esperança de Hilda* – o rádio assoviou –, seus giroscópios parecem estar funcionando perfeitamente daqui. Mantenha posição e aguarde o embarque das autoridades portuárias.

– O que eu disse? – perguntou Hilda secamente.

– *Squawk* sete, sete, zero, zero – disse Davey para Hilda, apontando o painel. – Código de emergência – ele explicou enquanto pegava o comunicador e gritava: – Estamos caindo, Controle do Porto. Capitão Vale, desligo!

– O que isso quer dizer? – Jack perguntou.

– Quer dizer que é melhor se segurar! – Davey virou o bastão de controle com tudo para a esquerda. O *Órion* respondeu e o mundo do lado de fora das janelas se inclinou drasticamente.

– Davey, que raios você está fazendo? – Hilda gritou, seus dedos agarrando a borda do console.

– Descendo, indo direto para cima! – Um sorriso diabólico se abriu no rosto de Davey.

– Para cima do quê? Do *Veillantif*?

Davey não respondeu, toda a sua atenção concentrada à frente. Ele baixou os controles, fazendo o navio mergulhar.

– Você é louco! – Jack gritou.

Hilda pulou do assento.

– Eu fico a estibordo.

Jack e Hilda saíram da cabine correndo, para o deque dos arpões. Quando chegaram lá, o navio se inclinou outra vez, oscilando e balançando para a frente e para trás, fora de controle. Jack espiou pela janelinha e viu as silhuetas dos navios de reinos ancorados bem abaixo dele. O *Órion* estremeceu violentamente ao atingir alguma coisa. O corredor vibrou com o impacto, fazendo uma porção de entulho cair sobre Jack.

– Arpões! – O comando emitido por Davey encheu os ouvidos de Jack.

Jack olhou pelo visor outra vez, viu a imagem aproximada do píer e atirou. O arpão enterrou-se na plataforma, causando uma chuva de lascas de madeira. O mecanismo já estava recolhendo o cabo, segurando a embarcação no lugar, bem em cima do navio de Rouland. Quando ele atirou o segundo arpão, sentiu sob os pés vibrações junto com um ruído de trituração. Parecia que as entranhas do navio estavam se partindo ao meio. Jack ignorou o som nauseante e atirou o último arpão. O navio deu outro solavanco e os motores reclamaram por um instante, então voltaram a emitir um ronco passivo.

Jack sentiu uma rajada de vento quando a rampa de acesso foi baixada. Ele seguiu Hilda na direção da rampa, bem a tempo de ver Eloise desaparecendo por ali. O clangor de espadas ecoou pelo navio, e Jack sentiu o coração se apertar.

Olhou para Hilda e ela pareceu compreender, oferecendo-lhe a mão.

– Seja nobre. Seja justo – ela disse.

Jack assentiu, sério, enquanto os dois desciam a rampa.

– Ei! – gritou Davey atrás deles. – Esperem!

Não havia tempo para esperar, concluiu Jack. Ele desceu pela rampa até um círculo de Paladinas. Eloise abria caminho, desferindo e contra-atacando golpes, à procura de um ponto fraco.

O círculo se ampliou, e pela primeira vez Jack viu onde tinham aterrissado. Estavam sobre o casco escuro e polido do *Veillantif*, sua superfície marcada e rasgada pelo *Órion*, pousado sobre ele. Os motores dos dois navios estavam em cima e abaixo deles, produzindo um vento ritmado com seus braços giratórios.

Davey veio correndo de dentro do *Órion*, com a arma em punho.

– Lutem comigo! – Eloise gritou para as Paladinas. – Me enfrentem, ou são covardes como sua Capitã?

Uma das Paladinas deu um passo à frente.

– *Eu* sou a Capitã agora.

– Dominica? – exclamou Eloise, com um risinho.

– Dirija-se a mim como Capitã Huon.

Eloise se colocou em posição de combate, segurando a espada com força.

– Então vai ter que me obrigar. Eu já matei uma Capitã hoje...

A Capitã Huon ergueu a espada enquanto traçava um círculo em torno de Eloise. Outra Paladina fazia o mesmo atrás dela.

Jack estendeu a mão livre, permitindo que a energia se avolumasse na sua palma. As Paladinas lentamente deram um passo para trás. Estavam com medo dele?, Jack se perguntou.

De repente Eloise estava em cima da Capitã Huon, como um animal feroz. A Capitã ainda conseguiu sorrir enquanto empurrava Eloise, subjugando-a. Ela girou a espada, errando por centímetros e cravando-a no metal escuro do *Veillantif*. Eloise deu um salto, desequilibrando Huon. Elas colidiram lateralmente, deslizando pelo casco polido.

O restante das Paladinas só assistia, estreitando o círculo outra vez.

— O que devemos fazer? — Jack sussurrou. — Por que elas não estão atacando?

— Estão esperando — Hilda percebeu.

— Esperando o quê? — indagou Davey, mirando a arma na Paladina mais próxima.

— Rouland — Jack ofegou, compreendendo o que estava acontecendo.

Atrás do círculo das Paladinas ele viu uma porta. Por ela saiu um homem trajando uma armadura negra. O rosto era mais imperfeito, magro, enrugado ao redor dos olhos, mas ainda instantaneamente reconhecível. O círculo de Paladinas se abriu, permitindo ao homem penetrá-lo.

— De quem foi a ideia de aterrissar em cima do meu navio? — perguntou Rouland com um sorriso deliberado. — Acharam que isso lhes daria alguma vantagem? O elemento surpresa, talvez?

— Lamento dizer, mas fui eu! Sou mais de agir do que planejar — respondeu Davey, apontando a arma para Rouland e puxando o gatilho.

O ar entre eles se encheu de fumaça. Quando clareou, Jack viu Rouland ainda sorrindo. Aos seus pés estava uma das Paladinas, que saltara para defendê-lo, com as mãos sobre o peito.

— Outra má ideia — Rouland disse com raiva, erguendo um dos braços.

Jack rapidamente se colocou entre Davey e Rouland, ainda apertando a mão de Hilda. Deixou a energia crescer na palma da mão, chiando e crepitando na frente dele.

— Você! — Rouland disse, tremendo de raiva. — Jack Morrow. O menino que quase me matou!

— E posso terminar o trabalho — avisou Jack, relanceando os olhos para Hilda.

— Ah, sim! — Rouland observou. — Você tem a Rosa. Mas é forte o bastante? Consegue controlá-la? A essa altura já percebeu quanto ela é voluntariosa, não?

— Estou no controle — Jack respondeu calmamente.

— Muito bom. Mas a mente humana se distrai com facilidade.

Num movimento rápido, uma das Paladinas atacou Hilda. Ela gritou quando a espada atingiu seu peito.

A calma se esvaiu da mente de Jack quando a mão de Hilda escorregou da dele. Medo combinou-se com raiva e resultou numa fúria primitiva. Isso nutriu a Rosa imediatamente.

— Não, Jack! — Hilda gritou debilmente, os olhos revirando.

Jack mal a ouviu. Um pensamento se sobrepôs a todos os outros: *vingança*.

As duas Paladinas mais próximas não tiveram chance. Jack entrou na mente delas quase instantaneamente, esfacelando-a de dentro para fora. Elas caíram no chão aos seus pés. Ele apanhou a espada da mão de uma delas e decapitou outra Paladina, regozijando-se com a carnificina. Ele se movia mais rápido do que elas, percebeu. Conseguia reagir antes delas. Deixou a Rosa guiar a espada e seus músculos seguiram as ordens, derrubando uma oponente depois da outra até que estivesse frente a frente com Rouland.

Por que ele continuava sorrindo?

– Muito bem! – elogiou Rouland. Num movimento lento, quase casual, ele ergueu a espada. – Esta é Durendal – disse, acariciando o cabo. – Ela anseia se alimentar de você. Da Rosa.

Os ruídos de batalha pareceram se desvanecer atrás dele. Jack estava vagamente consciente de Eloise derrotando uma última Paladina perto dali, de Davey recarregando a arma de Hardacre e atirando, da vida de Hilda lentamente se esvaindo, mas ignorou tudo isso, concentrando sua atenção até restar apenas ele e Rouland. Nada mais importava.

Rouland parecia mais assustador do que nunca, Jack percebeu com uma pontada de dúvida. Acalmou sua mente e permitiu que a Rosa florescesse, incentivando-a com todo o seu rancor. Ele abriu caminho até a mente de Rouland, como fizera em 1805, e...

Jack caiu, batendo as costas no metal sólido do navio de reinos, atordoado e incrédulo.

Rouland olhou para o céu e explodiu numa risada.

– Acha que pode me derrotar do mesmo jeito duas vezes? Acha que fiquei à toa desde 1805? Nunca me ocorreu que tivesse sido você, depois de todos aqueles anos, até que tive tempo de refletir durante meu longo cativeiro. Ponderei, aprendi, planejei. Você já me venceu antes, mas eu estava despreparado. Eu me desenvolvi desde então, aprimorei minhas habilidades. Agora há uma barreira na minha mente, ela está fortificada contra esse seu ataque grosseiro. – Ele deu alguns passos à frente, a espada apontada para Jack. – Eu me pergunto... A *sua* mente será tão bem guardada?

Um foco de luz ardente perfurou o cérebro de Jack. O calor era terrível, como fogo dentro do seu crânio. Ele cambaleou para trás, recuando pelo deque do navio.

Rouland chegou mais perto, até ficar diante dele.

– Pensava que você era muito bom, não é mesmo, Jack? Muito esperto! – disse com amargor. – Você me impediu de ter a Rosa! Você me derrotou! Você! Só um menino que não sabe de nada! Como conseguiu vencer se tantos homens tão mais grandiosos falharam? – Ele ajoelhou na frente de Jack, com a ponta de Durendal tocando a garganta dele. – Quem é você? Quem é você para me derrotar? – Rouland olhou para baixo, aturdido. – Você, Jack, é uma pergunta sem resposta.

– Eu não tenho nenhuma resposta para você – Jack ofegou.

– Então – Rouland disse calmamente – vou encontrar minhas próprias respostas.

O foco de luz dentro da mente de Jack começou a percorrer suas lembranças como se fossem páginas de um livro sendo arrancadas. Ele sentiu toda a sua vida passar diante dos olhos, cada momento esquecido ser isolado e examinado. Estava imóvel, incapaz de resistir. Chamou pela Rosa para protegê-lo, mas ela parecia distante, escondida onde ele não podia vê-la. Então sentiu-a se agitar e a imagem diante dos seus olhos mudou.

Jack não estava mais encostado contra o casco do *Veillantif*. Ele estava mergulhado nas suas próprias lembranças. De volta ao pequeno apartamento onde crescera, antes de a mãe morrer. Estava sentado numa poltrona gasta perto da janela – a poltrona preferida do pai. O sol de primavera invadia a sala de estar, afastando o ar frio da manhã. Partículas de poeira dançavam na luz, rodopiando em padrões infinitos. A sala estava serena, silenciosa de uma maneira que nunca estivera enquanto ele morava lá. Um relógio na prateleira tiquetaqueava para si mesmo, ruidosamente agora que não havia outro som. Mesmo a onipresente batida do *rock*, vinda do apartamento de Klara, no andar de cima, não estava lá.

Mas ele não estava sozinho: Rouland estava sentado no sofá, impecável num terno cinza. Não havia cicatrizes, nem rugas ou olhos fundos, apenas perfeição asseada e esmero.

Rouland sorriu, cruzando as pernas.

– Essa era sua casa quando você era criança.

Jack nada disse. Por que estavam ali?, se perguntou.

— Tão mundana. Você morou aqui com a sua mãe — Rouland observou. — Cresceu neste buraco... Você não merece carregar algo tão divino quanto a Rosa de Annwn. — O rosto de Rouland se franziu com um ódio amargurado. — Como? Diga como pode ser mais merecedor do que eu?

— Eu não sei se sou — respondeu Jack com honestidade —, mas minha mãe era.

— Sua mãe! — cuspiu Rouland. — Sua mãe, tão angelical! Você a coloca num pedestal, não é? Pensa que ela era tão perfeita. Não era tão diferente de mim, sabe?

— Cale a boca! — Jack gritou. Sua mão tocou o pingente da mãe embaixo da camisa. Soube instantaneamente que fora um erro. Rouland estendeu a mão e, com um movimento curto e rápido, a corrente dançou no ar, revelando o pingente.

— É claro! — Rouland sussurrou por fim. — Eu sou um velho tolo, sabia? Mesmo com todos os anos gastos em reflexão, nunca suspeitei da sua linhagem. — Ele estalou os dedos com desdém e o pingente pendeu outra vez contra o peito de Jack.

Jack sentiu medo de repente e colocou o objeto de volta sob a camisa, fora de vista.

Rouland levantou-se pomposamente e andou pela sala. Pegou um livro e inspecionou as páginas.

— A Casa de Jude ainda persiste. Interessante. Tentei exterminar essa família há muitos anos. Isso explica muitas coisas. Você descende de uma Casa nobre e grandiosa, e ainda assim morou nesta imundície. — Ele olhou para Jack, fitando-o com um olhar frio que durou tempo demais. — Você não sabia, não é mesmo? Sua mãe não contou nada?

— Esta é a minha família! Esta é a minha casa! — Jack retorquiu.

— Você carrega o Brasão da Casa de Jude! Sua modéstia deplorável me ofende. — Rouland parou abruptamente; algo chamara sua atenção. Jack ofegou quando viu também. À porta estava uma figura encapuzada e obscura. Ele soube no mesmo instante: um Grimnire. – Bem – Rouland sorriu com raiva, ao ver o visitante. – Parece que somos observados mesmo aqui, isolados no seu passado.

O Grimnire curvou-se e retraiu-se para as sombras, misturando-se com o papel de parede imundo até desaparecer completamente.

A imagem de Hilda, sangrando, morrendo, surgiu na mente de Jack e ele sentiu uma onda nauseante de culpa. As paredes do apartamento começaram a desmoronar ao redor dele, ruindo tijolo após tijolo, até que nada restasse. A iluminação mudou. Estava amanhecendo e o círculo alaranjado do sol erguia-se sobre um horizonte distante.

Não estavam mais em Londres. A cidade tinha sumido, substituída por uma praia de seixos e areia grossa. A água ondulava na direção deles num ritmo progressivo, marcando o tempo como o tique-taque do relógio no apartamento. O tempo estava se esgotando para Hilda, percebeu Jack. Em algum lugar ela estava morrendo, sua vida se esvaindo a cada instante que passava. Ele sabia que tinha que voltar, mas como? Não tinha ideia de onde estava.

A princípio pensou que aquela pudesse ser uma lembrança perdida de uma viagem com a família. Talvez fosse Brighton, onde morava sua tia. Não, concluiu, ele nunca estivera ali antes. Aquela lembrança não era dele, era de Rouland.

– Você me trouxe aqui? A esta lembrança? – Rouland perguntou, com hesitação na voz. Pela primeira vez ele parecia pesaroso, quase impotente.

– Onde estamos? – Jack perguntou.

– Como ousa me trazer para cá?! – vociferou Rouland, com uma raiva crescente. – Vou dilacerar sua mente da... – Sua voz sumiu quando ele divisou algo à margem da água. Havia duas pessoas andando ao longo da praia na direção deles: pescadores levando cestas com lagostas. Conversavam, riam e gracejavam, sem se dar conta da presença de Rouland e Jack. Pararam quando um deles apontou para o mar e correu em direção às ondas.

– Não! – gritou Rouland. – Esta lembrança é minha! Saia daqui!

– *Benoît!* – o pescador gritou do mar ao amigo. – *Aide-moi! Il y a un garçon ici!*

Jack reconheceu o idioma, tinha estudado francês na escola. Esforçou-se para entender as palavras. Ele tinha dito alguma coisa sobre um menino?

– *Il est vivant?* – o outro homem perguntou.

– *À peine. Il toujours respire* – respondeu o primeiro.

Juntos, tiraram um corpo da água, arrastando-o para a parte rasa. Jack piscou os olhos por causa do sol, os pescadores e o menino reduzidos a silhuetas douradas contra o céu de um amarelo ardente.

– *Comment tu t'appelles, gamin?* – o pescador perguntou para o menino, que tossia. *Comment tu t'appelles*, Jack se lembrava: *Como você se chama?*

– Chega! – Rouland gritou, puxando Jack para trás.

A areia em torno dos pés de Jack começou a afundar. O mar foi sendo drenado, criando uma cachoeira gigantesca que se estendia ao longo de toda a praia. Jack se virou, querendo correr antes de cair na fenda que se alargava, e notou a figura distinta de um Grimnire no topo de uma colina.

A visão de Jack se turvou com cores dolorosas. A lembrança se desvaneceu e ele viu que ainda estava no convés avariado do *Veillantif*. Sentiu Hilda perto dele, quase inconsciente, a mente enfraquecida e silenciosa.

Rouland estava diante dele, pensativo, como se tivesse se esquecido completamente de Jack.

A Rosa estava inquieta, inflamada dentro dele. Jack a invocou outra vez e atacou enquanto Rouland ainda estava absorto, descarregando no golpe seu ódio por ele.

Rouland cambaleou para trás, balançando a cabeça. Finalmente a distração desapareceu e ele avançou sobre Jack. As duas mentes colidiram, como imensos navios de cruzeiro incapazes de se desviar do seu curso. Jack penetrou com mais profundidade, deixando a Rosa estender as garras e dilacerar a mente de Rouland. Mas Rouland revidou o ataque, invadindo os pensamentos de Jack, perturbando sua concentração.

Tarde demais, ele sentiu algo o atingir, frio e rápido. Olhou para baixo e viu a espada de Rouland cravada na sua perna. A dor insuportável desviou sua atenção. A Rosa se retraiu, aquietando-se dentro dele.

– Desagradável, não é? A espada está se alimentando. Logo você estará morto. – Rouland sorriu quando o ataque furioso à mente de Jack recomeçou, mais forte do que nunca.

Jack se sentiu indefeso, seus pensamentos desarticulados, reduzidos a um caos amorfo.

Onde estava a Rosa?

Onde estava Hilda? Davey ou Eloise?

Seu mundo tornou-se dor e desespero e ele gritou pela mãe morta.

– Sua mãe não pode salvá-lo agora, menino! – vangloriou-se Rouland, torcendo Durendal na perna de Jack. – Ninguém pode salvá-lo agora! Eu terei a Rosa para mim e a Casa de Jude finalmente cairá!

36

O FARDO ESPLENDOROSO

Jack sentiu que sua vida se esvaía. A cada segundo que passava, um pouco mais de si era tomado, a espada drenando sua própria essência.

Fechou os olhos, rezando para que a dor fosse abreviada. Então ouviu um barulho, um estalo como o de uma chicotada, seguido por um grito gutural. Olhou para cima: os olhos brilhantes de Rouland estavam arregalados de descrença – Davey tinha atirado nele.

Rouland recuou cambaleante, fitando o ferimento recente em seu peito. Riu dele, recuperando a compostura.

– Isso realmente doeu.

– Era essa a ideia! – gritou Davey, recarregando a arma.

Rouland puxou Durendal da perna de Jack e girou-a sobre a cabeça, na direção do rosto chocado de Davey. No último segundo outra espada aparou o golpe de Durendal. Eloise se pôs na frente de Davey, cruzando a espada com a de Rouland.

– Ainda deseja se opor a mim? – Rouland perguntou a Eloise.

– Sempre vou desejar.

– É uma pena. Eu teria encontrado uma forma de perdoá-la. Você sempre foi minha favorita; sabe disso, não sabe? Para que quer me desafiar? – Rouland ergueu Durendal outra vez, a lâmina reluzente brilhando em seus olhos. – E por quem? Por um homem mortal?

– Por amor! – Eloise gritou ao investir contra ele.

– E não sobrou nada dele, não é verdade? – zombou Rouland. – Sem marido, sem família, sem a vida ordinária de labuta e desespero. Somos maiores do que essas coisas, Eloise.

– Eu tinha algo maior. Uma coisa que você nunca entenderia. – A espada de Eloise se chocou ruidosamente com Durendal, quando ela interceptou o ataque da lâmina que descia.

– Não presuma que eu não saiba nada sobre o amor! Também sou humano, criança! Mas amar algo tão efêmero, tão mortal... O investimento não vale a dor que causa.

– Então a dor é tudo que você chegará a conhecer. – Eloise se virou com rapidez e sua espada investiu contra o lado desprotegido de Rouland.

Jack mal conseguia compreender tudo o que estava acontecendo. Estava atordoado por causa do ferimento na perna e só sentiu que alguém o colocou de pé e o arrastou para longe da batalha. Ele viu um corpo no chão. Seria Hilda? Agora ele via Davey puxando insistentemente seu braço. Jack balançou a cabeça, forçando sua mente a recuperar o foco.

Sua mãe tinha mostrado a ele o que fazer; nos breves segundos antes de morrer, ela tinha demonstrado humildade e gentileza. Ele tinha se esquecido dessas coisas. Agora Eloise seguia o exemplo dela, colocando o amor à frente do ódio, pelo preço que fosse. De repente ele entendeu a escolha que tinha que fazer. Invocou a Rosa outra vez, mas dessa vez ela trouxe consigo uma onda gloriosa de otimismo. Ela curou a perna machucada de Jack, suavizando a dor, que se tornou suportável, e curando-a de dentro para fora.

Ele olhou para Davey, umedecendo os lábios secos.

– Obrigado.

Ele gentilmente afastou o amigo, enquanto se punha de pé. Jack sabia o que fazer em seguida: Hilda estivera tentando lhe mostrar desde o começo, assim como a mãe e Eloise. Ele clareou a mente, afastando o ódio e a raiva, e permitindo que a compaixão da mãe tomasse seu lugar.

Olhou para Rouland e entrou na mente dele. No começo ela estava bloqueada, mas então Jack notou novos aspectos da Rosa, como pétalas se abrindo ao sol.

Rouland olhou para ele em choque, encolhendo-se enquanto recuava.

Jack lutou para manter seu próprio medo contido e sua raiva, sob controle, deixando que a compaixão o guiasse. Tudo parecia mais claro agora. Ele contornou as defesas mentais de Rouland, que estava despreparado para aquele tipo de ataque.

Na sua mente, Jack viu o próximo movimento de Rouland e o bloqueou, aproximando-se cada vez mais.

— Lute como homem! — Rouland gritou. Então desferiu esferas de luz das mãos, mas Jack conseguiu absorver a energia, seu corpo cintilando envolto numa névoa dourada, protegendo os amigos dos ataques vingativos de Rouland. Ele olhou para Hilda, deitada no chão; ela parecia consumida pela dor e seu rosto, velho, cansado e vazio. Ela estava morrendo, lenta e dolorosamente. A hesitação tomou conta de Jack.

A risada de Rouland preencheu sua mente enquanto ele conjurava uma nova rajada de esferas de energia.

— Agora não está tão forte assim, Jack?

A calma que envolvia sua mente pareceu ruir até desmoronar completamente. Medo, dúvida e ódio mostraram suas garras, impiedosos e inevitáveis.

Não. Ele ergueu a mão para Rouland, fechou os olhos e imaginou a mãe lhe dando a Rosa. Não havia malícia em seu rosto, só contentamento. Jack se espelhou em sua mãe.

Abriu os olhos outra vez e tentou de novo penetrar a mente de Rouland, enchê-la com a sua piedade, a sua compaixão.

Rouland recuou, em agonia. Jack permitiu que o calor da Rosa se expandisse numa onda de choque crescente. Rouland desfez-se em lágrimas, incapaz de lidar com essa nova invasão e arrastando-se de volta para a escotilha por onde entrara.

Jack deu um passo à frente. Ele tinha Rouland na palma da mão. Poderia acabar com isso agora. Poderia usar a Rosa para destruí-lo para sempre. Vozes davam voltas em sua mente, como pássaros sobrevoando um cadáver: *Mate-o! Dilacere seu coração! Vingança!* Em seus pensamentos, ele regozijava-se com o poder. Deixou que a Rosa avançasse até a ponta dos seus dedos. Poderia liberar a energia a qualquer segundo, deixar que destruísse Rouland. Tudo chegaria ao fim.

Ele se virou para Hilda, quase sem vida no convés. Não havia mais esperança para ela. Só uma coisa poderia salvar sua vida. As dúvidas tomaram conta dos seus pensamentos. *Salve-a! Salve sua amiga!*

Ele parou. Essa era a escolha, se deu conta, a escolha que sempre tivera que fazer, se fosse mesmo merecedor de conter um poder como o da Rosa. No fim das contas, a escolha era bem simples: vida ou morte, criar ou destruir, amar ou odiar, curar ou matar.

Mas agora que essa escolha tinha que ser feita a indecisão o atormentava. Ele poderia matar Rouland e sua amiga morreria, ou salvar Hilda, sabendo que Rouland levaria a melhor. Não tinha forças para fazer as duas coisas.

A energia era efervescente nas mãos de Jack, vermelha de ódio. Rouland recuou para a escotilha, o medo em seus olhos.

Do nada, Jack sentiu uma onda de calma se apoderar dele, como uma brisa refrescante do Outro Mundo. Os sons ao seu redor diminuíram, até que só uma voz restasse: a da mãe.

Não tenho nada mais para lhe dar, a não ser uma coisa. Eu vou dá-la a você, Jack. Você é a Rosa agora. Use-a bem, e ela vai sustentá-lo. Abuse dela e você será consumido por ela. Lute por mim, Jack. Lute por mim. Eu te amo.

Foram os últimos pensamentos dela, quando desistira de tudo por ele. Jack lembrou-se daquele momento e de repente sua escolha tornou-se óbvia.

Sorrindo, Jack baixou as mãos e a cor das esferas de energia mudou de vermelho para azul. Rouland, incrédulo, recuou para dentro do navio, e a escotilha se fechou atrás dele.

Rapidamente Jack se virou para Hilda, seu sangue traçando padrões no chão. Davey estava com ela, segurando sua cabeça, mas não havia nada que pudesse fazer para curar sua ferida agora – não havia nada que alguém pudesse fazer.

A não ser Jack, e a Rosa.

Ele se lembrou do exemplo da mãe. Ela usara o poder da Rosa para curar Jack quando ele estava doente, e de novo quando ele caíra da Catedral de São Paulo. Quando nem mesmo isso pôde salvá-lo, ela abrira mão da Rosa, ciente de que isso a mataria, para que ele pudesse viver.

Ele pôs as mãos sobre o peito de Hilda e colocou a Rosa em primeiro plano na sua mente.

Cure minha amiga. Salve Hilda.

Suas mãos começaram a cintilar, emanando energia dourada na direção de Hilda. Jack sentiu a dor e o pesar ao perder parte da essência da Rosa. Era o pior dos sentimentos, como se estivesse se afastando de si mesmo. E ainda assim se sentiu livre, como se estivesse se elevando mais do que nunca, seu esplêndido fardo enfim em paz dentro ele. E naquele momento seus pensamentos clarearam. Ele compreendeu o que a lembrança da mãe tentara lhe transmitir, percebeu por que o brasão da família de Hilda, em sua casa, era tão familiar: era o mesmo desenho gravado no pingente da sua mãe.

Ali, em volta do pescoço de Hilda, havia um pingente preso a uma corrente, igual ao da mãe dele. Tinha o mesmo desenho, o mesmo brasão. Ele sabia que o pingente da mãe era uma relíquia de família, dada de presente a ela pelos pais. Ele descendia de uma família grande e nobre – a família Jude.

A mão de Hilda segurou seu braço e seus olhos se abriram. Ela estava viva!

Está tudo bem, disse Jack mentalmente, tranquilizando Hilda da mesma forma que sua mãe o tranquilizara. Sentiu a rosa buscando os ferimentos dela, curando-os, trazendo-a de volta do abismo, de volta à vida.

– Da próxima vez... – Hilda disse debilmente – Não demore tanto assim.

Jack sorriu quando a Rosa se recolheu dentro dele, repousando, depois de concluir seu trabalho. Ele estava atordoado, cambaleante. No começo pensou que devia ser por causa da Rosa, então viu Davey ao seu lado, titubeante, os joelhos fracos.

– O que está acontecendo? – Davey exclamou.

Jack olhou além do convés e viu a paisagem se inclinando para um lado.

– Estamos em movimento!

– O *Veillantif*, está deixando o porto! – Eloise arquejou.

Os motores já estavam girando mais rápido, produzindo estática com o despertar dos braços rotativos. O navio se inclinou para trás quando começou a se afastar do ancoradouro. Lá no alto, Jack viu o primeiro dos arpões se soltar do píer e ser recolhido.

– O que você fez dessa vez? – Hilda perguntou, suas forças retornando.

O casco gemia e estalava alto com o atrito dos dois navios de reinos.

– Hora de subir a bordo! – Davey gritou, erguendo Hilda nos braços e levando-a na direção da rampa do *Órion*. Jack se voltou para segui-los quando o convés oscilou, fazendo-o perder o equilíbrio.

Eloise fincou a espada no convés, segurando-se nela para manter o equilíbrio. Então estendeu a mão para Jack. Seus dedos se tocaram brevemente, então Jack passou por ela deslizando, descendo pelo casco inclinado.

Da segurança da rampa de acesso, Davey gritou para ele, assistindo Jack rolar pela superfície lisa em direção à balaustrada do navio.

– Cuide de Hilda! – Jack gritou ao escorregar para longe, sem saber se sua voz seria ouvida.

À frente, o convés polido estreitou-se no formato de uma asa curta, de onde saía um dos arpões. Jack se agarrou ao cabo, as pernas pendendo para fora da plataforma. Ele desceu pelo comprimento da corda até que estivesse suspenso sobre o píer. Ela parecia estar tão longe, mais e mais distante a cada segundo que se passava. Era agora ou nunca, Jack percebeu, e soltou o cabo.

Abraçou o próprio corpo, chamando a Rosa para protegê-lo enquanto atravessava o ar e caía no píer pesadamente, quebrando as pranchas de madeira, chegando quase a atravessá-las. A dor foi lancinante. Ele ficou ali deitado, incapaz de se mover, observando os navios de reinos sobrepostos mais acima.

O *Veillantif* começou a fazer uma curva, o casco escuro reluzindo à luz artificial. Em cima dele estava o *Órion*, ainda preso ao navio de Rouland. Ele viu Eloise atravessando o convés em direção à escotilha quando o *Veillantif* deu uma guinada, fazendo-a deslizar na direção de Jack. Ela caiu no píer, atingindo-o com toda força. Jack se pôs de pé e correu para Eloise, que gritava de dor.

– Eloise? Consegue me ouvir?

Ela abriu os olhos, assentindo sucintamente, então gritou outra vez.

Um estrondo no alto chamou a atenção de Jack: o *Órion* estava manobrando, libertando-se da massa enorme do *Veillantif*. Davey devia estar nos controles, Jack percebeu com um misto de medo e alívio. Fagulhas voavam dos dois navios, seguidas por fumaça, então fogo. O maquinário protestava ruidosamente sob o casco de metal, e o navio começou a perder altura, o nariz apontado para o chão. Jack puxou o braço de Eloise, arrastando-a para longe da chuva de destroços que caía sobre eles.

Os motores do *Veillantif* aumentaram seu ritmo e o navio começou a subir outra vez. Ele sentiu um ronco vibrando em seus braços, quando algo explodiu na popa do *Veillantif*. O *Órion* deslizou, livrando-se do navio em chamas, sobrevoando-o desafiadoramente, os motores rugindo apesar da fumaça que espiralava deles.

Então, como se em câmera lenta, os dois navios de reinos colidiram outra vez. O *Veillantif* era maior e empurrou o *Órion* para o lado, provocando uma chuva de metal retorcido. Os motores do *Veillantif* foram atingidos pelo *Órion*, que arrancou uma das hélices. Ela girou pelos ares como um bumerangue, então começou a cair na direção de Jack e Eloise.

Não havia tempo. A adrenalina corria pelas veias de Jack quando ele pegou Eloise no colo e a carregou pela plataforma, olhando por sobre o ombro para os escombros que caíam. Os fragmentos menores chegaram primeiro ao chão, abrindo buracos no píer. Pedaços grandes da plataforma voaram pelos ares e caíram ao redor. Jack conseguiu continuar correndo, enquanto atravessava aquela devastação, ignorando os fragmentos que atingiam seu corpo machucado, avançando com dificuldade com Eloise nos braços.

Ele chegou a um pilar de pedra e se agachou à sua sombra.

– Não... podemos parar! – Eloise conseguiu dizer, atordoada. Acima deles, Jack viu os dois navios de reinos subindo mais alto no céu. O *Veillantif* parecia avariado, mal conseguindo se manter no ar. Jack olhou para trás quando um pedaço enorme do motor do *Veillantif* desabou no píer, atravessando-o como se ele fosse fumaça. A plataforma sacudiu com violência ao se partir.

Então o *Veillantif* começou a despencar do céu, gritando como uma ave de rapina. Seus motores explodiram numa bola de fogo gigantesca que iluminou todo o ancoradouro como se fosse um dia de verão. Cometas de metal flamejante rodopiaram pelo porto, espalhando o fogo à distância. Quando a fumaça se dispersou, a carcaça destruída do *Veillantif* ficou visível, e Jack constatou que ela cairia bem sobre eles. Uma lufada de ar quente prenunciou a queda, enquanto gotas ferventes de combustível espalhavam-se pelo píer.

O coração de Jack martelava. Era tarde demais para correr para um lugar seguro, percebeu. O pânico tomou conta dele enquanto fitava de olhos arregalados a plataforma que se desintegrava.

– Jack – chamou Eloise –, é um *memori-mortuus*. – Ela apontou debilmente para a coluna de pedra em que estavam apoiados. – Um túmulo comunitário para os mortos... Entendeu?

Na base da coluna Jack viu vários nichos repletos de crânios, como as criptas na casa de Jodrell Sinclair.

– *Pedras, ossos e melancolia* – ele arquejou ao estender a mão e tocar a coluna. – Há Necrovias aqui?

Eloise assentiu.

Os dedos de Jack formigaram. Ao mesmo tempo, a plataforma sob seus pés começou a se inclinar e ruir.

Ele teve a sensação familiar de ser invadido por lembranças quando o *memori-mortuus* se abriu. Havia mesmo Necrovias ali! Acima dele, o estrondo dos navios de reinos despencando era quase ensurdecedor. Eles tinham poucos segundos. Jack olhou para cima, o céu estava em chamas. Deu uma última olhada no *Órion*, lá em cima, acionando seus motores e desaparecendo para o Ínterim. Então, quando o ar ao seu redor irrompeu em calor, ele sentiu a Necrovia se abrir para ele. O grito de morte, o calor do fogo, tudo foi substituído por uma luz tênue quando a Necrovia engoliu Jack e Eloise. Juntos, eles estavam retrocedendo no tempo, sem ideia de qual seria o seu destino.

O alívio deu lugar ao pânico quando a Necrovia começou a vibrar e então a se fragmentar. Seus sentidos ardiam. Onde estava Eloise? Ele arquejou ao se dar conta de que não a tinha mais nos braços. Sentiu mãos segurando-o, arrastando-o por uma longa distância, pelo chão frio.

Seus sentidos se acalmaram, seus olhos se abriram e focaram seu entorno – um mundo de alvura disforme. Ele viu uma grande silhueta negra à sua frente. No começo não percebeu o que era, então enxergou os detalhes, um de cada vez: mãos descarnadas exibindo anéis antigos;

uma capa larga de um tom preto metálico, feita de camadas de penas de galo; uma foice ornada com joias e entalhes de runas; um relógio tique-taqueando e pendendo de uma corrente pesada; um capuz misterioso e escuro de onde saía uma fumaça acinzentada.

    Jack arquejou quando o Grimnire fez uma reverência para ele.

37

O PREÇO

Erga-se, Artífice do Tempo.

Jack sentiu, no âmago do seu ser, a voz implacável. Ele se levantou, observando o com mais cautela que havia em volta. Estava outra vez no reino dos Grimnires, percebeu com pavor. Dessa vez só havia uma das estranhas criaturas. O espaço parecia ainda mais vasto do que antes, como uma terra desolada e sem fim, um lugar sem particularidades.

– Onde está Eloise? – Jack exigiu saber.

Você fez a sua escolha.

Jack não tinha certeza se essa era uma pergunta ou uma afirmação. Não disse nada em resposta. O Grimnire mudou a foice de uma mão ossuda para a outra, dando as costas a Jack. Parecia estar pensando.

A Rosa repousa dentro de você.

Jack mal conseguia senti-la agora. A Rosa estava exaurida, dormente, em algum lugar dentro dele. Jack sorriu para si mesmo, feliz em ter finalmente compreendido seu poder. Ele sabia que ainda tinha que se aprofundar em seu potencial real, mas tinha escolhido que tipo de protetor seria da Rosa. Jack estava satisfeito.

O Grimnire se virou rápido, uma nuvem de fumaça espiralando do seu capuz.

O fogo nunca vai cessar. Esteja sempre de guarda. Muitos o consideram jovem demais para essa responsabilidade. Eles podem estar certos.

Mentes brilhantes desejaram sua morte. Há um preço a pagar pela sua existência preservada.

Jack estremeceu.

– O que aconteceu com os meus amigos? Onde está Eloise?

O Grimnire se virou outra vez.

Estão vivos.

– Mas onde estão? Em que tempo?

Basta! O Grimnire bateu com a foice no chão uniforme. Uma onda de choque passou por ele, ondulando sua superfície como se fosse água. Quando a agitação cessou, o Grimnire se virou para Jack, o capuz baixando mais sobre o rosto.

O preço pela sua existência deve ser pago agora.

– Preço? – Jack perguntou apreensivo. – Que tipo de preço?

O Grimnire se empertigou, a cabeça voltada para cima.

Exílio.

Antes que Jack pudesse reagir, ele sentiu dedos ossudos nos seus ombros, e sua cabeça sendo coberta com um pano escuro. Suas mãos e pés foram imobilizados, enquanto ele era erguido no ar. Lutou para se libertar, sentindo mais e mais dedos rígidos tocando seu corpo. As mãos o puseram de pé outra vez e seu capuz foi retirado.

Quando abriu os olhos, ele ouviu um assovio e o ar se encheu de gás vermelho. Estendeu as mãos à frente do corpo e tocou paredes de vidro. Uma luz branca ofuscante acima dele o cegou momentaneamente. Então o branco tornou-se vermelho vivo. Os pulmões de Jack se contraíram de dor quando ele começou a cair outra vez. O espaço vermelho se tornou uma ventania de gás uivante sobre a sua cabeça, levando-o com ela. Ele sentiu como se estivesse sendo rasgado, uma molécula de cada vez, e arremessado no ar, à mercê do vento.

A sensação sobrenatural durou uma eternidade. Ele ouviu vozes, ecos de conversas ao vento, como pensamentos esquecidos que para o consciente de Jack não faziam nenhum sentido. O vento ficou mais forte e Jack acelerou com ele, enfim consciente de si outra vez.

Ele ergueu uma mão na frente dele, dispersando a fumaça vermelha para que pudesse ver para onde estava indo, e deu com uma superfície fria e escura.

O assovio de pistões e máquinas encheu seus ouvidos e o gás vermelho se dissipou. Um retângulo de luz indistinta se abriu à sua frente. Então um par de olhos apareceu do retângulo, perscrutando o espaço confinado.

Jack socou a parede na sua frente. Ela tiniu como se fosse feita de metal. Os olhos que o estudavam se arregalaram de surpresa e Jack ouviu uma voz distante e abafada.

– Olá! – a voz chamou, sem saber se seria ouvida.

– Me deixe sair daqui! – Jack respondeu. Sua própria voz parecia estranha, sufocada, e ele percebeu que estava dentro de algum tipo de câmara, do tamanho de um caixão. O pensamento trouxe à tona sua claustrofobia. O retângulo de luz, ele notou, era um visor para fiscalização da câmara. Os olhos que espiavam piscaram rápido, então sumiram, substituídos pela luz ofuscante.

Ele ouviu o baque de uma pancada e algo pesado sendo puxado sobre uma superfície de metal. Então a câmara se abriu, liberando o gás vermelho empoçado aos pés de Jack.

Uma figura apareceu no redemoinho de névoa vermelha, abanando as mãos para dispersar o gás. A princípio Jack distinguiu apenas um barrão escuro, depois os detalhes começaram a surgir. Um adolescente – talvez alguns anos mais velho que Jack – apareceu diante dele. Seu rosto ansioso era coroado por um cabelo ruivo perfeitamente penteado e arrumado atrás das orelhas de abano. Seus grandes olhos castanhos encaravam Jack pasmos enquanto ele saía lentamente da câmara.

– Você é real? – o menino perguntou.

Jack gaguejou, tossindo violentamente.

O menino de repente cutucou a pele sensível de Jack com o dedo indicador.

– Ai! – Jack deixou escapar, com um suspiro exausto.

– É mesmo real! – O garoto soltou uma risadinha. – Não é outro fantasma, afinal. – Ele se empertigou, esfregando as mãos no colete engomado que usava sobre uma camisa branca bem passada. – Saudações, estranho – ele disse formal. – Bem-vindo ao meu mundo. Esta é a Inglaterra. – Ele balançou a cabeça, como se reconsiderasse as palavras. – Bem, quero dizer, esta é a Terra. O planeta Terra. A Inglaterra é uma ilha, uma das muitas neste planeta imenso, mas, para alguns, a melhor. Bem-vindo, viajante. Boas venturas este reino deseja ao seu. Meu nome é Magnus Hafgan. Mag... nus... Haf... gan.

Ele disse lentamente, como se Jack fosse retardado. O nome soou familiar na cabeça de Jack. Grogue, ele se perguntou onde já o ouvira antes.

– Você tem nome?

Jack cambaleou para fora da câmara, os olhos lacrimejantes.

– Água! – arquejou.

– É uma honra conhecê-lo, Água. Ofereço-lhe saudações pacíficas.

Jack balançou a cabeça vigorosamente.

– Água, para beber.

Magnus ficou parado por um momento enquanto processava o novo significado.

– Ah, entendo. – Ele passou bruscamente por uma grande mesa e pegou uma jarra e um copo, oferecendo-o a Jack.

Jack ignorou o copo, agarrou a jarra e derramou o conteúdo direto nos olhos ardentes e na boca. A água era um bálsamo, refrescando sua pele. Depois bebeu longos goles até que a jarra se esvaziasse e a devolveu para o estranho, que o encarava com um fascínio aturdido.

– Meu nome é Jack Morrow.

– Olá, Jack Morrow – Magnus disse pensativo. – Sabe de uma coisa? Esse é um nome bem inglês. – Ele arquejou de súbito quando uma nova ideia surgiu na sua mente. – E você fala inglês muito bem. Suponho que inglês seja a língua de Deus, então talvez seja universal pelos outros reinos. É esse o caso, Jack Morrow?

– Eu *sou* inglês – Jack disse, cauteloso. – Sou de Londres.

– Ah... – Magnus respondeu, desanimado. – Então você não é de outro reino?

– Não.

– Compreendo. Então como chegou aqui?

– Esperava que você pudesse me dizer.

Magnus passou a mão pelo cabelo perfeitamente alinhado, piscando os olhos para Jack.

– Sinto muito, não tenho a menor ideia do que aconteceu. Estava tentando fazer contato com outro reino.

Enquanto falava, Magnus voltou para a sua mesa, pegou um caderno grosso com capa de couro e começou a fazer anotações ininteligíveis com um lápis mastigado.

– Nunca vi nada assim acontecer. É um evento fascinante, mesmo que você seja apenas humano. Eu me pergunto o que aconteceu de diferente dessa vez. Isso nunca aconteceu na biblioteca. Talvez tenha algo a ver com a acústica daqui de baixo.

Jack cambaleou até a mesa e segurou na borda.

– Em que ano estamos? – perguntou.

Magnus parou de escrever e olhou para Jack.

– Como assim? Você sabe alguma coisa sobre o que estou fazendo aqui? Minha tia enviou você? Pode dizer a ela que não irão me deter agora que estou tão perto de revelar as infinitas engrenagens que movem o universo. Diga a ela!

– Eu não conheço a sua tia. Ninguém me enviou. Fui arrastado para cá.

– Arrastado? – Magnus arqueou as sobrancelhas, indagativo.

– Acho que sim – Jack respondeu. – Já ouviu falar de Necrovias?

Magnus ponderou sobre a questão, os lábios silenciosos brincando com a palavra sem emitir nenhum som.

– Necrovia? Necro... via? "Necro", como "morto", em grego, aquela situação resultante do fim da vida?

Jack suspirou.

– E de Grimnires?

Magnus pareceu confuso.

– Magnus – Jack disse com delicadeza –, a data é muito importante. Pode me dizer, por favor?

– Fevereiro. Dia 25, eu acho. Por que é tão importante para você? É seu aniversário?

– De que ano?

Magnus riu. Jack franziu a testa e por fim Magnus interrompeu a risada.

– É o quinto ano da Restauração do Rei Charles: 1665.

38

EXÍLIO

A neve tingia o cemitério de um pálido azul, que prometia a breve chegada da primavera. Jack estava sentado no seu banco, encolhido por causa do frio. Ele gostava de se sentar ali, para pensar. Lembrava-o de quando se sentava perto do túmulo da mãe, esperando o pai aparecer. Se fechasse os olhos quase conseguia fazer de conta que a figura se aproximando era ele, atrasado como sempre.

Mas era uma ideia tola. Ele estava a 348 anos do seu pai e do túmulo da sua mãe. O resto da família estava quase tão distante quanto isso. Ele pensava neles a cada dia do seu exílio, perguntando-se o que teria acontecido a eles, onde poderiam estar e se ainda pensavam nele. Algumas vezes sua mente vagava até Rouland. Teria ele sobrevivido à terrível colisão? Continuaria vivo, desesperado para tirar a Rosa dele? O medo que acompanhava esses pensamentos diminuíra ao longo dos últimos meses. Tudo que tinha acontecido a ele parecia ter ocorrido há muito tempo, estar muito distante...

– Por que você insiste em vir aqui, mesmo nesses dias congelantes?! – Magnus sorriu, as bochechas vermelhas por causa do frio. Ele esfregou as mãos enluvadas uma na outra para esquentá-las. – Venha para dentro, tenho algo maravilhoso para lhe mostrar! Acho que posso estar a ponto de compreender o transporte pelas conexões.

Jack sorriu por dentro. Tinha testemunhado muitas coisas incríveis no último ano. Não levara muito tempo para se lembrar do nome Magnus

Hafgan, o suposto pai do Primeiro Mundo, o grande inventor, político e explorador. Hafgan tinha apenas 16 anos, ainda sob a guarda dos pais, mas seus experimentos já comprovavam sua genialidade. Jack estivera lá na noite em que ele tentou com sucesso estabelecer contato com outro reino e travou um diálogo com os orgulhosos Papões. Ele ajudara nos primeiros experimentos com suas habilidades mentais, as medições de campos mórficos, a elaboração do primeiro cronoscópio operante. Nos meses de verão passaram semanas juntos, nas profundezas da terra, explorando os abismos gigantescos que Jack sabia que um dia se tornariam a capital do Primeiro Mundo.

Ele apreciara especialmente concluir o criptograma na última página do livro que Magnus estava escrevendo: *Sobre a Natureza dos Reinos Ocultos*. Sabia que um dia esses códigos o ajudariam de muitas formas.

Mas apesar dessas maravilhas, seu coração estava em outro lugar, e todos os dias, desde a sua chegada ali, ele tinha ido ao pequeno cemitério e procurado uma Necrovia, um caminho de volta até os seus amigos e sua família. Mas fora em vão. Ou ele tinha perdido suas habilidades ou não havia Necrovias ali. Viajara para mais longe, para outros túmulos, mas todas as vezes voltara para Hafgan desapontado.

O Grimnire aparentemente o banira para aquele lugar, roubando sua forma de voltar para casa e confinando-o naquele ponto do tempo. E a Rosa? A Rosa estivera dormente desde que ele a usara para curar Hilda. Ele a evocara, mas fora inútil. Parecia diminuída agora, menor de alguma forma. Teria parte dela migrado para Hilda?, ele se perguntava. Era difícil dizer.

Vivendo ali, ele era só um menino outra vez, livre do fardo que representava o poder. Estava livre daquilo tudo. E ainda assim... Sentia falta. Sentia falta da aventura, dos laços de amizade com Hilda e Eloise. Davey, apesar de saber o que ele poderia um dia se tornar, era de quem mais sentia falta. E se não era mais um Artífice do Tempo, percebeu, nunca mais seria capaz de viajar correnteza acima, voltar a 1940 e encontrar seus amigos.

Sua amizade com Magnus se tornara uma espécie de consolo. O menino e sua família eram sempre amáveis, mas Jack sofrera dias sombrios de luto pela sua vida perdida. Agora que seu exílio completara um ano, ele estava cada vez mais resignado com seu destino, com a sua vida de descobertas no século XVII. Afinal de contas, poderia ter sido muito pior.

– Você está no futuro outra vez, Artífice do Tempo! – brincou Magnus.

Jack estremeceu, arrancado dos seus devaneios.

– Tem razão, Mag. Desculpe. – Ele conseguiu dar um sorriso cansado.

– Ah, eu não o culpo, rapaz! – disse Magnus, jovialmente. – Como poderia? Você já viu tudo aquilo que eu anseio ver! O futuro, outros reinos. Suas histórias são como as páginas dos meus sonhos. E eu de fato adoro ouvi-las. É como ter minha pesquisa confirmada antes mesmo de começar a me perguntar sobre o que ela vai ser. Mas não quero ouvir nenhuma história hoje. E, além disso, está frio demais. Entre e vamos comer alguma coisa. Mais tarde, meu pai vai receber uns amigos. O Velho Sinclair e seu filho. Eu esperava contar a ele alguns dos meus planos para o nosso projeto para o Primeiro Mundo, e você seria a evidência perfeita para convencê-lo. Se ele não cair na risada e nos jogar num hospício, pode acabar sendo um bom aliado.

Jack sorriu.

– Acho que você está certo.

O sol estava baixo no céu, contando os minutos para mergulhar no horizonte, levando consigo seu tênue calor.

Jack se levantou para ir embora. O futuro parecia muito distante. Mas sempre haveria o amanhã.

Ele caminhou com Magnus, ouvindo distraidamente suas ideias mirabolantes, enquanto passavam pelas fileiras de túmulos. Quando chegaram à saída, Jack estacou.

– O que foi agora? – Magnus perguntou impaciente.

– Vá na frente – pediu Jack. – Vou ficar só um pouco mais.

Magnus hesitou, os olhos expressando confusão. Então sorriu para o amigo, deu uns tapinhas fortes nas costas dele e foi a passos largos na direção da casa grande escondida em meio à neve.

Jack esperou até que o amigo se afastasse e o cemitério tivesse caído num silêncio sepulcral, para se aproximar de um tumulozinho em ruínas. Ele já o vira antes?, se perguntou. Já tentara aquele ali? A superfície era áspera, como se coberta de cracas, as letras entalhadas quase apagadas completamente. Mas uma palavra ainda era legível e deixou Jack paralisado.

Jude.

Seria o túmulo de um ancestral? Ele tirou as luvas, deixando-as cair na neve. Mal ousava estender as mãos – ele já se frustrara tantas vezes... O ar gelado queimava seus dedos. Jack esfregou as mãos, então tocou o túmulo, soltando pela boca o ar enfumaçado enquanto clareava a mente. Fechou os olhos e trouxe à memória as imagens de Eloise, Davey e Hilda.

Lágrimas inesperadas se formaram, rolando por suas bochechas geladas. Havia algo ali! Ele sentiu, tinha certeza dessa vez. Ele sentiu uma Necrovia.

Por um momento hesitou, olhando em direção à casa de Hafgan, antes de sucumbir ao chamado do futuro.

Seu exílio chegara ao fim. A pedra amoleceu, então se desfez, e Jack Morrow caiu num mundo de possibilidades.

AGRADECIMENTOS

Vou contar um segredinho: as outras pessoas tornam um escritor melhor. Elas pegam nossos erros, delicadamente apontam nossas falhas e nos pastoreiam como a uma ovelha rabugenta e cheia de si, na direção da melhor versão possível da nossa história.

Para mim, esse processo começa com a minha esposa, Diane, que é minha primeira leitora, meu controle de qualidade e a pessoa que sempre me aponta o óbvio. Em seguida a minha agente, Juliet Mushens, de The Agency Group, que aplaude no momento certo, me impedindo de duvidar demais de mim mesmo. Por fim, Charlie Sheppard, Eloise Wilson, Ruth Knowles e Chloe Sackur, da Andersen Press, um quarteto de editores criativos que fazem o mundo acreditar que eu sei o que estou fazendo.

E não é só com a língua que eu preciso de ajuda: eu podia dizer que falo francês fluentemente, mas seria uma grande mentira. Bem que eu gostaria, mas não falo. Por isso recorri a Olivia Chapman para fazer as versões para o francês do Capítulo 35. O latim se provou igualmente confuso! Felizmente recebi ajuda e conselhos do meu amigo Tony West. Está vendo, você pensou que eu fosse esperto, não é?

Por fim minha editora, Sue Cook, é a última da linha de defesa que evita que eu pareça uma ovelha tola. Ela é como o Poderoso Chefão da literatura – mas no bom sentido! Ela percebe aquelas coisinhas que a maioria dos leitores não notaria, mas podem melhorar ou estragar uma história.

Quando se adiciona a direção de arte extraordinária de Kate Grove, o talento de James Fraser e a tenacidade da agente publicitária Eve Warlow, você tem um time que qualquer ovelha arrogante ficaria orgulhosa de ter do seu lado. Eu sei que fico.

Niel Bushnell
2013

Impresso por :

gráfica e editora
Tel.:11 2769-9056